Benito Pérez Galdós

Episodios nacionales IV
O'Donnell

Barcelona **2024**
Linkgua-ediciones.com

Créditos

Título original: Episodios nacionales IV. O'Donnell.

© 2024, Red ediciones S.L.

e-mail: info@Linkgua-ediciones.com

Diseño de cubierta: Michel Mallard.

ISBN tapa dura: 978-84-1126-428-0.
ISBN rústica: 978-84-9007-313-1.
ISBN ebook: 978-84-9007-229-5.

Sumario

Brevísima presentación

La obra

O'Donnell es la quinta novela de la cuarta serie de los *Episodios Nacionales* de Benito Pérez Galdós.

El autor nos describe la intención del libro en las primeras líneas: «Fue O'Donnell una época, como lo fueron antes y después Espartero y Prim, y como éstos, sus ideas crearon diversos hechos públicos, y sus actos engendraron infinidad de manifestaciones particulares, que amasadas y conglomeradas adquieren en la sucesión de los días carácter de unidad histórica. O'Donnell es uno de estos que acotan muchedumbres, poniendo su marca de hierro a grandes manadas de hombres.»

Esta gran novela de Galdós tiene un arranque soberbio en el que se relatan los últimos movimientos de la Revolución de 1854 (narrada en el anterior episodio), centrándose en la figura de Francisco Chico, jefe de la policía de Madrid. Pero por encima de todo destaca el retrato que se hace de la nueva clase burguesa. Y no con tintes positivos precisamente.

Ante esta precaria y difícil situación política en que ha quedado España, sirven de contrapunto en este episodio los vaivenes de Teresa Villaescusa, frívola muchacha perteneciente a la clase media madrileña cuyos vicios y virtudes reflejan los del propio país. Galdós desliza aquí un común denominador de esta cuarta serie de los *Episodios Nacionales*, tras tantos años convulsos: la necesidad fundamental de «comer», de «tener dinero para comer y para vivir...» Como se dice en la novela: «¡Comer, comer! De esto se trataba, y toda nuestra política no era más que la conjugación de este sustancial verbo.»

I

El nombre de *O'Donnell* al frente de este libro significa el coto de tiempo que corresponde a los hechos y personas aquí representados. Solemos designar las cosas históricas, o con el mote de su propia síntesis psicológica, o con la divisa de su abolengo, esto es, el nombre de quien trajo el estado social y político que a tales personas y cosas dio fisonomía y color. Fue O'Donnell una época, como lo fueron antes y después Espartero y Prim, y como estos, sus ideas crearon diversos hechos públicos, y sus actos engendraron infinidad de manifestaciones particulares, que amasadas y conglomeradas adquieren en la sucesión de los días carácter de unidad histórica. O'Donnell es uno de estos que acotan muchedumbres, poniendo su marca de hierro a grandes manadas de hombres... y no entendáis por esto las masas populares, que rebaños hay de gente de levita, con fabuloso número de cabezas, obedientes al rabadán que los conduce a los prados de abundante hierba. O'Donnell es el rótulo de uno de los libros más extensos en que escribió sus apuntes del pasado siglo la esclarecida jamona doña Clío de Apolo, señora de circunstancias que se pasa la vida escudriñando las ajenas, para sacar de entre el montón de verdades que no pueden decirse, las poquitas que resisten el aire libre, y con ellas conjeturas razonables y mentiras de adobado rostro. Lleva Clío consigo, en un gran puchero, el colorete de la verosimilitud, y con pincel o brocha va dando sus toques allí donde son necesarios.

Pues cuenta esta buena señora que el día 23 de julio de aquel año (aún estamos en el 54) salía de la cerería de Paredes, calle de Toledo, el enfático patricio don Mariano Centurión ostentando con ufanía el sombrero de copa que estrenaba: era una prenda reluciente, de las dimensiones más atrevidas en altura y extensión de alas que la moda permitía, y en el pensamiento del buen señor tomaba su persona, con tan airoso chapitel, una dignidad extraordinaria y una representación pública que atraía las miradas y el respeto de las gentes. A dos pasos de la cerería se tropezaron y reconocieron Centurión y un ciudadano importante, Telesforo del Portillo, que también estrenaba sombrero, si bien aquel cilindro no era tan augusto como el otro, sino artículo de ocasión adquirido en el Rastro y sometido a un planchado enérgico. Se saludaron, y Centurión entabló un vivo diálogo con su amigo, conocido entre el vulgo por el apodo de *Sebo*. No ha transmitido la Historia los términos precisos de la conversación, limitándose a consignar que ambos patricios se habían encontrado en lastimosa divergencia en aquellas revueltas, por figurar don Mariano en la *Junta de salvación, armamento y defensa* que funcionó en la casa del señor Sevillano, y *Sebo*, en la que se denominó *Junta del cuartel del Sur*. La primera se componía de hombres templados y de peso; en la segunda entraron los jóvenes levantiscos y la turbamulta demagógica.

Según dijeron los dos respetables ciudadanos, las trapisondas entre ambas asambleas dilataron más de lo preciso las anheladas paces entre pueblo y tropa, y dieron tiempo a que asomara su hocico espeluznante *el monstruo de la anarquía*. Pero al fin, *la salud pública* se impuso, y las Juntas llegaron a una positiva concordia, gracias *al patriotismo del Trono*, que se inclinó del lado de la Libertad llamando a Espartero. Sostuvo Centurión que ya teníamos Gobierno liberal *en principio*, y que era cuestión de días el determinar qué hombres habían de formarlo. *Sebo* los designó sin recelo de equivocarse, nombrando las figuras más culminantes del *elemento progresista*. Espartero y O'Donnell entrarían en el nuevo Gobierno, y los hombres civiles serían los que más sufrieron en los once años, y probaron su entereza política con largos ayunos. Aseguró don Mariano que su colocación en Estado dependía de que ocupase aquella poltrona el señor Luján, y que si le daban a escoger, tomaría la plaza de jefe en la Sección de *Obra pía de Jerusalén*, que ya disfrutó por pocos días en otra época. *Sebo* se daba por empleado en Penales, si ponían en Gobernación a don Manolo Becerra o a don Ángel de los Ríos. Esto era dudoso, según Centurión, porque si bien ambos jóvenes descollaban por sus talentos y acendrado patriotismo, no tenían el peso y madurez convenientes para gobernar.

Sobre si eran aptos o no los tales, discutían Portillo y don Mariano, cuando atrajo su atención un gran tumulto y escandaloso ruido de gente que por la calle abajo venía. Ya estaba próxima la delantera de la que parecía procesión, y el centro de ella, algo que descollaba sobre la multitud como figuras del Santo Entierro conducidas en hombros, desembocaba por el arco de la Plaza mayor. Antes de que los dos patricios se dieran cuenta de lo que aquello era, rodearon a *Sebo* unas hembras (no sé si tres o cuatro) con toda la traza de mozas del partido, desgarradotas, peinadas con extremado artificio, alguna de ellas reluciente de pintura en el marchito rostro. «Véanle, véanle —dijeron—. Desde la Plazuela de los Mostenses lo *train*... El *Chico* es el que viene en andas, y el *Cano* a pie... Que los afusilen, que les den garrote... que paguen las que han hecho.» Y Centurión, con grave acento, arrimándose a la pared por no ser visto de la canalla delantera, pronunció estas sesudas palabras: «¡Justicia del pueblo, mala justicia!... ¿Y don Evaristo no se ha enterado de esta barbaridad?... Decid, grandes púas, ¿vosotras habéis venido con esta procesión infernal? ¿Pasasteis por Gobernación? ¿No estaba allí don Evaristo? ¿Cómo habéis recorrido medio Madrid, o Madrid entero, sin que algunos patriotas honrados os cortaran el paso, ralea vil?

—Cállese la boca, don Marianote —dijo la más bonita de ellas, la menos ajada—, que pueden oírle, y corre peligro de que le chafen el *baúl* nuevo.

—Rafaela Hermosilla —replicó Centurión alardeando de entereza—, un patriota honrado, un hombre de principios, no teme las coces de la plebe indocta... Pero arrimémonos a esta puerta para no dar lugar a cuestiones, o metámonos en la cerería de Paredes, que será lo más seguro... *Sebo*... ¿dónde se ha ido *Sebo*?»

Llamado por su amigo, se retiró también al arrimo de las casas el ex-policía, seguido de otra de las pájaras. Lívido y tembloroso, no podía disimular el terror que la plebeya justicia le causaba, y era en verdad espectáculo que el más animoso no podía presenciar sin miedo y compasión grandes. Detrás de la caterva que rompía marcha gritando, iban dos hombres montados en jamelgos: vestían blusa de dril y cubrían su cabeza con chambergo ladeado sobre una oreja, esgrimiendo sendos chafarotes o sables. Seguíales un bigardón con un palo, del que pendía un retrato al óleo, sin marco, acribillado ya de los golpes que por el camino, en las paradas de la procesión, le daban con sus sables los dos jinetes, en demostración de justicia popular. Al portador del retrato seguía otro gandul con trazas de matarife, en mangas de camisa, esta manchada de sangre, llevando una pértiga de la cual pendía muerto y sin plumas un gallo colgado por el pescuezo. Tras este iba un hombre a pie, empujado más que conducido por un grupo de bárbaros, también con aspecto de matachines. Seguían las angarillas cargadas por cuatro, de lo más soez entre tan soez patulea; las angarillas sostenían un colchón, en el cual iba el infeliz Chico sentado, de medio cuerpo abajo cubierto con las propias sábanas de su cama, de medio cuerpo arriba con un camisón blanco, en la cabeza un gorro colorado puntiagudo, que le daba aspecto de figura burlesca. Con un abanico se daba aire, pasándolo a menudo de una mano a otra, y miraba con rostro sereno a la multitud que le escarnecía, al gentío que en balcones y puertas se asomaba curioso y espantado. Arrimándose a las angarillas todo lo que podía, iba la mujer de Chico con una taza en la mano, revolviendo con un palo el contenido de ella, que según decían era chocolate. Parecía loca: su rostro echaba fuego; su cabeza recién peinada y con alta peineta, conservaba la disposición de las matas de pelo armadas artísticamente. Digo que parecía loca, porque el menear el palo dentro de la taza vacía era como un movimiento instintivo, inconsciente, efecto de la máquina muscular disparada y sin gobierno. Enrojeciendo más a cada grito, decía: «¡Nacionales, no le matéis! ¡No le matéis, nacionales!»

Pasó todo este bestial aparato de venganza y muerte, que observaron desde la cerería don Mariano y Telesforo, las dos muchachas de mal vivir y don Gabino Paredes con su hijo Ezequiel. Rafaela Hermosilla, que había visto el asalto de la casa de Chico, lo contó de esta manera: «*Lleguemos*; íbamos con idea de arrastrarle, que es la muerte que merece... El pillo del *Cano* nos dijo: *Atrás, populacho*; y no había acabado de decirlo, cuando Perico el lañador le echó mano al pescuezo, y yo y otras le arañamos toda la cara. Daba risa... Después le amarraron bien amarradico con cordeles que prestó un mozo de cuerda... y *entremos*; subimos dando patadas y gritos, y nos *desparramemos* por las salas llenas de muebles y cuadros... "A quemarlo todo". Esta fue la voz. ¡Qué risa! Pero Alonso Pintado soltó cuatro tacos, gritando: *Pena de muerte al ladrón*... Salió esa gran tarasca llorando, acabadita de peinar, ¡qué risa!... ¡Y cómo chillaba la muy escandalosa! Que su marido estaba enfermo en cama con la podagra, y que le había pedido el chocolate... "Señoras y caballeros —nos dijo Alonso Pintado subido en una silla—, venimos a hacer justicia, no a faltar a *naide*. Al ladrón *busquemos*, no a las riquezas que robó... No toquéis a estos *faralanes* y *cornucopios*... Por el tirano de los pobres venimos. Justicia en él, señoras y caballeros; pero sin alborotar, para que no digan...". Yo, me lo pueden creer... No alboroté, ni cogí nada de lo que hay en aquellas cámaras tan lujosas, donde el *gachó* va metiendo lo que rapiña... Pues Alonso Pintado, *Matacandiles*, *Pucheta*, la Rosa y la *Pelos*, don Jeremías, *Chanflas*, *Meneos*, *la Bastiana* y otras y otros de que no me acuerdo, empujaron puertas, rompieron fechaduras y se colaron hasta la alcoba en donde estaba acostado el Chico... No le valió a su mujer decir que estaba imposibilitado, y que le iba a llevar el chocolate. ¡Qué risa!... "Espérense; no le maten... Me ha pedido el chocolate... Está en ayunas... Se muere... Se morirá solo... Matarle, no". Esto decía la tía *Panderetona*, que no es mujer de él por la Iglesia, sino arrimada, como una, pongo el caso, ¡qué risa!... Total: que en vilo le levantaron, con colchón y todo, y de una escalera hicieron las angarillas... Pepe *Meneos* trajo un gallo, le retorció el pescuezo, y desplumándolo delante del Chico, le echaba las plumas, diciéndole, dice: "Lo que hago con este gallo haremos contigo, so ladronazo". ¡Qué risa! Luego salió la procesión que habéis visto... Pues venía con *muchismo* orden, como se dice... Pucheta mandaba, que es hombre que sabe del orden y tal...»

Oyendo estas referencias, Centurión tenía un nudo en su garganta, y no acertaba ni a protestar contra el salvajismo del pueblo. «¡Ignominia, barbarie! —exclamaba dando palmadas en el mostrador—. La Libertad no es eso, cojondrios, no es eso.» Y *Sebo*, que en su consternación se había calado el sombrero nuevo hasta las orejas, habló así: «Dime, *Rafa*, ¿iba *Pucheta* en el *entierro*? Porque yo no he podido distinguir caras, del gran susto y sobrecogimiento que me entró al ver lo que vi. Al tiempo que se me aflojaba el vientre, se me nublaba la vista.

—Pues sí que iba —dijo Centurión—. El jinete de la derecha, el que vimos por la parte de acá, era *Pucheta*, con blusa de dril y un plumacho en el sombrero. ¡En qué manos está la Libertad, cojondrios! Y al lado de *Pucheta*, a la parte de adentro, iba la Generosa Hermosilla, hermana de esta buena pieza...

—Mi hermana —dijo *Rafa*— no se separa de *Pucheta*: es la que le mete en la cabeza el orden... ¡Qué risa con ella! A todas horas le canta la lección: "*Pucheta*, orden... Ándate con orden, hijo". Mi hermana iba al lado de él, terciado el manto, muy bien peinadita, con un pompón en la peineta...

—Tu hermana y tú —afirmó Centurión furioso—, sois unas solemnes castañas pilongas, que después de llevar a los hombres al vicio, les predicáis el orden. ¡Vaya un escarnio! Orden vosotras, que nunca supisteis con qué se come eso. ¿Qué principios tenéis ni qué dogmas profesáis para saber lo que es el orden? ¡Idos al infierno con cien mil pares de cojondrios! Tu hermana Jenara y tú, *Rafa* maldita, habéis escandalizado en todo Madrid, después de escandalizar en las calles del Humilladero, Irlandeses y Mediodía Grande... A vuestro honrado padre, el bueno de Hermosilla, le pusisteis a punto de morir de vergüenza... No os quitaréis nunca de encima el apodo de *las Zorreras*, que os aplicaron por ser hijas de un fabricante de zorros, que también hace plumeros... Vete, vete; sigue los pasos de tu hermana, al lado de *Pucheta*, de *Meneos*, o de otro de esos matarifes que deshonran la Libertad... No te entretengas aquí, entre gentes honradas y hombres de principios... Corre, y verás cómo ahorcan o fusilan o despachurran al desgraciado Chico.»

II

Echose a reír la moza con el airado discurso de Centurión, y llegándose al dueño de la cerería, don Gabino Paredes, que arrobado la contemplaba, los codos en el mostrador, el rostro en las palmas de las manos, le dijo: «¿Verdad, Gabinico, que tú no me echas de tu casa?» Y el cerero, revolviendo algo en su boca, completamente desdentada, le contestó: «Ni yo ni el amigo Centurión te arrojamos de esta humilde tienda. Ha sido un decir, rica: no te enfades... Y para que veas que me acuerdo de ti, toma este caramelito...» Cuando los sacaba del hondo bolsillo de su chaqueta, alargó Centurión la mano diciendo: «Deme otro a mí, don Gabino, que del berrinche que he cogido con esta tragedia, se me ha secado la boca.» Hizo el cerero ronda de caramelos, dando la mayor parte a *Rafa* y a su compañera, que con *Sebo* platicaba, y chuparon todos, refrescando sus secos paladares. La segunda pájara, de apodo *Jumos*, mujerona en el ocaso de la juventud, con restos manidos de un gallardo tipo de majeza, tomó la palabra en contra del señor de Centurión, desarrollando sus argumentos con razones no mal concertadas: «Pues si el pueblo no hace la justiciada en ese capataz de los guindillas, ¿quién la hará?... ¡contra con Dios! ¿El Gobierno nuevo que venga le había de castigar? Y *vostedes* los patriotas nuevos, ¿qué serían más que lameplatos del Chico? Hala con él, y reviéntenle para que no haga más maldades... Él comía con el Gobierno, comía con el ladronicio... ¿Que robaban a *vostedes* el reloj? Pues para recobrarlo, no tenían más que abocarse con don Francisco, que devolvía la prenda por un tanto más cuanto, según el por qué de la persona... Alhajas muchas pasaron de sus dueños a los ladrones, y de los ladrones a sus dueños, todo con su *porsupuesto*, menos cuando las alhajas le gustaban a Chico, que tan fresco se quedaba con ellas. De sus ganancias prestaba dinero, a seis reales por duro al mes, mediando el portero Mendas y uno de la calle de la Palma, con trazas de clérigo, que le llaman don Galo, y también *el Chato de Pinto*, por ser de Pinto mismamente...

—Invenciones de la plebe —dijo Centurión menos fiero que antes—; malquerencia de los que Chico perseguía por revoltosos.

—Algo habrá de eso —observó en tonos de templanza el gran *Sebo*—, sin que deje de ser verdad lo que cuenta esta *Jumos*. Testigos hay de que el pobre don Francisco no jugaba con limpieza.

—Jugaba con cartas señaladas —afirmó la mujerona—, y era el primer puerco del mundo. El Gobierno le pagaba para defender a cada hijo de vecino, y él ¿qué hacía? cobrar el barato al vecino y al Gobierno y al *Sulsucorda*. A todos engañaba, y no era fiel más que con la Cristina y su marido, el de Tarancón, porque estos, cuando los ministros estaban hartos de Chico y querían darle la puntera, sacaban la cara por él... Como que Chico era el hombre de confianza de los Muñoces, y el que estaba al quite por si venían cornadas... que el pueblo hacía por ellos, ¡vaya!

—Exageraciones, mujer —dijo Centurión—, y desvaríos de la pasión popular... Algún día se hará la luz, y la Historia pondrá la verdad en su punto.

—Historias ya tenemos —prosiguió la *Jumos*—: pídaselas a don José de Zaragoza y a don Melchor Ordóñez, que por saber bien de historia han querido limpiarle el comedero a don Francisco Chico. Pero no podían, que la Cristina le echaba un capote, y Chico tan fresco, se reía, se reía, con aquella cara de sayón... Pues el muy marrajo, para dar gusto al Gobierno, se cebaba en los que caían en su mano, por mor del conspirar y de la política. El que era masón y andaba en algún enredo para echar proclamas o escribir contra la reina, ya podía encomendarse a Dios. A nadie metía en la cárcel sin darle antes un pie de paliza para hacerle confesar la verdad, o mentiras a gusto de él, con las que se abría camino para prender a otros, y abarrotar la cárcel... A un primo mío, Simón Angosto, zapatero en un portal de la calle de la Lechuga, que los lunes solía ponerse a medios pelos y cantaba coplas en la calle, con música del *izno* de Espartero y letra que él sacaba de su cabeza, le cogió una noche saliendo de la casa de Tepa, y tal le pusieron el cuerpo de cardenales, que *gomitó* el alma a los dos días.

—No fue así, Pepa *Jumos*, no fue así —dijo *Sebo* gravemente, poniendo en su acento todo el respeto a la verdad histórica—. A Simón Angosto se le hicieron los cardenales y se le aplicó de firme el vergajo, porque anduvo en aquellas trapisondas... bien me acuerdo... Cuando mataron a Fulgosio... Se le encontró una carta con garabatos masónicos y razones en cifra que parecían... Así como un conato de atentado contra Narváez...

—Para conatos tú, reladronazo —replicó la mala mujer, roja de ira—. ¿Qué es conato?

—Es intento de delito, delito frustrado...

—Me *fustro* yo en ti y en el *conato* de tu madre. Sales a la defensa de Chico, porque tú eras de los del vergajo, que deslomaban al infeliz que cogían. Tal eres tú como el otro, que ahora paga sus *conatas* y *fustratas*... y con él te debíamos llevar.

—Yo no estoy con él, ni estuve —dijo Telesforo palideciendo—. Pepa *Jumos*, mira lo que hablas: ten en cuenta que yo, si cumplí mi deber en la Seguridad, luego me dio asco de aquel oficio, y me pasé al partido de los señores generales de Vicálvaro, que nos han traído la Libertad, verbigracia, la Justicia.

—Justicia contra ti, *arrastrao* —dijo Rafaela Hermosilla, terciando en la conversación—. Ándate con tiento, *Sebito*, y no pintes el diablo en la pared, que como te huela el pueblo, hará contigo un *conato*.

—El amigo Telesforo —indicó Centurión extendiendo una mano protectora sobre el renegado de la Policía—, es hombre de principios, que jamás atropelló al pueblo soberano. Si alguna vez impuso castigos, fue mirando por el Ornato Público, que llamamos también Policía Urbana.»

Saltó al oír esto la *Jumos* con briosa protesta, diciendo: «¡Buenas *ornatas* públicas nos dé Dios! Lo que hacía este tuno era bailarle el agua a don

Francisco Chico, y andar siempre agarrado a los faldones de su *levosa*... Y esto no me lo ha contado nadie, sino que lo han visto estos ojos, porque yo, aunque no soy vieja, ni lo quiera Dios, he visto mucho mundo, y pillería mucha; tanto, que de ver canalladas sin fin, cada lunes y cada martes, paréceme que soy vieja, lo cual que no lo soy, sino que lo viejo es el mundo y las malas partidas que se ven en él... Pues el día aquel, ya van para seis años, en que el pobre zapatero de la calle de Toledo le tiró un ladrillo a don Francisco Chico, desde el primer piso bajando del cielo, yo estaba en la acera de enfrente hablando con mi comadre la Venancia, que tenía cacharrería donde hoy están los talabarteros... Pues como allí estaba una servidora, todo lo vi, y nadie me lo cuenta... Y digo que el ladrillo no fue ladrillo, sino un pedazo de cascote, y que no le cayó a don Francisco en la *canoa*, como dijeron y mintieron, sino que se *espolvoró* en el aire, y solo unas motas fueron a dar en el hombro del Chico, y otras salpicaron al que le acompañaba, que era el señor de *Sebo*, aquí presente. Atrévase a decirme que esto no es verdad... Se calla y rezonga, como los perros... Un perro fue entonces. ¿Quién subió como un cohete a la casa de donde tiraron las *mundicias*? ¿Quién bajó enseguida trayendo al zapaterín cogido por el pescuezo? ¿Quién...?

—Cierto que fui yo... No puedo negarlo —dijo *Sebo* con trémula voz—. Pero como ha declarado el señor Centurión, lo hice por Ornato Público, o por *Policía* y *Buen Gobierno*, que era el *Ramo* en que yo servía entonces. Y dice el bando de 1839, en su art. 5.º: «Los que arrojen a la calle basuras, cascos de loza o ceniza de braseros, pagarán cuarenta reales de multa, sin perjuicio de las penas en que incurran en el caso de causar daños a los transeúntes...»

—¿Y por qué bando fusilasteis al zapaterito...?

—Eso no es cuenta mía, ni tuve nada que ver. ¿Que el hombre fuera masón, y guardara papeles que le comprometían, y una estampa indecente de Fernando VII con orejas de burro... Es acaso culpa mía?

—¿Y de que por eso le fusilaran —agregó Centurión—, es culpa de nadie... Más que del sicario de Narváez?

—Sobre pintarle al Rey orejas que no eran las suyas —dijo *Sebo* defendiéndose con timidez—, el susodicho dibujó un letrero saliendo de la boca de *Narizotas*, que a la letra decía: «Marchemos, y yo el primero, por la senda borrical de la reacción.»

El cerero don Gabino Paredes cortó con su desentonada voz la disputa histórica, sosteniendo que ninguno de los señores presentes tenía culpa de las barbaridades del 48. Todo ello se hizo para guarecernos de las revoluciones y tempestades que venían de Francia, de Italia y de Hungría, y cerrarle la puerta al maldito Socialismo. No se entendían las graves razones del buen Paredes, porque, deshabitada absolutamente de huesos su boca, el aire conductor de la voz hacía dentro de aquella caverna extraños pitidos, gorjeos y cambios de tono, que quitaban a las palabras su verdadero sentido, o las dejaban escapar con silbos desapacibles. Más claramente habló Centurión, despachando a las dos pajarracas con estas desahogadas expresiones: «Seguid vuestro camino, tú, *Zorrera*, y tú, *Jumos*, y no alternéis con hombres de principios, que os compadecen, pero no os escuchan. Id a ver cómo mata el pueblo a esos desgraciados, y si llegáis a tiempo, sed piadosas, ya que no podéis ser honradas, y decid al pueblo que no envilezca su patriotismo con el asesinato. Influye tú, *Rafa*, con tu hermana la otra *Zorrera*, para que a su vez interceda con ese *Pucheta* condenado, a ver si el hombre se ablanda, y evita ese crimen de leso Pueblo... Vosotras, *zorreras*, a quienes debo llamar, para daros más categoría, *plumeros*, que algo más vale el plumero que el zorro, y si lo dudáis preguntádselo a vuestro padre; vosotras, digo, y tú, *Jumos*, id hacia abajo en seguimiento de la chusma, y haced una buena obra. Sois lo que sois; pero no malas de mal corazón... Creo que me entendéis... El diablo que lleváis dentro vuélvase compasivo, o escóndase para que un ángel se meta en vosotras por un ratito no más. Salvad a esos infelices, y después seguid escandalizando por el mundo; practicad la liviandad pública, hasta que os llegue la hora del arrepentimiento... Idos, dejadnos en paz.»

Risas desvergonzadas provocó en ambas cortesanas del pueblo el agrio sermoncillo de Centurión, endulzado por cariños del cerero, que rasgando toda su boca hasta las orejas, y ahuecándola y haciendo buches con las palabras, decía: «*Zorrerita*, no te vendas tan cara. Ven mañana y te daré almendras de Alcalá.» Presente estaba Ezequiel Paredes, arrimado a su padre, y el pobre chico miraba con encandilados ojos a las dos culebronas, sin expresar horror del infamante oficio de las tales. «*Zequilete* —dijo la Pepa *Jumos* acariciando con sus dedos ensortijados la barbilla del mancebo—, ¡qué callado estás!... Ven con nosotras, *cara e cielo*.» De estas confianzas protestó don Gabino cogiendo al chico por un brazo: «No, no; dejadle, que es todavía una criatura. No os entiende...

—Sois libros que el pobrecito no sabe leer —dijo Centurión.

—Deletrea —indicó *Sebo* jovial—; pero más vale que no pase del *a b c*. En fin, idos al matadero y no volváis por aquí.

—Lo que sentimos —declaró la *Jumos*— es no llevarte por delante, para que los fusiles hagan boca con tu cabeza pindonguera.» Y la otra: «Con Dios, abuelo y *Zequiel*... Don Mariano, conservarse... *Sebo*, no ande hoy por esta calle, no sea que lo derritan.»

Diciendo esto la *Zorrera*, se oyeron tiros lejanos. Don Gabino se santiguó; Centurión soltó un terno; se echaron a la calle despavoridas *las del partido*, ansiosas de alcanzar algo de la función, y *Sebo* humilló su cabeza y encogió su cuerpo como si quisiese meterse debajo del mostrador. En esto pasaba por la calle tropel de gente con aspecto medroso. Salió Ezequiel a la puerta, y oyó decir: «En la Fuentecilla les han despachado.» Oyéndolo, redobló Centurión sus apóstrofes declamatorios, y proclamó la supremacía de los principios sobre las pasiones. *Sebo* callaba, y como su amigo le propusiera emprender la retirada hacia los barrios del centro, se fue derecho a la trastienda murmurando con ahilada voz: «También yo principios... hombre de principios... hombre de bien... ¿Pero cómo salgo a la calle?... ¡Me ven, se fijan en mí...! Amigo Paredes, escóndame en su casa hasta la noche...» Esto dijo acariciando el sombrero, que en la mano llevaba, e internándose por el pasillo. Tras él, Centurión trataba de aliviarle el miedo: «No hay cuidado, Telesforo... Yendo conmigo, podrá usted salir... Mi persona es la mejor fianza...

—¡Fíese usted de fianzas!... ¿Fianzas contra el pueblo? ¡Ni de la Virgen!... Aquí me quedo.»

Retirose don Mariano, dejándole al cuidado de Ezequiel y de Tomás, el encargado de la cerería, pues don Gabino, completamente chocho ya del agobio de sus años, no hacía más que acopiar caramelos para obsequio de toda mujer que entraba en la tienda por cirios, agraciándola con su sonrisa lela, sin distinguir señoras de sirvientas, ni honradas de públicas, que para él todo ser con faldas, salvo los curas, era lo mismo. Cuando a don Mariano en la puerta despedía, vieron pasar al general San Miguel, con su séquito de militares y patriotas, a trote largo calle abajo. «A buenas horas, mangas verdes», dijo Centurión; y don Gabino daba toda la cuerda de sonrisa a su boca sin dientes, persignándose como cuando habían oído los tiros. Entraron luego dos señoras, hija y madre, ambas muy guapas, a comprar cerillos y mariposas, y como venían asustadas del tumulto de la calle, no se detuvieron más que el tiempo preciso para su negocio, y tomar los caramelos con que las obsequió baboso y risueño el bueno de don Gabino. Este las despidió enjuagándose la boca con palabras que ellas no entendieron, haciendo la señal de la cruz y besándose los dedos. «Angelote —dijo a Ezequiel apenas se quedaron solos—, ¿cuándo aprenderás a no ser huraño con las señoras? A tu edad yo no las dejaba salir de la tienda sin decirles alguna palabra fina y con aquel... Eres un ganso, y en cuanto ves a una mujer, se te alarga el hocico, te pones colorado y no sabes decir más que *mu, mu*, como un buey que no ha salido de la dehesa... ¡Y que no son poco lindas la madre y la hija!... No sabría uno con cuál quedarse si le dieran una de las dos... La madre es hija de un señor de Pez que tuvo la contrata de conducción de caudales. Casó con el coronel Villaescusa, que ahora irá para general... Conozco bien a esta familia... El coronel y su hermana Mercedes, casada con Leovigildo Rodríguez, son primos carnales de nuestro amigo Centurión, que acaba de salir de aquí... Pues la niña es una flor... ¿no te parece que es una flor?... Se llama Teresita. Ya viste con qué ojos tan tiernos me miraba, y qué cuchufletas tan graciosas me decía, ji, ji, ji... Y tú, grandísimo pavo, te quedaste lelo como un poste cuando la madre te pasó los dedos por la cara y te dijo: *Zequiel*, qué guapín eres.»

III

No vuelve a mentar Clío a nuestro buen Centurión hasta la página en que nos cuenta la entrada de Espartero en Madrid, por la Puerta de Alcalá, entre un gentío loco de entusiasmo, que le bendecía, le aclamaba y le llevaba medio en vilo con coche y todo. A pie iba Centurión junto a la rueda trasera, puesta la mano en la plegada capota, dando al viento, con toda la violencia de su voz estentórea, los gloriosos nombres de Luchana, Peñacerrada y Guardamino, emprendiéndola luego con la Libertad, la Soberanía del Pueblo y otras invocaciones infalibles para enardecer a las multitudes. El caudillo de los patriotas, cuando los vaivenes del océano de personas detenían el coche en que navegaba, se ponía en pie, sacaba y esgrimía la espada vencedora, y soltando aquella voz tonante, sugestiva, de brutal elocuencia, con que tantas veces arrastró soldados y plebe, lanzaba conceptos de una oquedad retumbante, como los ecos del trueno, con los cuales a la turbamulta enloquecía y la llevaba hasta el delirio... Reaparece luego Centurión cuando Espartero y O'Donnell se dieron el célebre abrazo en el balcón de la casa donde fue a vivir el primero, plazuela del conde de Miranda. Detrás de los dos generales invictos se veía, entre otros paniaguados, la imagen escueta de Centurión, derramando de sus ojos la ternura, de sus labios una alegría filial, dando a entender que allí estaba él para defender a su ídolo de cualquier asechanza. Cuenta la Musa que el buen señor se constituyó en mosca de don Baldomero, acosándole sin piedad a todas horas, hasta que su pegajosa insistencia logró del caudillo el anhelado nombramiento en la Obra Pía de Jerusalén.

Daba gusto ver la *Gaceta* de aquellos días, como risueña matrona, alta de pechos, exuberante de sangre y de leche, repartiendo mercedes, destinos, recompensas, que eran el pan, la honra y la alegría para todos los españoles, o para una parte de tan gran familia. Capitanes generales, dos; tenientes generales, siete, y por este estilo avances de carrera en todas las jerarquías militares, sin exceptuar a los soldados rasos, aliviados de dos años de servicio. ¡Pues en lo civil no digamos! La *Gaceta*, con ser tan frescachona y de libras, no podía con el gran cuerno de Amaltea que llevaba en sus hombros, del cual iba sacando credenciales y arrojándolas sobre innumerables pretendientes, que se alzaban sobre las puntas de los pies y alargaban los brazos para alcanzar más pronto la felicidad. La *Gaceta* reía, reía siempre, y a todos consolaba, orgullosa de su papel de Providencia en aquella venturosa ocasión. Y no era menor su gozo cuando prometía bienaventuranzas sin fin para el país en general, anunciando proyectos, y enseñando las longanizas con que debían ser atados los perros en los años futuros. La *Gaceta* tenía rasgos de locura en su semblante iluminado por un gozo parecido a la embriaguez. Diríase que había bebido más de la cuenta en los festines revolucionarios, o que padecía el delirio de grandezas, dolencia muy extendida en los pueblos dados al ensueño, y que fácilmente se transmite de las almas a las letras de molde.

Era de ver en aquella temporadita el súbito nacimiento de innumerables personas a la vida elegante o del bien vestir. Se dice que nacían, porque al mudar de la noche a la mañana sus levitas astrosas y sus anticuados pantalones por prendas nuevecitas, creyérase que salían de la nada. La ropa cambiaba los seres, y resultaba que eran tan nuevos como las vestiduras los hombres vestidos. El cesante soltaba sus andrajos, y mientras hacían negocio los sastres y sombreros, acopiaban los mercaderes del Rastro género viejo en mediano uso. Y a su vez, pasaban otros de empleados a cesantes por ley de turno revolucionario, que no pacífico. Alguna vez había de tocar el ayuno a los orgullosos moderados, aunque fuera menester arrancarles de las mesas con cuchillo, como a las lapas de la roca.

El observador indiferente a estas mudanzas entreteníase viendo pasar regocijados seres desde la región oscura a la luminosa, entonando canciones anacreónticas o epitalámicas, y sombras que iban silenciosas desde la claridad a las tinieblas. Al gran *Sebo* le veíamos salir de su casa después de comer, bien apañadito de ropa, llevando entre dos dedos de la mano derecha un puro escogido de cuatro cuartos, que fumaba despacio, procurando que no se le cayera la ceniza, y a su oficina de Gobernación se encaminaba, saludando con benévola gravedad a los amigos que le salían al paso. Poco trecho recorría Centurión desde su casa de la calle de los Autores hasta Palacio, bajando por la Almudena y atravesando el arco de la Armería, sin encontrar amigos o comilitones que en tan desamparado lugar le saliesen al encuentro para pedirle noticias de la cosa pública. Mejor era así, pues se había impuesto absoluta discreción... Atento a la dignidad más que a vanas pompas, limitose, en la cuestión indumentaria, a lo preciso y estrictamente decoroso, y pensó en mejorar de vivienda, cambiando el mísero cuarto de la Cava de San Miguel por una holgada habitación en la calle de los Autores, casa vieja, pero de anchura y espacio alegre, con vista espléndida al Campo del Moro. Allí se instaló por gusto suyo y principalmente por el de su mujer, que como andaluza hipaba por las casas grandes bañadas de aire y luz. El primer cuidado de la mudanza fue la conducción de tiestos. Los dos balcones de la Cava de San Miguel remedaban los pensiles de Babilonia; diversidad de plantas en macetas, cajones y pucheros, entretenían a doña Celia, que tal era el nombre de la señora, ocupándole horas de la mañana y de la tarde en diversas faenas de jardinería y horticultura. Los cuatro balcones de la calle de los Autores, abiertos al Oeste, dieron amplitud y mayor campo a su dulce manía, y lanzándose a la arboricultura, con el primer dinero que le dio Centurión para estos esparcimientos compró una higuera, un aromo y un manzano, que con la arbustería formaban, a las horas de calor, una deliciosa espesura de regalada sombra.

En su nueva casa, visitado de pocos y buenos amigos, veía Centurión pasar la Historia, no sin tropiezos y vaivenes en su marcha, a veces precipitada, a veces lenta; vio la salida de la reina Cristina, de tapujo, pues los demagogos querían, si no matarla, darle una pita horrorosa, homenaje a su impopularidad; vio cómo se establecía la Milicia Nacional, de lo que sacaron fabulosas ganancias los fabricantes y almacenistas de paños por la enorme confección de uniformes; vio y leyó el Manifiesto que hubo de largar Cristina desde Portugal, quejándose de que la Nación la había tratado como a una mala suegra, y augurando calamidades sin fin; vio entrar en España huésped tan molesto como el cólera morbo; asistió a la apertura de las nuevas Cortes, que eran, para no perder la costumbre, Constituyentes y todo; vio a Pacheco salir del Ministerio de Estado, sustituyéndole don Claudio Antón de Luzuriaga, lo que no le supo mal, por ser este un buen amigo que le estimaba de veras; y lamentó, en fin, los motines con que el loco año 54 se despedía, desórdenes provocados en unos pueblos por la inquieta Milicia, en otros por ella reprimidos.

A medida que prosperaban los árboles en los balcones de doña Celia, Centurión se iba sintiendo más inclinado al orden, y más deseoso de la estabilidad política, tomando en esto ejemplo del reino vegetal y de la Madre Naturaleza, que con lenta obra arraiga las plantas, protege la savia y asegura flores y frutos. La moderación se posesionaba de su alma, y garantida por el empleo la vida física, se sentía lleno de la dulce y fácil paciencia, que es la virtud de los hartos. Quería que todos los españoles fuesen lo mismo, y renegaba de los motines, no viendo en ellos más que una insana comezón, conatos de nacional suicidio. ¡Cuánto mejor y más práctico que estuvié-ramos tranquilos los españoles, disfrutando de las libertades conquistadas, y esperando en calma la Constitución nueva que iban a darnos los conspi-cuos!... Pensando en esto todo el día, por las noches solía tener el hombre pesadillas angustiosas; soñaba que Espartero y O'Donnell se tiraban al fin los trastos a la cabeza, como decían los profetas callejeros, y venía el temido rompimiento. Con imaginario peso sobre el buche y tórax, don Mariano no podía respirar. Era una barra de plomo, y la barra de plomo era la espada de Lucena, vencedora de la de Luchana. O'Donnell triunfante reía como un diablo de los infiernos irlandeses, con glacial cinismo, entreteniéndose en limpiar los comederos de todos los esparteristas habidos y por haber. Despertaba el hombre sobresaltado, clamando: «¡Ay, que me ahogo!... ¡Quítate... O'Donnell!...» Y aun despierto persistía la sensación de horrible pesadumbre sobre el pecho. A los gritos del buen señor se despabilaba doña Celia, y sacudiendo a su esposo por el brazo de este que tenía más próximo, le decía: «Mariano, ¿qué es eso?... ¿El dolor en el vacío... la opre-sión en el pecho?

—Sí, mujer... Es este O'Donnell...

—¿Qué O'Donnell?

—La opresión, hija. La llamo así porque... ya te lo expliqué la otra noche... Dame friegas... Aquí... la opresión se me va pasando, pero el miedo no... Veo la gran calamidad del Reino, el rifirrafe entre estos dos caballeros. El uno tira para la Libertad, el otro para el Orden... Adiós, revolución bendita; adiós, principios; adiós, España... Y todo para que vuelva el perro moderantismo... El atizador de estas discordias... por la cuenta que le tiene... Vaya, no frie-gues más. Duérmete, pobrecilla.

—Cuando me despertaron tus ayes —dijo doña Celia requiriendo el rebozo—, soñaba yo que uno de mis jacintos echaba un tallo muy largo, muy largo...

—¡Muy largo! —murmuró don Mariano cerrando los ojos y arrugando su faz—. Ese largo es O'Donnell.

—¿Sueñas otra vez?

—No sueño... pienso.

—No pienses... Oye, Mariano: treinta y dos capullos tiene mi rosal piti-miní... y ya han echado la primera flor los ranúnculos de Irlanda.

—¡Irlanda... O'Donnell!

—¿Qué tiene que ver?... Duerme... yo también... Me levantaré temprano para limpiar los rosales, sembrar más extrañas, y recortar el garzoto blanco.

—Blanco es O'Donnell... El hombre blanco y frío... Duerme, Celia. Yo no puedo dormir... Pronto amanece. Oigo cantar gallos... Su grito dice: «¡O'Donnell!...»

IV

Modesto y sencillo en sus costumbres, Centurión recibía en su casa, las más de las noches, a familias amigas, unidas algunas con lazos de paren-tesco a doña Celia o a don Mariano. Eran personas de trato corriente, de posición holgada y oscura dentro de los escalafones burocráticos. Con gente de alto viso se trataban poco, no siendo en visitas de etiqueta, y aunque sus relaciones habían llegado a ser extensas en el curso del 54 al 55, no cultivaban más que las de cordial intimidad o las de parentesco. Asiduos eran el comandante Nicasio Pulpis y su mujer Rosita Palomo, sobrina de doña Celia; Leovigildo Rodríguez, con su esposa Mercedes, her-mana del coronel Villaescusa, primo de Centurión, y María Luisa Milagro de Cavallieri, hermana de la marquesa de Villares de Tajo (*Eufrasia*). También frecuentaban la tertulia el comandante don Baldomero Galán y su señora, doña Salomé Ulibarri (*Saloma la Navarra*); Paco Bringas, compañero de Centurión en la oficina de Obra Pía; don Segundo Cuadrado y don Aniceto Navascués, empleados en Hacienda. De personas con título, no iba más que la marquesa de San Blas, camarista jubilada, y de personas pudientes, las culminantes en aquella modesta sociedad eran don Gregorio Fajardo y su esposa Segismunda Rodríguez, que del 48 al 54 habían engrosado fabulosamente su fortuna. La coronela Villaescusa y su linda hija Teresa, tenían rachas de puntualidad o abstención en la tertulia. Durante un mes iban todas las noches, y luego estaban seis o siete semanas sin aportar por allí. Razón le sobraba a doña Celia, que calificó de alocadas o locas de remate a la madre y la hija.

Redichas y despabiladas eran María Luisa del Milagro, Rosita Palomo y la vetusta y mal retocada marquesa de San Blas; espléndida y maciza hermosura bien conservada en sus cuarenta años, tarda en el hablar y muy limitada en sus ideas, era Salomé Ulibarri de Galán; despuntaba Segismunda por su tiesura y por el tono que se daba, no perdiendo ocasión de aludir incidental y discretamente a sus improvisadas riquezas. Más de una noche, cuando traía la actualidad asunto político, digno de ser tratado por todos los españoles que entendían de estas cosas, los caballeros, dejando a las señoras que a sus anchas picotearan sobre modas o sobre lo caro que estaba todo en la plaza, se agrupaban en un rincón de la sala. Era este como abreviatura del Congreso, donde todo problema se ventilaba, entendiendo por ventilación que saliesen al aire opiniones poco diversas en el fondo, y que aleteando estuviesen entre bocas y oídos, volviendo al fin cada opinión a su palomar. Tratose allí por todo lo alto y todo lo bajo el gravísimo asunto de la Desamortización Civil y Eclesiástica, votada por las Cortes en abril. ¿Por qué se obstinaba la reina en no dar su sanción a esta ley? Desdichado papel hacían O'Donnell y Espartero cabalgando un día y otro en el tren de Aranjuez, con la Ley en la cartera, y volviéndose a Madrid cacareando y sin firma. Leovigildo Rodríguez y Aniceto Navascués no se mordían la lengua para sacar a la vergüenza pública, con sátira cruel, las cosas de Palacio. A la colada salieron el nuncio, sor Patrocinio, y clérigos palaciegos o gentiles hombres aclerigados.

Por aquellos días, empeñado el Gobierno en que Su Majestad sancionara la ley, y obstinada Isabel en negar su firma, vieron los españoles una prodigiosa intervención del cielo en nuestra política. Fue que un venerado Cristo que recibía culto en una de las más importantes iglesias del Reino, se afligió grandemente de que los pícaros gobernantes quisieran vender los bienes de Mano Muerta. Del gran sofoco y amargura que a Nuestro Señor causaban aquellas impiedades, rompió su divino cuerpo en sudor copioso de sangre. Aquí del asombro y pánico de toda la beatería de ambos sexos, que vio en el milagro sudorífico una tremenda conminación. ¡Lucidos estaban Espartero y O'Donnell y los que a entrambos ayudaron! ¡Vaya, que traernos una Revolución, y prometer con ella mayor cultura, libertades, bienestar y progresos, para salir luego con que sudaban los Cristos! La vergüenza sí que debió de encender los rostros de O'Donnell y Espartero, hasta brotar la sangre por los poros. Por débiles y majagranzas que fuesen nuestros caudillos políticos, incapaces de poner a un mismo temple la voluntad y las ideas, la ignominia era en aquel caso tan grande, que hubieron de acordarse de su condición de hombres y de la confianza que había puesto en ellos un país tratado casi siempre como manada de carneros. El de Luchana y el de Lucena se apretaron un poco los pantalones. Y la reina firmó, y Sor Patrocinio y unos cuantos capellanes y palaciegos salieron desterrados, con viento fresco; al buen Cristo se le curaron, por mano de santo, la fuerte calentura y angustiosos sudores que sufría, y no volvió a padecer tan molesto achaque.

Siempre que de este y otros asuntos semejantes se trataba en la tertulia de Centurión, decía este que el mayor flaco de nuestros caudillos era que no se atacaban bien los pantalones, y solían andar por el Gobierno y por las salas palatinas sin la necesaria tirantez del cinturón que ciñe aquella prenda de vestir. Hombres que en los campos de batalla se cinchaban hasta reventar, y arrostraban impávidos los mayores peligros con los calzones bien puestos, en cuanto se ponían a gobernar, aflojábanse de cintura y desmayaban de riñones solo con ver alguna compungida faz de persona religiosa, llamárase nuncio o simple monjita seráfica. La vista de un cirio les turbaba, y cualquier exorcismo de varón ultramontano les hacía temblar. Pero, en fin, aquella vez se habían portado bien y merecían alabanzas de todo buen español. Conserváreles Dios en tan buen temple de voluntad y con los pantalones bien sujetos.

Cuando desmayaban los temas políticos de actualidad, pasaban el rato los amigos de Centurión entreteniditos con los burocráticos temas: se trabajaba de firme en tal oficina; el jefe de la otra era un vago que permitía hacer a cada cual lo que le viniera en gana. En Rentas Estancadas les había tocado un Director que era una fiera; la Caja de Depósitos disfruta cinco días de estero y desestero, y el Director obsequiaba con dulces a los empleados el día del santo de la señora y de las niñas... Luego invertían largo tiempo en designar sueldos efectivos o sueldos probables, y la conversación era un tejido de frases como estas: «El trabajo que me ha costado llegar a doce mil, solo Dios lo sabe...» «Heme aquí estancado en los catorce mil, y ya tenemos a Mínguez, con sus manos lavadas, digo, sucias, encaramado en veinte mil...» «Vean ustedes a Pepito Iznardi, con el cascarón pegado todavía en semejante parte, disfrutando ya sus diez mil, que yo no pude obtener hasta pasados los treinta años...» «Madoz me ha dado palabra solemne de que tendré pronto dieciocho mil...» «Pues yo, si entra en Hacienda, como parece, mi amigo don Juan Bruil, los veinte mil no hay quien me los quite.»

El ser empleado, aun con sueldos tan para poco, creaba posición: los favorecidos por aquel Comunismo en forma burocrática, especie de imitación de la Providencia, eran, en su mayoría, personas bien educadas que, por espíritu de clase y por tradicional costumbre, vestían bien, gozaban de general estimación, y alternaban con los ricos por su casa. Fácilmente podían procurarse una o más novias los chicos que lograban pescar credencial de ocho mil en sus floridos años, y se consideraba buen partido casar a la hija predilecta con un mozo de catorce mil, que gastaba guantes, y cubría su cabeza, bien peinada, con enorme *canoa* de fieltro. Llegaba a una ciudad de corto vecindario un caballerete con destino de ocho mil en Administración Subalterna, y solo con presentarse, volvía locas a todas las señoritas de la población. En tropel se asomaban a las ventanas para verle pasar, y fácilmente introducido en las mejores casas, tomaba el papel de *lion* irresistible, a poco desenfado y cháchara que gastase. Vestía bien, usaba guantes, y un sombrero de copa que eclipsaba con su brillo a todos los del pueblo. En este, que era de los de pesca, se daba un tono inaudito: de Madrid contaba maravillas y rarezas que embobaban a sus oyentes; en la Corte tenía innumerables relaciones; conocía marquesas, camaristas, actores célebres, caballerizos y gentiles hombres de Palacio... Era sobrino de un tío que cobraba cuarenta mil. Todo esto y su agradable figurilla bastaban para que se le estimase, y para que su alianza con cualquier familia de la localidad se considerara como una bendición.

Tales desproporciones entre la pobreza y el falso brillo de una posición burocrática, componían el tejido fundamental de aquella sociedad. Jóvenes existían que cautivaban con su fino trato y el relumbrón de una superficial cultura, y, no obstante, ganaban menos dinero que un limpia-botas de la calle de Sevilla. Pelagatos mil existían, bien apañados de ropa y modales, que se alimentaban tan mal como los aguadores; pero no tenían ahorrillos que llevar a su tierra. Verdad que también había gran desproporción entre la prestancia social de muchos y su valer intelectual. Licenciados en Derecho, con ocho o diez mil reales, que entendían algo de literatura corriente, y poseían la fácil ciencia política que está en boca de todo el mundo, ignoraban la situación del istmo de Suez, y por qué caminos van las aguas del Manzanares a Lisboa... De lo que sí estaban bien enterados todos los españoles de levita, y muchos de chaqueta, era de la guerra de Oriente, o de Sebastopol, como ordinariamente se la nombraba. Los caballeros ilustrados, las señoras y señoritas, hasta las chiquillas, hablaban de la torre de Malakoff con familiar llaneza. El Malakoff y los *offes*, los *owskys* y los *witches* de las terminaciones rusas servían para dar mayor picante a los conceptos y giros burlescos. Ejemplo: «¿Qué pasa, amigo *Centurionowsky*, para que esté usted tan triste? ¿Se confirman los temores de que *Leopoldowitch* le juegue la mala partida al gran *Baldomeroff*?»

En el círculo de señoras, solía dar doña Celia conferencias sobre el cultivo de plantas de balcón, en que era consumada profesora; y cuando no había en la tertulia solteras inocentes, o que lo parecían, las casadas machuchas y las viudas curtidas tiraban de tijeras, y cortaban y rajaban de lo lindo en las reputaciones de damas de alta clase, pasando revista a los líos y trapicheos que habían venido a corromper la sociedad. ¡Bonita moral teníamos, y cómo andaban la familia y la religión! La sal de estos paliques era el designar por sus nombres a tantas pecadoras aristocráticas, y hacer de sus debilidades una cruel estadística. Véase la muestra: «La Villaverdeja está con Pepe Armada; la Sonseca con el chico mayor de Gravelina; a pares, o por docenas, tiene sus líos la de Campofresco; la Cardeña habla con Manolo Montiel, y con Jacinto Pulgar la de Tordesillas...» Poniendo su vasta erudición en esta crónica del escándalo la veterana marquesa de San Blas, el seco rostro se le iluminaba debajo de la pintura que lo cubría. Ella sabía más que sus oyentes; conocía todo el personal, y no había liviandad ni capricho que se le escapase... Muchas le revelaban sus secretos, y los de otras, ella los descubría con solo husmear el ambiente. Óiganla: «Ya riñó la Navalcarazo con Jacinto Uclés; ahora está con Pepe Armada: se lo quitó a la Villaverdeja, que se ha vengado contando las historias de la Navalcarazo y enseñando cartas de ella que se procuró no sabemos cómo. La Belvis de la Jara, que presumía de virtud, anda en enredos con el más joven de los coroneles,

Mariano Castañar, y la Monteorgaz se consuela de la muerte del chico de Yébenes, entendiéndose con Guillermo Aransis. La aristocracia de nuevo cuño no quiere quedarse atrás en este juego, y ahí tienen ustedes a la Villares de Tajo aproximándose a ese andaluz pomposo, Álvarez Guisando...» Y por aquí seguía. Las honradas señoras pobres, o poco menos, que se cebaban con voraces picos en esta comidilla, no maldecían la inmoralidad sin poner en su reprobación algo de indulgencia, atribuyendo al buen vivir tales desvaríos. En la estrechez de su criterio, creían que la mayor desgracia de las altas pecadoras era el ser ricas. Doña Celia resumía diciendo: «Véase lo que trae tener tanto barro a mano, y criarse en la abundancia, madre de la ociosidad y abuela de los vicios.»

Por la mente de Centurión pasaban, sin alterar la normalidad de su existencia, los sucesos que habían de ser históricos. Casi en los días en que el Cristo sudaba, murió en Trieste don Carlos María Isidro; mas con la muerte del santón del carlismo, no murió su causa: en Cataluña y el Maestrazgo aparecieron las tan acreditadas partidas, y casi tanto como de rusos y turcos, se habló de Tristany, Boquica y Comas... Sin que ningún Cristo sudara, se retiró el nuncio, y las relaciones con el Vaticano quedaron rotas. El verano arrojó sus ardores sobre la política. Una calurosa mañana de julio, hallándose doña Celia en la dulce faena de regar sus tiestos y limpiar las plantas, entró don Segundo Cuadrado con la noticia de que habían estallado escandalosos motines en Cataluña y Valladolid, y de que O'Donnell, al saberlo, se tiró de los pelos y maldijo a la Milicia Nacional como raíz y fundamento de la brutal anarquía. Don Mariano, que en mangas de camisa se paseaba por la habitación, dijo pestes del irlandés, y le acusó de estar confabulado con los *eternos enemigos de la Libertad*, para producir alborotos y desacreditar la Revolución. «*Maquiavelismo*, puro *Maquiavelismo*, querido Cuadrado. Ese hombre frío nos perderá. Acuérdese usted de lo que anuncio...» Se puso a temblar, y daba diente con diente, como si le atacara pulmonía fulminante. Trájole su mujer un chaquetón, que él endilgó presuroso, diciendo: «En medio de un ambiente abrasador, yo tirito... ¡Oh frío inmenso! Es O'Donnell que pasa.»

V

Linda era como un ángel Teresita Villaescusa, como un ángel a quien Dios permitiese abandonar la solemne seriedad del Cielo, adoptando el reír humano. Porque, según los doctores en belleza, la de Teresita Villaescusa no habría sido tan completa sin aquel soberano don de sonrisa y risa que le iluminaba el rostro y le descubría el alma. A todos encantaba su gracia ingenua, y la amistad y el amor se le rendían. La tez de un blanco ala-bastrino, el cabello castaño, los ojos negros: ¿verdad que no pudo idear combinación más bonita el Supremo Autor de toda hermosura? Pues espérense un poco, y verán qué obra maestra. Hizo el cuerpo de propor-ciones discretas, ni largo ni corto; el talle esbelto, los andares graciosos, el pecho lozano. Y decían admiradores de Teresa que se había esmerado en la dentadura, haciéndola tan bella y nítida como la de los ángeles, que ni ríen ni comen. La inocente niña, que en sociedad era el hechizo de cuantos la trataban, en la intimidad doméstica se encerraba, según decía su madre Manolita Pez, en una gravedad taciturna, con tendencias a la melancolía. Educada en completa libertad de lecturas, Teresa devoraba cuantos libros caían en sus manos, novelas sentimentales o de enredo, obras picarescas, y hasta tratados ascéticos y místicos. A los dieciocho años gustaba menos del teatro que de la iglesia, y se dejaba llevar de sus tías, las señoras de Pez, a novenas y triduos. Daba cuenta de los ritos y solemnidades eclesiásticas a que asistía, bien compuesta y acicalada con sencilla elegancia, pues el gusto de arreglarse bien era otro de los dones con que quiso agraciarla el Soberano Fabricante de toda belleza. Su apacible dulzura y su querencia de lo espiritual, y aun su pulcritud modesta, daban motivo a que la madre dijese: «Esta hija mía acabará por ser monja.» Confirmábala en tal creencia el tesón con que Teresita, después de sonreír y reír con cuantos muchachos se le acercaban, no entraba con ninguno. Admitía bromas galantes; pero en cuanto le hablaban de relaciones y de noviazgo, se metía en la concha de su seriedad, y desaparecían de la vista de sus admiradores los maravillosos dientes.

El coronel don Andrés de Villaescusa, excelente militar, era hombre poco doméstico. Pesábale el techo de su casa; ardía el suelo bajo sus pies: las altas horas de la noche le encontraban en tertulias de cafés o casinos. Liberal en política, lo era más aún con su mujer, a quien dejaba en la plenitud de los derechos, sin ningún rigor en los deberes. Las pasiones que al coronel dominaban eran los caballos, el juego y el continuo disputar en casinos, cafés y tertulias de hombres, llevando siempre la contraria, embistiendo con impetuosa dialéctica los problemas más difíciles. Menos sus obligaciones militares, todo lo dejaba por hablar, y discutir, y defender las opiniones más apartadas del sentir general: era la eterna oposición. En estos placeres de la charla maniática, contrariábale un crónico padecimiento del estómago, que de tiempo en tiempo con violencia le acometía, haciéndole atrabiliario y por demás impertinente. Se dejaba cuidar por su esposa en la crudeza de los accesos; pero cuando estos pasaban, volvía estúpidamente al vivir desordenado, toda la noche en febriles disputas, comiendo mal y a deshora, renegando del Verbo. De su matrimonio con Manolita Pez no tuvo más sucesión que Teresa. De niña la mimaba. Viéndola mujer, no pensó más que en librarse del cuidado que exige la doncellez, casando pronto a la chica, que para eso nacen las hembras. «No andemos con remilgos —decía—. Es locura esperar a que le salgan marqueses, banqueros o accionistas de minas. El primer teniente que pase, o el primer oficinista con diez mil, se la lleva, y a vivir.» A risa tomaba lo del monjío, y pensaba que las tristezas de su hija en casa no eran más que ganas de novio, y cavilación en las dificultades para encontrarle bueno.

A fines del 55, en la tertulia de Centurión, le salió a Teresa un novio, que parecía del agrado de ella. Era un teniente muy simpático, de la familia de Ruiz Ochoa. Pero los sangrientos desórdenes de Valladolid interrumpieron el tanteo de amor, porque el joven oficial salió de la Corte con las tropas destinadas a contener aquel movimiento. Teresa, con fría inconstancia, aceptó los obsequios de otro, Rafaelito Bueno de Guzmán, de familia bien acomodada; pero a los tres meses de telégrafos en el balcón y de cartitas, fue despedido el jovenzuelo, y suplantado por un estudiante de Caminos que sabía sinfín de matemáticas y hablaba el francés con perfección. Al matemático sucedió un poeta; al poeta, un chico del comercio alto, Trujillo y Arnaiz; a este, un médico novel, y un pintor, y un hijo del marqués de Tellería, y un sobrino del contratista de la Plaza de Toros, con poca bambolla y muchos cuartos, y un joven filósofo medio cegato, y otro, y otro, en cáfila interminable, peregrinación de criaturas hacia el Limbo.

Rodaba el Tiempo, rodaba la Historia, sin que Teresita encontrase novio de que ahorcarse. Quería, sin duda, que el árbol fuese muy alto, o no había tejido aún cuerda bastante sólida para el caso. Radiante de belleza, y dislocando a cuantos la veían y más aún a los que la trataban, entró la señorita en los veinte años. La Historia, en aquellos días fecundos, traía hoy una novedad, mañana otra, menudencias del vivir público que anunciaban sucesos grandes. Ausente el coronel Villaescusa, que operaba en Andalucía contra milicianos desmandados, y contra otros que se apodaban Republicanos o Socialistas; desentendida Mercedes de su hermano, Centurión y doña Celia eran los encargados de recordar a la niña la obligación de decidirse pronto. Ya se iba haciendo célebre por la descarada seducción con que al paso de los novios los enganchaba, así como por la fría displicencia con que los despedía. Esta conducta de Teresa, que se interpretaba de muy distintos modos, era causa de que se retrajeran muchos candidatos que venían con el mejor de los fines, y de que otros, desairados a las primeras de cambio, hablaran pestes de ella y de su madre y de toda la familia.

Manolita Pez, la verdad sea dicha, no se cuidaba de dar a su hija ejemplo de seriedad ni de constancia, y en su frívola cabeza no dejaban las ligerezas propias espacio para los sanos pensamientos que debía consagrar a la guía y dirección de la desconcertada joven. Doña Celia prestaba más atención a sus tiestos que al cultivo de su parentela, y don Mariano, sobresaltado noche y día por el mal sesgo que iba tomando la cosa pública, no tenía tranquilidad para poner mano en aquel negocio de familia. «Déjalas, Celia —decía—, que harto tengo yo que pensar en las cosas del procomún, y en las desdichas que vienen sobre esta pobre patria nuestra. Si la madre es loca y la hija necia, y ninguna de las dos sabe hacerse cargo de las realidades de la vida, ¿qué adelantaremos con meternos a consejeros y redentores? Arréglense como quieran, y que se las lleven los demonios.»

Tomaba las cosas el buen señor muy a pechos y era su impresionabilidad demasiado viva. Lo que debía disgustarle, le causaba hondísima pena; lo que para otro sería molestia o desagrado, para él era una desgracia, y su ánimo turbado convertía las ondulaciones del terreno en montes infranqueables. Detestaba el papel satírico llamado *El padre Cobos*, considerándolo como la más fea manifestación de la desvergüenza pública. Se había impuesto la obligación de no leerlo nunca, y fielmente la cumplía. Pero no faltaba un amigo indiscreto y maleante que en la oficina o en el café le recitase alguna cruel *indirecta* del maligno fraile, o graciosas coplas y chistes sangrientos, todo ello sin otro fin que denigrar al vencedor de Luchana y pisotear su figura prestigiosa. Ponía sus gritos en el cielo don Mariano, y tomaba entre ojos para siempre al amigo que tales bromas se permitía. No era buen español quien se recreaba con el veneno de aquel semanario y con la suciedad asquerosa de sus burlas. Leer públicamente *El padre Cobos* era hacer *cínico alarde de moderantismo*; llevarlo en el bolsillo, *de ocultis*, para leerlo a solas, era hipocresía y traición cobarde, *indigna de los hombres del Progreso*.

Los desmanes de la plebe en ciudades de Castilla, sacaban a don Mariano de quicio. En todo ello veía *la oculta mano de la reacción* moviendo los títeres demagógicos y comunistas. ¿Qué se quería? Pues sencillamente, desacreditar el régimen liberal, y presentarnos a Espartero como incapaz de gobernar pacíficamente a la Nación. Los *retrógrados de todos los matices*, y los facciosos y clérigos, andaban en este fregado, y, para engañar al pueblo y arrastrarlo a los motines, alzaban *maquiavélicamente* la bandera de *La carestía del pan*... ¡Farsantes, politicastros de tahona, y entendimientos sin levadura! ¡Qué tendrá que ver la hogaza con los principios!... «Pero, Señor —decía—, si tenemos Cortes legalmente convocadas, que sin levantar mano se ocupan en darnos una Constitución nueva, pues las viejas ya no sirven, ¿por qué no esperamos a que esa nueva Constitución se remate, se sancione y promulgue, para ver cuán lindamente nos asegura, *a clavo pasado*, los principios de Libertad, resolviendo para siempre la cuestión del pan y del queso, y de los garbanzos de Dios?»

En el café de Platerías se reunían a media tarde, después de la oficina, media docena de progresistones chapados y claveteados, como las históricas arcas que en los pueblos guardan las viejas ejecutorias y los desusados trajes. Alzaba el gallo en la reunión el buen don Mariano, como el orador más autorizado y sesudo. Había que oírle: «Hasta los ciegos ven ya las intenciones de O'Donnell. Con sus intrigas, ese irlandés maldito nos pone al borde del abismo... ¿Qué creerán que ha inventado el tío para dar al traste con el *Progreso*? Pues esa gaita del justo medio, y de que se vaya formando un nuevo partido con gente de la Libertad y gente de la Reacción... O lo que es lo mismo, que seamos *progresistas retrógrados*, o *despóticos avanzados*... ¡Vaya un pisto, señores! ¿Saben ustedes de algún cangrejo que ande hacia adelante, o de lebreles que corran hacia atrás...? ¿Quieren decirme qué significa el habernos metido en el Ministerio a ese jovencito burgalés? El tal es un modelo vivo de lo que, según O'Donnell, han de ser los hombres futuros: hombres con un pie en el *Retroceso* y otro en el *Adelanto*. No le niego yo el talento a ese Alonsito Martínez, o Manolito Alonso, que a estas horas no sé bien su nombre... pero lo que digo: ¿tan escaso anda el Partido de hombres graves y experimentados, que sea preciso echar mano de criaturas recién salidas de la Universidad para que nos gobiernen?»

Y otra tarde: «¡Cómo se va realizando todo lo que dije! Ya ven ustedes: el Olózaga nos va saliendo grilla, y aunque parece que tira contra O'Donnell, tira contra el duque. Uno y otro estorban a su ambición sin límites... ¿Y qué me dicen del Ríos Rosas, ese a quien ha dejado tan mal sabor de boca el deslucido papel que hizo en el *Ministerio metralla*? Cuidado que el hombre tiene bilis y malas pulgas. Dicen que es moral; pero yo sostengo que Moralidad y Reacción rabian de verse juntas. Ya sabemos cómo estos señores del escrúpulo acaban tragándose medio País. Ríos Rosas tira contra Espartero y la Libertad desde el campo *cangrejil*, y desde el campo del democratismo tira Estanislao Figueras... Otro que tal... Figueras, Fernando Garrido y Orense quieren llevarnos a la anarquía, con esa maldita república que no admite Trono... ¡Como si pudiera existir la Libertad sin Trono!... En fin, que al duque le tienen aburrido. Él no dice nada; pero bien se le conoce que está más que harto de este paisanaje, y que el mejor día se nos atufa, lo echa todo a rodar, y adiós Libertad, adiós Trono, adiós Milicia. Despidámonos de los buenos principios, y de la Moralidad...»

Y otras tardes, allá por enero del 56 y meses sucesivos: «El nuevo Ministerio no me disgusta, porque sale de Fomento el joven burgalés, y entra en Gobernación Escosura. Observen ustedes que con Escosura, Santa Cruz y Luján tenemos tres progresistas en el Gabinete; pero no son de los *puros*, pues estos se quedan, por lo visto, para vestir milicianos, digo, imágenes.

Ya no es un secreto para nadie que el irlandés se entiende con Palacio para barrernos. En Palacio le dan la escoba... ¿Conque tenemos de Capitán general al *general bonito*? ¿Y ese modo de señalar qué significa? Bobalicones del Progreso, ¿no habéis reparado que todos los mandos militares están en manos de amiguitos y compinches de O'Donnell? Ros de Olano, Director de Artillería; Hoyos, de Infantería... ¿Qué tal, Escosura? ¿Qué dices? El duque, como personificación de la lealtad y de la consecuencia, desprecia las personalidades y se atiene a los principios... Espartero es Cristo; O'Donnell, Iscariote... ¿Y Palacio?... Palacio es la Sinagoga.»

VI

Concuerdan todos los historiadores en que fue un día de febrero del 56 cuando Teresita Villaescusa despidió a su vigésimo sexto novio, Alejandrito Sánchez Botín, joven elegante, con buen empleo en Gracia y Justicia, y además medianamente rico por su casa. Tan bellas cualidades no impidieron que Teresa le diese el canuto con la fórmula más despectiva: «Alejandrito, su figura de usted me empalaga, y su elegancia se me sienta en la boca del estómago. Va usted por la calle mirándose en los vidrios de los escaparates para ver cómo le cae la ropa... y cuando no hace esto, hace otra cosa peor, que es mirarse los pies chiquitos que le ha dado Dios, y las botitas bien ajustadas. Ea, ni pintado quiero ver aun hombre que gasta pies más chicos que los míos... ¿Que tiene usted una tía marquesa, y en La Habana un tío que apalea las onzas?... Bueno: pues déles usted memorias... y que escriban... ¿Que su papá le ha prometido comprarle un caballo, y que cuando lo tenga me paseará la calle, y hará delante de este balcón piruetas muy bonitas? Ándese con cuidado, no se le espante el animal y se apee usted por las orejas, como aquel otro que conmigo hablaba... No le valió ser de Caballería... Créame: no le conviene andar en esos trotes. Usted a patita, pisando hormigas con ese calzado tan mono, o en el coche de su tía la *señá* marquesa... Y otra cosa, Alejandrito: ¿de dónde ha sacado usted que es elegante dejarse crecer una uña como esa que usted lleva, larga de una pulgada, y emplear en cuidarla y limpiarla tanto tiempo y tanta paciencia? ¡Bonito papel hace un caballero mirándose en la uña como si fuera un espejo, y acompasando los movimientos de la mano para que no se le rompa esa preciosidad!... Esa porquería, digo yo, por más que la limpie con potasa y la tenga como el marfil... Por todas estas cosas, me es usted antipático, y si admití sus relaciones fue porque mamá se empeñó en ello, y no me dejaba vivir... Alejandrito por arriba, Alejandrito por abajo, como si fuera Alejandrito la flor de la canela... En fin, diviértase, y cuide bien la uña, que esas cosas tan miradas, y en las que se ponen los cinco sentidos, se rompen cuando menos se piensa... Agur... y no se acuerde más de mí...»

No constan las protestas que debió de hacer el galán de la uña despedido con modos tan expeditos y desusados. Ello es que tomó la puerta, y que Manolita Pez se lió con su hija en furioso altercado por aquella brutal ruptura, que en un instante destruía los risueños cálculos económicos de la egoísta mamá. Entró poco después de la disputa Centurión: iba no más que a preguntar por su primo Villaescusa, que aquellos días había tenido un fuerte y alarmante acceso de su mal en provincia lejana. Manuela le tranquilizó, mostrándole una carta de Andrés de fecha reciente... Hablaron un poco de política, que era el hablar más común en aquel revuelto año, y Teresa, con jovial malicia, se entretuvo en mortificar a su tío con las bromas que más en lo vivo le lastimaban... Cogió de la mesa un número de *El padre Cobos*, como si cogiera unas disciplinas, y sin hacer caso del gesto horripilante de Centurión y de la airada voz que decía: «¡no quiero, no quiero saber!», leyó esta cruel sátira: «Se conoce a la Moralidad progresista por el ruido de los cencerros... tapados.»

—¡Déjame en paz, chiquilla!... Lee para ti esas infamias.»

Se tapaba los oídos, retirábase al otro extremo de la sala; pero tras él iba Teresa con el papel enarbolado, y risueña, sin piedad, soltaba esta cuchufleta: «Adoquín y camueso... Son la sal y pimienta del Progreso.»

—Te digo que calles, o me voy de tu casa... Una señorita bien educada y de principios no debe repetir tales indecencias. Manuela, llama al orden a esta niña loca.»

Pero la señora de Villaescusa encontrábase aquel día en una situación de sobresalto y ansiedad que la incapacitaba para el conocimiento de los hechos comunes que a su alrededor ocurrían. Distraída y con el pensamiento lejos de su casa, no decía más que: «Niña, niña, juicio.» Pero Teresita no hacía caso de su madre, y acosó a Centurión, que huyendo de ella y del maldito fraile procaz, se había refugiado en el gabinete próximo. La diabólica mozuela repetía, poniéndole música, un dicharacho del periódico: «Muchacho, ¿qué gritan? —¡Viva la libertad!— Pues atranca la puerta.» Poco valían tales chistes, que como todos los del famoso papel, con menos sal que malicia, eran desahogo de sectarios, dispuestos a cometer en doble escala los pecados políticos que censuraban. Pero en los oídos de don Mariano sonaban a *de profundis*, y antes muriera que encontrar gracioso lo que en su criterio inflexible era depravado y canallesco. El hombre bufaba, y le faltó poco para poner sus dedos como garras en el blanco pescuezo de la casquivana señorita. Esta volvió a la sala riendo a todo trapo. Su madre, súbitamente asaltada de una idea y propósito que podían ser solución venturosa de la crisis que agobiaba su ánimo, cogió a Teresita por un brazo, y adelgazando la voz todo lo posible, le dijo: «Bribona, me estás poniendo a Mariano en la peor disposición... Yo le necesito cordero, y con tus tonterías está el hombre como los toros huidos... ¡A buena parte voy!... En vez de preparármele y cuadrármele bien, o de entontecerle con finuras y zalamerías, me le has puesto furioso... En fin, quita de aquí ese maldito papelucho; lárgate a tu cuarto, o al comedor, y déjame sola con tu tío... Con la fiera... No sé cómo embestirle... No sé cómo atacarle...

¡Infeliz don Mariano! Aquel día se tuvo por el más infortunado de los mortales, dejado de la mano de Dios y maldito de los hombres, porque la niña, azotándole y escarneciéndole con *El padre Cobos*, y la lagartona de la madre levantando sobre su cabeza el corvo sable de cortante filo, le corrompieron los humores y le ennegrecieron el alma. ¡Vaya un día que entre las dos le daban! En vez de entrar en aquella casa de maldición, ¿por qué, Señor, por qué no se escondió cien estados bajo tierra? No se cuentan, por ser ya cosa sabida, los circunloquios, epifonemas, quiebros de frase, remilgos, pucheros y palmaditas con que Manuela Pez formuló y adornó la penosísima petición de dinero para urgentes, inaplazables atenciones de la familia... A Centurión se le iba un color, y otro se le venía. Suspiraba o daba resoplidos echando de su pecho una fragorosa tempestad... Sintiendo su cráneo partido en dos por el tajante filo, no sabía qué determinar. Acceder era grave caso, porque tres meses antes le saqueó Manolita sin devolverle lo prestado. Negarse en redondo no le pareció bien, porque Andrés, al partir, le había dicho:

«Querido Mariano: te ruego que, si fuese menester, atiendas, *etc*... que a mi regreso yo... *Etc*...» En tan horrible trance, pensó que amarrado al pilar donde le azotaban, no padeció más nuestro Señor Jesucristo... Por fin, cayó el hombre con mortal espasmo en el consentimiento, bañado el rostro en sudor frío de angustia... No era bastante firme de carácter para la negativa, ni bastante hipócrita para disimular su dolor inmenso ante la catástrofe. Al retirarse diciendo con lúgubre voz *volveré con el dinero*, parecía un ajusticiado a quien el verdugo manda por el instrumento de suplicio...

Hallábase doña Celia en el gratísimo pasatiempo de arreglar sus vergeles, cuando vio entrar al buen don Mariano con cara de amargura y consternación. «¿Qué tienes, hijo? ¿Ocurre alguna novedad?» le dijo destacándose del umbrío follaje para llegarse a él y ponerle sus manos en los hombros. Por no afligir a su bendita esposa, Centurión cultivaba el disimulo y se tragaba sus penas, o las convertía en contrariedades leves. Dejándose caer en el sofá y componiendo el rostro, tranquilizó a la señora con estas apacibles razones: «Nada, mujer: no me ocurre nada de particular... No es más sino que... Ese maldito *padre Cobos*... Un amigo de estos que no tienen sentido común, ni delicadeza, ni caballerosidad... Me enseñó el último número. De nada me valió protestar... Yo bufaba, y él me leía un parrafillo asqueroso donde dicen que los del Progreso somos inmorales, que los del Progreso defraudamos y hacemos chanchullos... Ya ves... ¡Y esto se escribe, esto se propaga por los que...! Me callo, sí, me callo; no quiero incomodarme. Es tontería que me sulfure; tienes razón... Punto en boca; pero antes déjame que repita lo que cien veces dije: de estas burdas infamias tiene la culpa O'Donnell... Él, él es el causante... Bajo cuerda, nuestro maldito irlandés azuza, pellizca el rabo a estos sinvergüenzas, todos ellos moderados y realistas, para que hablen mal de nosotros y pongan al duque en el disparadero... Es mi tema. ¿Que nos insultan? La lengua de O'Donnell. ¿Que estallan motines? La mano de O'Donnell. ¿Que nos piden dinero y tenemos que darlo? El sable de O'Donnell.»

En los días siguientes, cuando arreciaban, según Centurión, los manejos del de Lucena para deshacerse de Espartero, y cuando Escosura lucía su galana elocuencia en las Cortes, la coronela Villaescusa y su hija subieron un grado en el escalafón social, concurriendo a las reuniones íntimas que Valeria Socobio daba los lunes en su linda casa, calle de las Torres. Halláronse Manolita y Teresita en un ambiente de elegancia muy superior al de la humilde tertulia de Centurión; y si por virtud de la llaneza de nuestras costumbres, algunas figuras concurrentes a la morada de la calle de los Autores se dejaban ver en la de Valeria, como la marquesa de San Blas, Gregorio Fajardo y su mujer Segismunda, también iban allí personas de pelaje muy fino, como Guillermo de Aransis, y otros que irán saliendo. Es lo bueno que tenía y tiene nuestra sociedad: en ella las clases se dislocan, se compenetran, y van prestándose unas a otras sus elementos, y haciendo correr la savia social por las ramas de diferentes árboles que, injertados entre sí, llegan a constituir un árbol solo.

Guapísimas eran Manuela y Teresita, cada una según su tipo y edad; la madre, un Verano espléndido derivando hacia los tonos naranjados de Otoño; la hija, plena Primavera rosada y luminosa. A la vera de ambas iban a buscar sombra y frescura los amadores finos, o los timadores y petardistas de amor. Coqueteaba la mamá con arte exquisito, colocándose al fin en un reducto de honradez hipócrita que no engañaba a todos, y Teresilla jugaba al noviazgo con risueña desenvoltura, pasando los galanes de la mano de admitir a la mano de rechazar, como en el juego de *Sopla, que vivo te lo doy*.

Con franca simpatía se unieron Valeria y Teresita. Comunes eran los secretos de una y otra, todavía de poca importancia y gravedad. Juntas paseaban los más de los días, y juntas iban al mayor recreo de Valeria, que era el recorrido de tiendas, comprando, revolviendo, examinando el género nuevo acabadito de sacar de las cajas llegadas de París. El furor de novedades había producido dos efectos distintos: embellecer la casa de Valeria hasta convertirla en un lindísimo muestrario de muebles y cortinas, y esquilmar el bolsillo de don Serafín del Socobio, hasta que el buen señor y doña Encarnación pronunciaron el terrible *non possumus*. De aquí resultó que Valeria, por gradación ascendente de su fiebre suntuaria, que atajar quería sin voluntad firme para ello, se fue llenando de deudas, cortas al principio, engrosadas luego, hasta que, creciendo y multiplicándose, la tenían en constante inquietud. Para colmo de desdicha, Rogelio Navascués, en vez de llevar dinero a casa, se gastaba en el Casino toda su paga, y era además insaciable sanguijuela que desangraba horriblemente el bolsillo de la esposa, nutrido por la pensión que daban a esta sus padres. Tales razones y el absoluto enfriamiento del amor que tuvo a su marido, labraron en el ánimo de Valeria la idea y el propósito de desembarazarse de tan gran calamidad. No había más que un medio: mandarle a Filipinas, con lo cual ella se veía libre de él, y él cortaba por lo sano la insostenible situación a que le habían llevado sus estúpidos vicios.

Iniciado el proyecto por la esposa, el marido lo encontró de perlas. Quería pasarse por agua, y salir a un mundo nuevo donde no le conocieran. Manos a la obra. Valeria trabajó el asunto con febril actividad en febrero y marzo, tecleando las amistades y relaciones de su familia con personajes del Progreso. Moncasi, Sorní, Montesinos, Allende Salazar ofrecían; mas todo quedaba en agua de cerrajas. Dirigiose luego a los amigos de O'Donnell, a Vega Armijo, Ulloa, Corbera, y ello fue mano de santo. No había, no, hombre como O'Donnell: su sombra era benéfica, y en ella encontraban su paz las familias. A principios de abril recibió Navascués el pase a Filipinas, con ascenso, y no esperó muchos días para ponerse en marcha, porque Valeria, modelo de esposas precavidas, le tenía ya dispuesta toda la ropa que había de llevar: las camisas ligeras como tela de araña, los chalecos de piqué, levitines de crudillo... Todo lo adquirió la dama en las mejores tiendas, y del género superior, por aquello de *al enemigo que huye, puente de plata*. ¡Qué descansada se quedó la pobre! No podía con su alma de fatiga y ajetreo de arreglarle en tan pocos días el copioso surtido de *ropa para países tropicales*.

Horas después de aquella en que la diligencia de Andalucía se llevó a Rogelio, Valeria dijo a su cordial amiga Teresita: «¡Ay, qué descanso!... Si en España tuviéramos Divorcio, no necesitaríamos tener Filipinas.»

Y la otra: «¡Filipinas! Alargar la cadena miles de leguas, ¿no es lo mismo que romperla?»

VII

Consecuentes en su fraternal amistad, Valeria y Teresita pasaban juntas días enteros, muy a gusto de ambas, y a gusto también de Manolita Pez, que podía campar sin ninguna traba, y espaciar sus antojos por el libre golfo de la vida matritense, poniendo a su niña bajo la custodia de una señora casada de buena conducta, que era lo prevenido por los cánones sociales.

Cumplía Manolita con la moral por lo tocante a su hija, y aliviada quedaba con esto su conciencia para poder cargar con los pecadillos propios. Muchos días almorzaba y comía Teresa con su amiga, y algunas noches también allí dormía, por la inocente causa de volver muy tarde del teatro, y no tener persona mayor y de respeto que tan a deshora la llevase a casa de su madre. Al poco tiempo de esta intimidad, observó la niña de Villaescusa que las atenciones con que Guillermo de Aransis a la señora de Navascués distinguía, iban perdiendo su colorido platónico. Era Teresita una de estas vírgenes que, por asistir demasiado cerca al batallar de las pasiones, están privadas de toda inocencia: no bien ocurridos los hechos, los comprendía y apreciaba en toda su real gravedad, sin asustarse de cosa alguna. Viendo las visitas de Guillermo a horas desusadas, y las salidas extemporáneas de la dama, se hizo dueña de la verdad. Su confianza con Valeria la llevó a una sinceridad ingenua de *enfant terrible*, y como quien no hace nada, sin asomos de severidad ni dejo malicioso, interrogó a su amiga sobre tan escabrosos particulares. En su acento vibraba un candor que en su alma no existía. Respondiole Valeria con cierto embarazo, empezando diferentes frases que quedaron sin terminar, y concluyó así: «¿Para qué quieres tú más explicaciones?... Estas cosas no las entienden las solteras...»

Saliendo aquel mismo día las amigas al jaleo de tiendas, vio Teresita con asombro que Valeria pagaba cuentas atrasadas, lanzándose a nuevas compras de telas y faralaes de vestir. Generosa y amable, la dama obsequió a su amiga con un corte de vestido para verano, elegantísimo, de extremada novedad y con el más puro sello parisiense, regalándole de añadidura un canesú y un miriñaque de pita de hilo, última novedad. Con sincera gratitud acogió Teresa estos obsequios, y los estimó más porque su madre la tenía bastante desairadita de ropa, con solo dos trajes nuevos, y uno del año mil, transformado ya tres veces.

No estaba descontenta Teresa en aquellos días, que ya eran de franco Verano, y el conocimiento del enredo de Valeria con Aransis despertaba en ella tanto interés como una novela de las mejores que entonces se escribían. Novela era, viva, de estas que entretienen y no asustan. Personaje de novela le pareció Aransis, guapo, joven, condiciones precisas para la figuración poética, la cual era más grande y sutil por sus maneras exquisitas, y el derroche de dinero que suponían sus trajes, coches y todo el tren de su dorada existencia. Y no fue Guillermo el único personaje novelesco que por entonces mantenía el espíritu de Teresa en continua soñación. Desde los comienzos de mayo se personaba en los *Lunes* de Valeria un joven muy guapo, de belleza distinta de la de Aransis, pero no menos atractiva. Era rubio, de azules y dulces ojos, con una barba ideal, de corte y finura semejantes a la de Nuestro Señor Jesucristo, tal como le representan Correggio y Van Dyck. Dominaba en sus pensamientos la melancolía, como en su voz los tonos apacibles. Era extremeño; se llamaba Sixto Cámara. A Teresa cautivó desde el primer día por su conversación fina, por el atrevimiento de sus ideas, y la noble lealtad que su trato, como toda su persona, revelaba. Gozosa le veía llegar a la reunión, y con mayor gozo veía preferencia que por ella mostró desde la primera noche, entrando al poco tiempo por la senda florida del galanteo. Creyó Valeria que en aquel noviazgo sería Teresa más perseverante que en los anteriores, y de ello se alegraba; Manuela Pez, en cambio, no parecía gustosa de que su hija se insinuase con el galán de la barba bonita, y así se lo manifestó con razones de peso, la noche de un lunes, al volver a casa rendidas de tanto charlar y de un poquito de baileteo.

«Mira, Teresa —le dijo—: te he reñido por tu ligereza en admitir y despachar novios, y ahora, que te veo más sentadita, también te riño, porque das en ser consecuente con uno que no te conviene poco ni mucho. Ya debes decidirte, fijándote en aquellos que puedan sacarte de pobre, y reservando tus despachaderas para los barbilindos que no traen nada de sustancia. Los tiempos están malos, vendrán otros peores, y como no te cases con un rico, no sé qué va a ser de ti. Despreciaste al que yo te propuse, Alejandrito Sánchez Botín, y ahora te veo entontecida y acaramelada con el don Sixto, del cual me han dicho que con todo su saber, y su hablar modoso, y su vestir elegante, y su barbita, no es más que un triste pelagatos, con lo comido por lo servido, y los pocos reales que saca de algún periódico. ¿Te parece a ti que es buen porvenir un papel público y las rentas que pueda dar?... Y hay otra cosa: del don Sixto me han dicho que es *demagogo*. ¿Sabes lo que es esto? Pues tener ideas disolventes, querer derribar el Trono, y puede que también el Altar, y traernos un Gobierno de anarquía, que es, como quien dice, la gentuza. No, hija mía: apártate de esto, y no te me hagas demagoga, la peor cosa que se puede ser. Figúrate el porvenir de un hombre que jamás desempeñará un destino del Gobierno, porque estos no se dan a tales tipos... No des a demagogos, y si me apuras, ni a progresistas, el sí que te piden, pues harías trato con el hambre y la desnudez. Ten juicio y fíjate en alguno que sea resueltamente del partido de O'Donnell, el hombre que muy pronto ha de coger la sartén por el mango... Con que, fuera el don Sixto, o entretenle hasta que venga el bueno... que vendrá, yo te aseguro que vendrá.»

Oyó estas razones y sabios consejos Teresita, fingiendo admitirlos como palabra divina; mas en su interior se propuso hacer su gusto, que en esto iba a parar siempre con maestra de tan poca autoridad como su madre. Al día siguiente la llamó Valeria; fue, charlaron... Tratábase de organizar una temporadita en la Granja, donde se divertirían mucho, si la coronela daba permiso a Teresa para ir con su amiga. Examinaban las dificultades que para esto podían surgir, y la resistencia que había de oponer Manuela si no la invitaban también a ser de la partida, cuando entró Aransis inquieto, y contó que en el Consejo con Su Majestad, aquella mañana, O'Donnell y Escosura habían rifado de una manera solemne y ruidosa. La reina se decidía por O'Donnell, y Espartero, desairado en la persona del ministro que representaba su política, había dicho: *vámonos*. El *vámonos*, o el *yo también me voy* del duque de la Victoria, era una proclama revolucionaria. Si Espartero, apoyado en las Cortes y al frente de la Milicia Nacional, daba a don Leopoldo la batalla, ardería Madrid. Había que desistir del viaje a la Granja mientras no se aclarase el horizonte. No se asustaron la señora y señorita tanto como Guillermo esperaba; antes bien, dijeron que les gustaban las trifulcas, y que si había de venir revolución gorda, viniera de una vez para ver si se quedaban con España los Nacionales, o se quedaba O'Donnell, con su personal de caballeros elegantes, limpios y vestidos a la última moda. Esto era lo más probable y lo más revolucionario, pues la ramplonería y ordinariez debían ser desterradas para siempre de este hidalgo suelo.

Observó Teresa que Aransis no estaba contento, y que las anunciadas revueltas le contrariaban. Sintiendo acaso preferencias por estas o las otras ideas políticas, ¿temía verlas derrotadas en la próxima lucha? Esto no podía ser, pues harto sabían Valeria y Teresita que el ocioso galán, aunque inclinado en su espíritu a las tendencias liberales, era en la práctica un gran escéptico, y no se dignaba empadronar su nombre ilustre en el censo progresista ni en el moderado. Las gloriosas espadas no le llevaban tras sí, y con igual indiferencia veía los resplandores de la de Luchana, de la de Lucena o de Torrejón. Sin duda, el endiablado humor de Aransis provenía de algún contratiempo relacionado con la política por extraños engranajes, pero que no era la política misma. Así lo pensaba Valeria; así también Teresa, que, aunque más talentuda que su amiga, érale inferior en el conocimiento del mundo. Ninguna de las dos penetró el arcano. La Historia lo sabe, y lo revelará, pues no sería Historia si no fuese indiscreta.

Guillermo de Aransis, marqués de Loarre por sucesión directa, conde de Sámanes y de Perpellá por su parte en la herencia de San Salomó, era un joven de excelentes prendas, corazón bueno, inteligencia viva; prendas ¡ay! que se hallaban en él ahogadas o por lo menos comprimidas debajo del avasallador prurito de elegancia. Resplandor de la belleza es la elegancia, y como tal, no puede negársele la casta divina; pero cuando al puro fin de elegancia se subordina toda la existencia, alma, cuerpo, voluntad, pensamientos, sobreviene una deformación del ser, horrible y lastimosa, aunque, en apariencia, no caiga dentro del espacio de la fealdad. Dotado de atractivos, hermosa figura, palabra fácil y seductora, no vivía más que para agregar a su persona todos los ornamentos y toda la exterioridad que había de darle brillo y supremacía evidentes entre los individuos de su clase. Exaltado su amor propio, no reparaba en medios para obtener tal supremacía y hacerla indiscutible; sus trajes habían de ser los más notorios por el sello de la personalidad, siguiendo la moda con el precepto sutil de acatarla sin parecerse a los que ciegamente la seguían. Había de ser lo suyo distinto de lo general, sin disonancia, o con solo una disonancia que, por muy discreta, llevaba en sí la deseada y siempre perseguida superioridad. Se preciaba, o de inventar algo en el arte de vestir, o de ser el primero que importase de los talleres parisienses las formas nuevas, cuidando de presentarlas modificadas por su gusto propio antes que el uso de los demás las generalizara. En todo esto, para que resultase verdadera elegancia, la naturalidad sin estudio alejaba toda sombra de afectación.

A estos primores del vestir seguían los del andar en coche. Muy santo y muy bueno, legítimo a todas luces, es que no salgan a pie los ricos, y que gasten coche para su comodidad, decoro y recreo; pero que se pasen el día ostentando formas y estilos nuevos de carruajes, guiándolos con más trabajo de cocheros que descanso de señores, es un extremo de vanidad rayano en la tontería. El elegante toma con esto un carácter profesional; siente sobre sí la mirada crítica y exigente del público; ha de divertir antes que divertirse; los bonitos caballos de tiro y de silla pregonan su riqueza y buen gusto, y al fin se estima y alaba más la gallardía de sus bestias que la suya propia.

Naturalmente, las vanidades del orden suntuario iban a resumirse y coronarse en la vanidad amorosa. Aransis llegó a creer que uno de los principales fines de la Humanidad era que se prendasen de él todas las mujeres hermosas que en Madrid había. Lo consideraba en ellas como una obligación, y en sí como un cumplimiento de las leyes de su destino. Con todas entraba, alcurniadas y plebeyas, más afortunado tal vez en las zonas altas que en las medias de la sociedad, por venir esta corrupción de arriba para abajo, cosa en verdad que no es nueva en la Historia de los pueblos. Imposible referir todas las proezas de amor con que ilustró su juventud el marqués de Loarre, y sobre difícil, la estadística sería poco interesante, por carecer estas aventuras, en el prosaico siglo XIX, de la poesía erótica y caballeresca que en edades de más duras costumbres tuvieron. La tolerancia de hecho encubierta con la gazmoñería pública, la flexibilidad moral y el culto frío y de pura fórmula que la virtud recibía, quitaban toda intensidad dramática a las transgresiones de la ley. Salían de los palacios estas historias, sin que al pasar de la realidad a las lenguas, movieran ruidosamente la opinión, ni escandalizaran en grado más alto que el común de los sucesos privados y públicos. Como los pronunciamientos y motines, como las revoluciones a tiros o a discursos por ganar el poder, estas inmoralidades del mundo heráldico iban tomando carácter crónico que apenas turbaba la paz de las conciencias amodorradas.

Si en los amoríos de garbosa vanidad, y en otros de pasional demencia, se iba dejando Aransis vellones de su fortuna, el vellón más grande lo perdió con la marquesa de Monteorgaz, dama en extremo dispendiosa, con menguada riqueza por su casa. Era un zarzal con tantas púas, que el marqués de Loarre perdió en él toda su lana. Los estados de Sámanes y Perpellá quedaron como si dijéramos desnudos, en fuerza de hipotecas. No era en total la fortuna de Guillermo de las más altas de la grandeza: podía con ella vivir holgada y noblemente, sujetándose a un orden estrecho de administración. Pero con la vida que llevaba quedaría todo el caudal liquidado en media docena de años. Tarde vio el *lion* el abismo en que había de caer; pero aún podía salvar una parte del haber patrimonial si se plantaba en firme y ponía un freno a sus desórdenes. Sobre esto le habló con cariñosa severidad un día su amigo Beramendi: tan instructivo fue el sermón, exégesis de aquella sociedad y de otras más próximas a la nuestra, que la Historia se dignó traerlo acá y hacerlo suyo.

VIII

«Estás arruinado, Guillermo, y solo trazando una raya muy gorda en tu vida con propósito de cambiar esta radicalmente, podrás salvar lo preciso para vivir con decencia, sin locuras. Dices que aún cuentas con la herencia de tu tío el marqués de Benavarre, y con ese monte de la sierra de Guara, que denunciado ya como terreno carbonífero, puede ser para ti un monte de oro. No te fíes, Guillermo: tu tío puede cambiar de propósito, si llega a enterarse de los humos que gastas, y en el monte no pongas tus esperanzas: una vez entre mil dejan de salir fallidas las ilusiones de los mineros. Déjate, pues, de montes de oro y de tíos de plata, y hazte cargo de la realidad, y oye bien lo que voy a decirte, que es duro, muy duro, pero saludable. Por algo soy el amigo que más te quiere.

La vida que vienes haciendo del 50 acá es enteramente estúpida; tu conducta es la de un idiota. Imbecilidad pura es tu vida, y así la llamo pensando que todavía no la califico tan severamente como merece. Y voy más allá, Guillermo: sostengo que no hay derecho a vivir así. Se dice que cada cual hace de su dinero, de su tiempo y de su salud lo que quiere; y yo afirmo que eso no puede ser. En el dinero, en el tiempo y en la salud de cada persona hay una parte que pertenece al conjunto, y al conjunto no podemos escatimarla... Una parte de nosotros no es nuestra, es de la totalidad, y a la totalidad hay que darla. ¿Qué? ¿te asombras? ¿No entiendes lo que digo?

Pues lo repito, y añado que están por hacer las leyes que determinen esa parte de nosotros mismos perteneciente al acervo común, y que ordenen la forma y manera de que los demás, todos, le quiten a cada cual esa partija que indebidamente retiene. Las leyes que faltan se harán: ni tú ni yo lo veremos; pero cree que se harán... Y mientras las leyes vienen, debemos anticipar su cumplimiento con algo que se parezca a la ley nonnata. Tú, Guillermo, eres idiota y criminal, porque gastas todo tu dinero, todo tu tiempo y toda tu salud en no hacer nada que conduzca al bien general. El que no hace nada, absolutamente nada, debe desaparecer, o merece que le tasen los bienes que derrocha sin ventaja suya ni de los demás. Me dirás que yo soy lo mismo que tú, que vivo en grande sin trabajar ni producir cosa alguna. Estás equivocado: yo hago algo, no todo lo que debo; pero con un poquito de acción útil cumplo la ley, y no soy como tú, materia inerte en la Humanidad. Yo gasto parte de las rentas de mi mujer en vivir bien y decorosamente, sin escarnecer con un lujo desfachatado a esta familia española compuesta de pobres en su gran mayoría. Yo no cultivo mis tierras, no ejerzo ninguna profesión ni oficio; pero no puede decirse de mí que nada produzco. Yo he producido un hijo, y en criarle y educarle para que sea ilustrado, saludable y hombre de bien, pongo todo mi espíritu y empleo casi todas las horas del día. ¿Qué... te ríes? ¿Te parece poco?

No me interrumpas... Déjame seguir. Voy a contar por los dedos... por los dedos no, pues son pocos para tan larga cuenta... Voy a recordarte los crímenes de imbecilidad que has cometido, para que te horrorices: Cubrir de piedras preciosas el seno hiperbólico de la Navalcarazo, que te lo agradeció diciendo, al mes de romper contigo, que eras un *niño de la Doctrina Cristiana*. Para pagarle a Samper toda aquella quincalla fina, tuviste que hipotecar dos dehesas... A dehesa por pecho. Sigo: no fue menor imbecilidad regalarle a *Pepa la Sevillana* una casa de tres pisos en la calle de Belén. Habrías cumplido con una casa de muñecas... para jugar a los compromisitos... Imbecilidad de marca mayor, los convites de doscientas personas que dabas en tu finca de Aranjuez, con tren especial, comilonas servidas por Lhardy, y champaña de la señora Viuda de Clicquot a todo pasto... En tus chapuzones con la de Cardeña no pudiste deslumbrar a esta con alardes de lujo insensato, porque ella es más rica que tú, como diez veces más rica. Pero de aquella fecha data tu furor de coches y caballos, que luego llevaste al delirio en tiempo de la Villaverdeja, grande apasionada de las cosas hípicas y cocheriles. El colmo del idiotismo veo en tu afán de pasear por Madrid trenes lujosos, y la misma Villaverdeja o la Belvis de la Jara, no estoy bien seguro, te hizo justicia poniéndote el apodo del *Faetonto*... Te han hecho un daño inmenso tus viajes anuales a París, y el flujo de imitar las opulencias que has visto en aquella capital. Bien podías haberte lucido discretamente en este coronado villorrio, sin importar las grandezas que allí son proporcionadas y aquí desmedidas. Añadiendo a estas locuras el boato de tu casa, tus almuerzos y cenas, tu protección a innumerables vagos que, adulándote, te trastornan, y con astutas socaliñas te saquean, tenemos, mi querido Guillermo, que el Bobo de Coria es un sabio comparado contigo.

Pero el punto en donde llegas a la suprema imbecilidad y al idiotismo más perfecto, lo vemos en tu enredo con la Monteorgaz. Si en otros amoríos te arruinabas neciamente, al menos veías satisfecha tu vanidad. Los brillantes de la Navalcarazo, la casita de *Pepa la Sevillana*, los coches de la Belvis de la Jara, y tus faetones, tus caballos normandos o cordobeses o del Demonio, te daban fama de esplendidez y el diploma de hombre de buen gusto. ¿Pero qué ibas ganando con la Monteorgaz, más graciosa que bonita y más elegante que joven, que tiene detrás de sí un familión famélico, capaz de tragarse el dinero de media España y de digerirlo sin que se le resienta el estómago? Carolina te hacía pagar sus cuentas rezagadas de diez años, y las del marqués, que debía sumas fabulosas a Utrilla y a los dependientes del Casino. Seguían los hermanos de ella, los hermanos de él, todos unos perdidos, con hambre atrasada de dinero y de protección... Caían sobre ti como nube de langosta, y tú, que no sabes negar nada y eres un fenómeno morboso de generosidad; tú, Guillermo, que si hubieras sido mujer, habrías entregado tu honor al primer pedigüeño que se te pusiera delante; tú, Guillermo, a todos consolabas, creyendo rodearte de agradecidos, y lo que hacías era enseñar la ingratitud a los viciosos...

Sigo, y aguanta el nublado... Dime, gran majadero: ¿qué satisfacción del amor propio sentías viéndote de número veintitantos en el índice amoroso de Carolina Monteorgaz? ¿Qué ilusión te fascinó, qué desvarío te disculpó? Si no puedes vivir sin hacer perpetuamente el don Juan; si tu fatuidad necesita el rendimiento de mujeres, búscalas en esfera más humilde: dedícate a las costureras, que las hay muy lindas, más hermosas que las de arriba, y algunas más ilustradas, con mejor ortografía que la Belvis de la Jara, que escribe *ir* con *h* (yo lo he visto); cultiva las viudas de empleados o viudas de cualquiera, en clase modesta; y entre estas, tu personalidad de *lion fashionable* alcanzaría triunfos facilísimos y de reducido coste. Imita al noble marqués de la Sagra, hermano de la Villaverdeja, que con mundana filosofía se ha dedicado a las cigarreras (entre las cuales las hay muy monas), y gracias a lo económico de sus vicios, ha podido fomentar sus propiedades de Griñón, Alameda y Villamiel... Ahí tienes un modelo de próceres que sabe divertirse mirando por la prosperidad del país... Aprende, abre los ojos...

No tomes esto a broma; no argumentes, no te defiendas, que defensa no tiene tu estolidez, y escucha un poco más. He señalado el mal, mostrándolo en toda su magnitud fea para que te cause espanto, y ahora voy a proponerte, si no el remedio, que es difícil y ya vendría tarde, al menos el alivio. Óyeme, Guillermo: si yo te propusiera que cambiaras de improviso tu modo de vivir, sujetándote al modesto pasar de un empleado de catorce o de veinticuatro mil, sería tan necio como tú. Nunca serías capaz de tanta abnegación, ni está tu alma templada para sacrificios grandes del amor propio... Lo que has de hacer, ante todo, es balance general de tu hacienda, y saber lo que debes, las obligaciones hipotecarias que has contraído, lo que aún posees libre, *etc.*; en fin, que pongas ante tus ojos la realidad escueta, descartando todo lo ilusorio. Para esto necesitas valor, necesitas disciplina... No perdones ningún dato verdadero, no te engañes a ti mismo... Luego que sepas lo que has perdido y lo que te resta, trata de impedir que ese resto se te escurra también, para lo cual has de hacer propósito firme de poner punto final en tus aventuras *donjuanescas* con señoras de copete... Inmediatamente de esto, antes hoy que mañana, pensarás en buscar novia con buen fin; una heredera rica, riquísima. El santo matrimonio, de que tú has sido burlador, es lo único que puede salvarte... Por la cara que pones, comprendo que esta idea no te parece mal. Como que no hay para ti otra salida del atolladero en que estás.

Te veo meditabundo. Piensas, como yo, que una heredera rica millonaria y de clase igual a la tuya no es tan fácil de encontrar en los tiempos que corren... Casi todas las que había se han ido colocando. Las de banqueros y capitalistas, que fácilmente adquieren hoy título nobiliario, también escasean. Algunas conozco que te convendrían; pero aún son muy niñas; tendrías que esperar, y esperar es envejecer... A ver qué te parece esta otra idea que ahora se me ocurre... Pon atención, y no te enfades si para plantear esta idea, precisado me veo a proponerte algo que seguramente no será de tu gusto, algo que hiere tu dignidad... Lo digo, aunque al oírme des un brinco en la silla... Ya sabes que en España tenemos un medio seguro de aliviar la desgracia de los que por su mala cabeza, por sus vicios o por otra causa, pierden su hacienda. Se les manda a la isla de Cuba con un buen destino, y allá se arreglan para recobrar lo que aquí se les fue entre los dedos. España goza de esta ventaja sobre los demás países: posee un heroico bálsamo ultramarino para los males de la patria europea... No te sulfures, ten calma, y óyeme hasta el fin. Ya sé que considerarás denigrante el tomar un empleo en Cuba; ya sé que tú, si lo tomaras, no irías allá con el fin bajo de ensuciarte las manos en la Aduana, o de especular con los desembarcos fraudulentos de carne negra... No... ya sé que no harás esto, y que si vas pobre, volverás puro con los ahorros de tu sueldo, y nada más.

Si te propongo este arbitrio... pasado por agua, es porque calculo que el casamiento redentor que aquí no encontraríamos fácilmente, allí *te saldría* en cuanto llegaras, por la virtud sola de tu esplendorosa persona, por tu elegancia y nobleza, y la fama que has de llevar por delante. El género de ricas herederas abunda en aquella venturosa Isla, créelo; no tendrás más trabajo que *l'embarras du choix*. Véate yo, Guillermo, llegar aquí corregido de tus ligerezas y aumentado con una guajirita muy mona, de hablar lento, dengoso, que recrea y enamora. Será bonita, tierna, leal, amante, y con más inocencia y rectitud de principios que el género de acá, un tantico dañado por influjo del ambiente y de la proyección de las clases altas sobre las medias. Pues en el aquel de la instrucción femenina, no sé si te diga que irás ganando. Allá se van estas con aquellas en nociones científicas y de vario saber; pero sí te aseguro, refiriéndome al arte inicial, o sea, la escritura, que las cubanitas gastan una letra inglesa limpia y gallarda, y una ortografía que ya la quisieran nuestras elegantes para los días de fiesta. En fin, hijo, que no te me subas a la parra de la dignidad por esto de la cubanita. Mira las cosas por el lado práctico, que suele ser el lado más bonito; no desprecies los ingenios, los potreros y cafetales que para ti reserva la virgen América; piensa en el genio de Colón; considera los cientos de miles de cajas de azúcar que podrás verter en el Océano de tus amarguras para endulzarlo...

IX

Veo que si te subes a la parra de la dignidad —prosiguió Beramendi—, no trepas tan alto como yo creía... Calma, y ojo a los hechos reales. Ponte en el exacto punto de mira, y aléjate del sentimentalismo, que te alteraría las líneas y color de los objetos... Ahora, dando por hecho que trazas en tu existencia la línea gorda de que antes te hablé, establezcamos el sano régimen económico en que de hoy en adelante has de vivir. Para librarte de la usura que en poco tiempo te dejaría sin camisa, es forzoso que levantes un empréstito, en grande, no para salir del día y del mes, sino para salvar definitivamente los restos de tu patrimonio. Entre tú y yo tenemos que buscar un capitalista o banquero que recoja todo el papel emitido por ti en condiciones usurarias, y además te cancele en tiempo oportuno la escritura de retro que en mal hora hiciste a mi hermano Gregorio. De este no esperes piedad ni blanduras, pues aunque él quisiera ser fino y blando, por lo que queda de nativa indulgencia en su corazón, Segismunda no se lo permitiría. Esta es implacable, feroz en sus procedimientos adquisitivos, como lo es en su ambición. Si encontramos el capitalista que quiera salvarte, pactarás con él lo siguiente: tú le entregas todas las fincas de los estados de Loarre y San Salomó, con facultad de vender las que se determinen y de administrar las restantes. Él, al otorgarse la escritura, cancelará las cargas hipotecarias y los créditos pendientes. Tu propiedad inmueble queda en poder suyo hasta la amortización de tu deuda, y en ese tiempo recibirás de él trimestralmente la cantidad que se estipule para que puedas vivir con decoro y modestia, ajustando estrictamente tus necesidades a esa rigurosa medida.

Y ahora digo yo: ¿a qué capitalista debemos acudir? Piensa tú, recorre tus conocimientos; yo pasaré revista en los míos. ¿Qué te parece don José Manuel Collado? De Rodríguez y Salcedo, ¿qué me dices? ¿No eres tú amigo del duque de Sevillano? Yo lo soy de don Antonio Guillermo Moreno... Cerrajería y Pérez Hernández, me consta que han hecho negocios de esta índole... ¿Quieres que mi suegro y yo hablemos a don Antonio Álvarez y a don Antonio Gaviria, o crees tú que podrás entenderte fácilmente con Casariego? ¿Has pensado en Udaeta, en Soriano Pelayo? ¿Podríamos contar con Zafra Bayo y Compañía, si habláramos a nuestro amigo Adolfo Bayo?

Debo advertirte, para que no te adormezcas en una confianza optimista, que nuestros hombres de dinero no se aventuran en ningún negocio que no vean claro y seguro desde el momento en que se les plantea. Por rutina y por comodidad, van tras las ganancias fáciles, con poco riesgo y sin quebraderos de cabeza. Han tomado el gusto a las gangas que nos ha traído la transformación social; se han acostumbrado a comprar bienes nacionales por cuatro cuartos, encontrándose en poco tiempo poseedores de campos extensos, feraces, y no se avienen a emplear el dinero en operaciones aleatorias de beneficio lento y oscuro. No les censuremos por esto: es condición humana.

Que nuestros ricos están a las maduras y no a las agrias, lo ves palpablemente en que pudieron agruparse y acometer con dinero español empresa tan nacional y útil como el ferrocarril de Madrid a Irún, y se han echado atrás, dejando esta especulación en manos de extranjeros. No sienten estos señores el negocio con espíritu amplio y visión del porvenir: ven solo lo inmediato, y se asustan de la menor sombra. Carecen de la virtud propiamente española, la paciencia. Verdad que esta virtud no la tenemos más que para el sufrimiento... Otra cosa. Es fácil que un solo capitalista no se atreva solo con tan grande operación, y que se reúnan dos o tres en reata para tirar de ti, pobre carro atascado en los peores baches de la existencia. En fin, sea lo que fuere, tú por tus relaciones, yo por las mías, buscaremos un Creso, entre los pocos Cresos españoles que tengan el sentido de la reconstrucción, en vez del sentido de la destrucción. Porque no lo dudes: un principio negativo les ha hecho ricos... Grandes casas son, levantadas con material de ruinas... Han contratado el derribo de la España vieja. ¿La nueva quién la construirá?»

Sensible al grande afecto que el sermón revelaba, Guillermo manifestó su conformidad con los claros razonamientos de su amigo, y lanzándose con ardor a las primeras iniciativas, pasó revista fugaz a los próceres del dinero. «¿Te parece que desde luego hable yo con Cerrajería?... Y entre tanto, tú tanteas a Collado, a Sevillano... Este me parece el más capaz de comprender la operación y sus ventajas. Solo una vez he hablado con él. ¿Sabes dónde? En el baile que dio la Montijo para celebrar los días de su hija Paca, a fines de enero. Pues Miguel de los Santos me presentó a Sevillano, que estuvo conmigo amabilísimo... Tengo idea de que me dijo algo del arrendamiento de los pastos de mis dehesas de Perpellá... Si no me equivoco, sus ganados trashuman de la provincia de Guadalajara a la de Huesca. Luego le he visto dos o tres veces en la calle; nos hemos saludado... Créelo: me resulta respetable este hombre, que de la paja ha extraído el oro.»

Quedaron, en fin, los dos amigos en trabajar el asunto cada uno por su lado, y así se hizo, siendo más activo Beramendi que el propio interesado, cuyo espíritu fácilmente se escapaba de las cosas graves para volar hacia las frívolas. La primera noticia de que su amigo gestionaba, la tuvo Aransis una noche en la casa del duque de Rivas, adonde concurría con preferencia por gusto de la distinción, buen tono y amenidad que allí reinaban. Eran las salas del duque terreno en que lo mejorcito de las Letras y la flor y nata de la Aristocracia se juntaban, sin que ninguna de las dos Majestades se sintiera humillada ante la otra. Arte y Nobleza hacían allí mejores migas que en ninguna parte, bajo los auspicios del que era Grande de la Poesía y Grande de España, dos grandezas que no suelen andar en un solo cuerpo. La noche de referencia, Guillermo Aransis encontró a Martínez de la Rosa charlando con Romea, y a Escosura con Nocedal, el agua y el fuego. Aquel era, sin duda, el reino de la transacción y de la tolerancia, porque la de Madrigal y la de Monvelle, damas respetabilísimas, celebradas por sus virtudes, alternaban con la Navalcarazo y la Villaverdeja, reputaciones de calidad muy distinta. Molíns, Bretón de los Herreros, Alcalá Galiano y Federico Madrazo, llevaban la representación de las Letras y de la Pintura. Con otros próceres arruinados como él, o en camino de serlo, el de Loarre representaba la Grandeza holgazana, distraída y sin ningún ideal serio de la vida, preparándose a un buen morir, o a un morir deshonroso... Le llamó la Navalcarazo, para decirle secreteando: «Guillermo, ya sé que estás en *pourparlers* con los capitalistas para el arreglo de tu casa. Me lo ha dicho Collado... Yo ando detrás de Felipe (este Felipe era el marqués de Navalcarazo) para que haga una cosa semejante; pero nada consigo. Felipe es un hombre imposible... El eterno sonámbulo que dormido tira el dinero, y no despierta sino cuando se le acaba y viene a pedírmelo a mí... Aún estás a tiempo, Guillermo. Entiéndete con esos señores. Me ha dicho Collado que hará el negocio a medias con Udaeta...» Así dijo la dama frescachona, y cuando salían, cogiéndole el brazo, añadió esto: «Vas por buen camino, Guillermo. Luego buscas una heredera rica, aunque sea del ramo de Ultramarinos, y ya eres hombre salvado.»

Claramente vio Aransis que Beramendi trabajaba por él. Fue a verle al siguiente día, y juntos visitaron a Collado, quien les dijo que tenía el negocio en estudio y que pronto daría contestación. Pero la respuesta se hizo esperar. Hablaron a Bayo y a Casariego, que de plano rechazaron la proposición, y una noche, ya bien entrada la primavera, hallándose Aransis en casa de Osma, tuvo inesperada noticia de su asunto por otra dama de historia, muy corrida, y de extraordinario y sutil ingenio. Era la Campofresco, a quien la marquesa de Turgot, Embajadora de Francia, llamaba *Madame Diogène*, expresando así muy bien el gracioso cinismo de aquella señora que, sin tonel ni linterna, creaba con sus célebres dichos la filosofía mundana más adaptable a la sociedad de aquel tiempo. «Guillermito —le dijo, sentada junto a él a la mesa—, yo le tenía a usted por un loquinario, y ahora resulta que es uno de nuestros primeros razonables. Bien, hijo, bien: así me gustan a mí los hombres. Lo he sabido por Sevillano, que es mi banquero, y hoy estuvo en casa y me preguntó si me parecía bien el negocio. Yo le contesté que sí... Dígame: ¿quién le aconsejó su salvación? De fijo no ha sido la Navalcarazo, ni la Monteorgaz... Apuesto a que ha sido *Pepa la Sevillana*, que estas *de cartilla* son las que tienen más talento...» Reían... *Madama Diógenes* habló de otras cosas.

En efecto: Sevillano estudiaba el asunto, y en tales estudios pasó tiempo largo, con grande impaciencia y desazón del marqués de Loarre, que cada día se iba hundiendo más, y que, incapaz de parar en firme los estímulos de su vanidad donjuanesca, buscó en Valeria Socobio un enredillo modesto, creyendo, sin duda, que podría sostener su imperio sobre la mujer en condiciones poco dispendiosas. Cansado de esperar el fin de los prolijos cálculos que hacían los aristócratas del dinero, se lanzó a proponer su asunto a otras casas. Habló con Weissweiler y Baüer, los cuales, por conducto del simpático y bondadoso don Ignacio, le dijeron que la cantidad del empréstito no les asustaba; pero que en España no hacían ninguna operación sobre *foncière*. Tratárase de fondo *mobiliario*, y llegarían a entenderse. Ya desesperaba el aburrido galán de encontrar su remedio, cuando Collado y Carriquiri unidos formularon unas bases que, si alteraban algo el primitivo proyecto y fijaban condiciones un tantico onerosas, resolvían la cuestión con más o menos ventajas, y el caballero no podía menos de conformarse con ellas. Eran su única esperanza, su salvación infalible, si aseguraba los efectos de la medicina con una perfecta higiene. Empezaron los preparativos, examen de escrituras y ejecutorias, contratos, hipotecas, préstamos, y en ello estaban cuando sobrevino la ruptura entre Espartero y O'Donnell y el derrumbamiento de la situación política. En puerta una nueva revolución, la Milicia Nacional en armas, *Baldomeroff* rabioso, *Leopoldowitch* apoyado por Palacio, Palacio decidido a la resistencia, se oscurecían los horizontes, y sobre la sociedad, sobre el Trono mismo y su compañero el Altar, venían tempestades cuyo fragor en lontananza se percibía. Tal fue el motivo del repentino y doloroso desengaño de Aransis, cuando ya creía tener en la mano su regeneración. Collado, a quien vio aquel día en el Congreso, le dijo en tono plácido, que a Guillermo le sonó a *Dies irae*: «Amigo mío, no podemos hacer nada por ahora. ¡Quién sabe lo que va a venir aquí!... ¿Estallará el volcán?... Yo me temo que estalle... Esperemos.»

Ved aquí por qué se presentó aquel día el marqués de Loarre con tan mohíno rostro y decaimiento del ánimo en casa de Valeria, y por qué relató los graves sucesos políticos con acento de pesimismo fúnebre. Como se ha dicho, Valeria no penetraba la causa de la sombría tristeza de su amigo; Teresita, menos conocedora del mundo que Valeria, pero dotada de mayor perspicacia, no sabía, pero sospechaba; no veía el fondo del abismo, pero algo vislumbraba asomándose a los bordes... No era aquel día el más propio para entretenerse en vanas pláticas con dos mujeres, que no daban pie con bola en nada referente a la cosa pública: desfiló el galán volviéndose al Congreso; de allí pasó a casa de Vega Armijo, ávido de noticias. Por desgracia, estas eran malas, y en todas las bocas aparejadas iban con negros presagios. Comió en casa de Beramendi, y fueron luego juntos al Príncipe, a ver *El tejado de Vidrio*, linda comedia de Ayala. En el teatro no se hablaba más que de política, de esa política febril y ansiosa, natural comidilla de las gentes en los días que preceden a las grandes agitaciones; fue después al Casino, hervidero de disputas, de informes falsos y verdaderos, de ardientes comentarios, y al retirarse a su casa de la calle del Turco, cuando apuntaba la rosada claridad de la aurora, sintió el hombre lo que nunca había sentido: desdén de sí propio y de su patria. Su pesimismo se concretaba en esta frase que dijo y repitió mil veces, hasta que sus ideas fueron anegadas por el sueño: «Ni ella ni yo tenemos compostura.»

X

Sorpresa y disgusto causó al marqués de Loarre la primera noticia que al despertar, el día 14, le llevó a la cama su criado con el *Extraordinario de la Gaceta*. Leyó la lista de los ministros del flamante Gabinete de O'Donnell, y al ver *Collado, Fomento, con la dirección de Ultramar*, la impresión fue por demás penosa. Ya no debía contar con el millonario, que chapuzándose en la política y en los afanes de dos importantes ramos de Administración, pondría un paréntesis en los negocios. No habría más remedio que proseguir arando la tierra en busca del escondido capital, que para la compostura de su hacienda necesitaba. Dinero había de sobra; mas no quería venir a la reparación de las casas históricas, ocupado sin duda en demoler las que aún no se habían caído. Al salir en busca de su amigo Beramendi para pedirle sostén moral y consejos, atormentado iba por esta endiablada conjetura: «¡A ver si ahora se le ocurre a Pepe Fajardo aprovechar la entrada de Collado en la Dirección de Ultramar para mandarme a Cuba!... ¡Qué humillación!... Mucho puede Pepe Fajardo sobre mí; pero no hará de Guillermo de Aransis un vista de Aduanas...»

Reuniéronse los dos amigos. Loarre propuso prescindir de Collado, y continuar las diligencias del empréstito en otras casas; la misma idea expresó Beramendi, y nada dijo del extremo recurso de Ultramar. Al Congreso fueron los dos, creyendo encontrar allí grande animación, concurrencia extraordinaria de diputados y charladores de política; mas no vieron sino contadas personas, y en ellas, como en todo el ambiente de la casa, desaliento y tristeza, con olor a miedo... Así lo dijo Fajardo, aproximándose a dos amigos suyos que platicaban con cierto misterio arrimados a la pared del pasillo de entrada. «¿Se puede saber qué pasa o qué pasará hoy?» Los dos señores, desconocidos para Guillermo, respondieron a Fajardo que nada positivo sabían, y que lo mismo podía venir en la tarde y noche próximas una descomunal batalla entre el Progreso y la Reacción, que una ignominiosa tranquilidad. Todo dependía de que el duque se pusiera las botas, obediente a las instancias de su partido y al estímulo de las ideas que representaba. Uno de los señores que Guillermo desconocía era de edad avanzada, largo de estatura y un si es no es agobiado de espaldas, de rostro áspero y displicente, la mirada como de hombre a quien abruman las contrariedades, sin hallar en su ánimo fuerzas para resolverlas o sortearlas. Joven era el otro, de mediana talla, con barba negra y corta, la boca extremada en dimensiones y como hecha para rasgarse continuamente en un sonreír franco tirando a diabólico, el mirar vivo y ardiente, el pelo bien compuesto, con raya lateral, y un mechón arremolinado sobre la frente formando cresta de gallo.

«¿Quiénes son esos? —preguntó Aransis a su amigo, apartándose de aquel grupo para pegarse a otro.

—El alto y viejo es un fanático progresista —replicó Fajardo—, de los de acuñación antigua, y que ya van siendo raros, como las monedas de veintiuno y cuartillo. Se llama Centurión, y no tiene más dios ni más profeta que San Espartero. El otro es Sagasta, ¿no le conoces?; diputado creo que por Zamora, hombre listo y simpático, que perorando ahí dentro es la pura pólvora, y entre amigos una malva.»

Apenas llegaban los dos marqueses al primer grupo que veían, entrando en el Salón de Conferencias, llegó Escosura, que al punto fue asaltado de curiosos. Parecía enfermo; venía de mal temple. Aransis le oyó decir: «Se lo he pedido casi de rodillas, y nada. No quiere ponerse al frente de la Revolución... Esto es entregar el País y la Libertad a O'Donnell y a los del *Contubernio*.» Centurión dio sobre esto, a Beramendi y a su amigo, más claras explicaciones. El duque, vencido por O'Donnell en la guerra de intrigas, y desairado por la reina, desmentía su fogosidad y bravura, encerrándose en un quietismo incomprensible. ¿Qué significaba esta conducta? ¿Por qué procedía en forma tan contraria a su historia el hombre que personificaba la Libertad, precisamente en la ocasión en que tenía más medios de defenderla? «¿Qué dirán, Señor, qué dirán los dieciocho mil milicianos que están arma al brazo, esperando oír la voz que ha de conducirles al barrido y escarmiento de toda esta pillería del justo medio?... Fíjese, marqués, ¡dieciocho mil hombres! decididos a morir por la Libertad... Y el duque, nuestro duque, se cruza de brazos, ve impasible que la Revolución es pisoteada, que el nuevo Código Político se queda en el claustro materno, y nosotros, los buenos, desamparados y a merced de O'Donnell, que no piensa más que en traernos ese ganado hambriento, ese pisto, Señor, de moderados y apóstatas, cuyo ideal no es más que comer, comer, comer...»

Escosura dijo a Sagasta: «Vayan usted y Calvo Asensio a ver si le convencen... yo nada he podido.» Ya en este punto y hora, que era la de las tres, iban llegando más diputados, y los divanes del Salón de Conferencias, que desde la inauguración del edificio eran cómodo asiento de gobernadores cesantes, de pretendientes crónicos o charladores por afición y costumbre, se poblaban de vagos. Creyérase que los tales habían nacido allí, o que no tenían más oficio ni otros fines de vida que petrificarse sobre aquellos blandos terciopelos. Cuando el número de diputados en la casa pasó de seis docenas, dispuso abrir la sesión el vicepresidente don Pascual Madoz. Desairada, tirando a ridícula, resultaba la reunión de los representantes del Pueblo, y fúnebres los discursillos que allí se pronunciaron. Las Cortes Constituyentes agonizaban. O'Donnell ni aun quería hacerles el honor de disolverlas *manu militari*. Se votó una proposición, en la que unos ochenta caballeros declaraban que el Gobierno de don Leopoldo no les hacía maldita gracia, y los que fueron en comisión a Palacio para llevar el papelito volvieron con las orejas gachas, diciendo que O'Donnell, Ríos Rosas y los demás ministros nuevos les habían despedido con un cortés puntapié... Las Cortes se acababan, morían sin lucha y sin gloria, abandonadas del caudillo que tenía el deber de defenderlas, y lloraban su desdichada suerte frente a dieciocho mil hijos ingratos, que no sabían disparar un tiro en defensa de su madre.

Los votantes de la proposición de censura iban desfilando hacia la calle, con la idea de que más seguros estarían en su casa que allí, por si a O'Donnell le daba la ventolera de meter tropas en el *establecimiento* con objeto de *asegurar* al moribundo. Unos treinta o cuarenta quedaban, firmes en los escaños, arrogantes ante su menguado número, y votaron una proposición que en puridad decía: «Hallándose amenazada la inmunidad de las Cortes... Confiamos a don Baldomero Espartero el mando de las fuerzas necesarias a su defensa, a cuyo fin se comunicará este decreto a todos los Cuerpos del Ejército y Milicia Nacional, *caeteraque gentium*...» Y a los pocos instantes de que fuera votado este acuerdo, a estilo de Convención, se oyó claramente en todo el edificio ruido lejano de tiros, con lo que algunos se alegraron viendo justificada la actitud de los firmantes de la proposición, y celebraban la lucha, prólogo quizás de un airoso morir, mientras otros, revistiéndose de prudencia, se escabullían hacia las puertas de Floridablanca y el Florín, para ir a buscar el seguro de sus casas.

Entró Centurión en el pasillo largo gritando: «Ya se armó. La Milicia se bate, señores... ¡En la Plaza de Santo Domingo, un fuego horroroso!... La Libertad puede morir; pero no deshonrarse en este trance supremo, metiéndose debajo de las camas.

—¿Está el duque al frente de los milicianos? —le preguntó Eugenio García Ruiz, que era el más caliente de los diputados fieles a la Representación Nacional; y Centurión dijo: «No lo sé; no puedo afirmarlo... lo presumo, sin más dato que el coraje con que ha roto el fuego... Tenemos duque. Si aún dudara, la bravura de nuestro pueblo armado le decidiría.» A este optimismo casi pueril opuso Sagasta una de sus más delicadas sonrisas, y rascándose la barba, dijo a García Ruiz: «No nos hagamos ilusiones; el duque no se mueve más que para irse a Logroño. Hemos estado a verle Calvo Asensio y yo, y nos ha dicho...

—¿Qué os ha dicho?... ¿El *cúmplase* de siempre? Es burlarse de nosotros; es arrojar la Libertad, atada de pies y manos, a los pies de los caballos de O'Donnell y Serrano. ¡Cúmplase!... ¿Y a cuándo espera?

—No sé —murmuró Sagasta acariciándose de nuevo la barba, cuyas hebras sonaban levemente al rasgueo de sus uñas.

—¿Qué razón hay para esa calma increíble, para ese abandono de los principios?... ¡Él... Espartero! —preguntaba García Ruiz lleno de confusiones. Y el gran Centurión, no tan confuso como indignado, reforzó la pregunta en la forma más colérica: «¿Qué razón hay, cojondrios?»

—Alguna razón hay —dijo Calvo Asensio ceñudo, frío—. No puede ponerse el duque en esa actitud sin alguna razón... y razón de peso, Eugenio... Ya te la diré.»

Aransis y Beramendi, oyendo el fragor lejano de tiros a cada instante más intenso, salieron a la puerta de Floridablanca y allí deliberaron qué camino tomarían para la retirada. Proponía Guillermo que fueran a su casa, calle del Turco, de la cual muy poco distaban. Pero como insistiera Fajardo en ir a la suya, por no estar ausente de su familia en días de trifulca, allá corrieron los dos, tomando la vuelta que creían menos peligrosa. En el Congreso quedó Centurión, que si no era diputado lo parecía, por el ardiente celo que mostraba, mirando la dignidad de la Representación Nacional como la suya propia, y desviviéndose porque fuese de todos honrada y enaltecida. En la misma idea y tensión estaba García Ruiz, castellano viejo con toda la seca testarudez de la raza, hombre de voluntad más que de fantasía, calificado entonces entre los sectarios furibundos, y que no lo era realmente, pues en él lucía la claridad del buen sentido, y habría dado cuerpo a las ideas dentro de los moldes de la realidad, si se le presentara ocasión de hacerlo. Nicolás Rivero, otro de los que allí permanecían, trataba de infundir con su presencia un aliento más de vida a las Cortes moribundas. Poca fe tenía ya en que la Institución saliera bien de aquel soponcio, y como a difunta la miraba. «*Zeñores* —decía—, ¿qué hacemos aquí? Velar el cadáver.» Y Madoz, vehemente y práctico, como mestizo de catalán y aragonés, respondía: «Pues velaremos por si le da la gana de resucitar, y estaremos al cuidado de que no lo profanen.» Fernando Garrido, revolucionario ardiente, partidario de los remedios heroicos, salía y entraba con Centurión, trayendo noticias consoladoras: «La cosa va de veras. Hemos visto a Manolo Becerra y a Sixto Cámara que van a ponerse al frente del 5.º de Ligeros... En la Plaza de Santo Domingo se está levantando una barricada formidable, que ha de dar algún disgusto a los de Palacio... Cuentan que en Palacio el pánico es horroroso... Hay tropa en Chamberí, tropa detrás del Retiro; pero muy desalentada... Nos dicen que muy desalentada...» El general Infante, presidente, ponía en duda lo del desaliento, y cuando llegó la noche dormitaba en un sillón de su despacho. Seoane y Montemar volvieron a la persecución de Espartero, que abandonando su casa se había trasladado a la de Gurrea; y Sagasta y Calvo Asensio se mostraban tristes y resignados, como hombres que, viendo con claridad las causas, esperaban en calma los tristes efectos.

Así pasó la mayor parte de la noche, en expectación melancólica y amodorrante, pues no se oían tiros próximos ni lejanos, ni llegaban al Congreso indicios de haberse trabado una formal batalla entre nacionales y tropa. Los diputados fieles, apegados por respeto y amor a la casa paterna, con los aficionados políticos que les acompañaban en el duelo, velaban dispersos aquí y allí, en grupos que se juntaron locuaces y se disgregaban soñolientos. Las voces se extinguían; el salón de Sesiones y el de Conferencias, alumbrados como para grandes escenas parlamentarias, ostentaban su espléndida soledad de capilla ardiente... Por fin, a las últimas horas de la noche, que en aquella estación era muy corta, empezó a manifestarse en los grupos alguna animación, por aires que entraban de la calle, y personas que acudían al recinto mortuorio... De cuatro a cinco, el bullicio y animación crecieron hasta el punto de que pudo decir Madoz: «¿Resucitaremos? ¡Vaya que si resucitáramos!...» A las seis, un intenso ruido, como el de las olas del mar, indicó que grandes masas de gente ocupaban las calles próximas. Oyéronse los mugidos de vivas y mueras, que son la espuma que salta en el hinchado tumulto de las muchedumbres. Por las puertas de Floridablanca y del Florín entraron hombres uniformados, con armas, y otros que las llevaban sobre la ropa ordinaria de paisano, como los cazadores que van al monte. Eran milicianos y guerrilleros de campo y calle, que venían a ofrecerse a la Representación Nacional para su custodia y defensa. Se dijo que las tropas mandadas por Serrano ocupaban Recoletos; seguramente ocuparían el Prado. Venían a disolver, empresa sencillísima dos horas antes, pues las Cortes no tenían a su lado más que a los maceros; pero no muy fácil ya, con tanta gente decidida en su recinto, y alguna más que vendría pronto y tomaría posiciones. El interés del suceso histórico pasó del interior a las inmediaciones del Congreso. Los milicianos, obedientes a jefes con uniforme o sin él, se dirigían en secciones a las casas de Vistahermosa y Medinaceli, que ocuparon, situándose en los aposentos de planta baja y desvanes... Tomó el mando de ellos el menos militar de los hombres, el de más pacífica y bonachona estampa: don Pascual Madoz.

Ya el rubicundo Febo esparcía sus rayos por todo Madrid, cuando entre las multitudes que invadían y cercaban el Palacio de las Cortes apareció Espartero, no a caballo, con arreos y jactancia de caudillo que conduce a sus prosélitos al combate, sino pedestremente, en traje civil. Dentro y fuera de las Cortes echó breves peroratas con menor ahuecación de voz que la comúnmente usada por él frente al pueblo, y terminaba con vivas a la Libertad y a la Independencia nacional. Todo era una vana fórmula, dedada de miel para entretener el ansia popular, o escape instintivo de los cariños de su alma, que no podía contener... A sus exclamaciones respondió la patriotería con otras, y luego dio media vuelta para tomar la calle de Floridablanca, en compañía de Montemar, Gurrea y Seoane. Iría tal vez a ponerse las botas, a montar a caballo, a sacar de la funda la espada gloriosa, panacea infalible contra las enfermedades de la España Libre... Esto creyeron algunos. Los desconsolados ojos de los milicianos le vieron partir, y él desde lejos espaciaba sobre la multitud una mirada triste. Se despedía para Logroño.

A Centurión faltábale poco para llorar; García Ruiz maldecía su suerte. Calvo Asensio y Sagasta, melancólicos, arrojaban estas gotas de agua fría sobre el ardiente afán de sus amigos: «No puede, no puede... Ya comprendéis que valor no le falta.

—Y con ponerse a la cabeza de la brava Milicia, y soltar cuatro tacos, ¡cojondrios! arrollaría fácilmente a nuestros enemigos, *a los eternos enemigos de la Libertad.*

—Sí, los arrollaría... Caerían hechos polvo; pero con ellos vendría también al suelo, rompiéndose en mil pedazos, el Trono, señores...

—¿Y qué?...

—¡Oh!... Es pronto... Es grave... Espartero no quiere tal responsabilidad.

—¡Desgraciado país!...»

Diciendo esto el que lo dijo, los cañones que Serrano había puesto en el Tívoli empezaron a vomitar metralla contra Medinaceli, y granadas contra las Cortes.

XI

Tenía Serrano, Capitán general de Madrid, lo que en Andalucía llaman *ángel*. Más que a su guapeza, por la que obtuvo de Real boca el apodo de *general bonito*, debía los éxitos a su afabilidad, ciertamente compatible, en el caso suyo, con el valor militar temerario, en ocasiones heroico. Fascinaba a las tropas con alocuciones retumbantes, como las de Espartero, y las llevaba tras sí con el ejemplo de su propia bravura, dando el pecho al peligro. Era, pues, un valiente, no inferior a ninguno de los demás caudillos de nuestras luchas civiles, perfecto guerrillero más que general, y con su valor, su buena estampa, y la *suerte*, que suele acompañar a los atrevidos en épocas de revueltas y en países cuya legislación y costumbres no están fundamentadas sobre sólidas instituciones, llegó muy joven a la cumbre de la jerarquía militar... Entiéndase que el valor de Serrano era exclusivamente del orden guerrero, pues fuera de los dominios de Marte, su voluntad desmayaba, haciéndose materia blanducha, fácilmente adaptable a las formas sobre que caía. En él se marcaban con gran relieve los caracteres de la generación política y militar a que le tocó pertenecer. Todos en aquella especie o familia zoológica eran lo mismo: los militares muy valientes, los paisanos muy retóricos, aquellos echando el corazón por delante en los casos de guerra, estos enjaretando discursos con perífrasis galanas o bravatas ampulosas, y cuando era llegada la ocasión de hacer algo de provecho, todos resultaban fallidos, y procedían como mujeres más o menos públicas.

No había lucido hasta entonces en Serrano ninguna cualidad de hombre político. En este punto, nada tenía que envidiar a Narváez, que fuera de algunos rasgos de energía, brotes repentinos de su temperamento, nada estable había producido; ni a Espartero, que inició alguna suerte lucida, puso en ella la mano, mas no supo o no pudo rematarla; ni a O'Donnell, que hasta entonces no era más que un enigma. Quizás se aproximaba el día en que la esfinge de Vicálvaro hablase, y de sus palabras saliese algo práctico que nos trajera permanentes beneficios. Serrano debió de creerlo así; fiaba en la eficacia de lo que llamaban *Unión Liberal*, la concentración de los hombres más listos y presentables de los dos bandos históricos, y ofrecía su concurso a esta obra fecunda. En su mano había puesto O'Donnell las tropas que debían aniquilar a los dieciocho mil milicianos mal contados. ¡*Santiago y a ellos*! Serrano, ayudado por Dulce, hombre de coraje también, no dudaba de la pronta dispersión de la chusma uniformada. Y al entrar en los jardines del Tívoli, pensando en la seguridad de su triunfo, el simpático general fue asaltado de escrúpulos y temores que no carecían de lógico fundamento. «¡Estaría bueno —se decía— que después de dar nosotros la cara para echar al duque y de cargar con la impopularidad del desarme del Pueblo, nos salga Palacio con alguna mala partida, y nos mande a paseo, y llame *al divino Narváez*, para que nos ponga a todos el *Inri*!»

Conocía muy bien el salado general la veleidosa condición de la reina, sus sarcasmos y disimulos, heredados de Fernando VII, y sus preferencias por la política moderada; conocía también, y mejor que nadie, la flaqueza del corazón de Isabel ante las taimadas sugestiones de una beata embaucadora; sabía que fácilmente se ganaba la Real voluntad, no siendo en aquel nebuloso terreno. Isabel podía desechar el temor del Infierno por sus personales culpas; pero no por el pecado de consentir que su pueblo cayese en los abismos del descreimiento y la corrupción masónica. En esto tan solo era consistente su voluntad; en lo demás se desmenuzaba, reduciéndose a migajas que el viento esparcía. Constábale asimismo a Serrano que Isabel II, en sus juicios aguda y cruel, mordaz en sus calificativos, se había dejado decir que *unos cuantos malhechores y rufianes jugaron a cara o cruz la dinastía en el Campo de Guardias...* Y el general discurrió así: «Yo no estuve en el Campo de Guardias; pero de fijo me comprende en el número de los rufianes que jugaron... En fin, ya sabremos en qué parará esto. ¡Ay, O'Donnell de mi alma! Si hemos de hacer algo de provecho, es menester que al soltar las espadas tomemos cada cual un cirio... Transacción es esto, que no fanatismo... O transigir, o...»

Quedó en el aire el pensamiento del Capitán general de Madrid. La realidad que traía entre manos absorbió por completo su atención. Pensando juiciosamente que la mejor táctica era infundir terror, así en los nacionales, como en los diputados que aún sostenían en el Congreso una farsa de representación, mandó situar en puntos convenientes la artillería que acababa de llegar del vecino parque, y dio órdenes de fuego. Apenas iniciados los terribles zambombazos contra el Congreso y la Milicia, se retiró al fondo del jardín. En hora tan temprana, pues aún no eran las ocho, el calor sofocaba. Habían dispuesto los ayudantes, sobre una mesa de despintado pino, agua, refrescos y aguardiente de Chinchón. Los oficiales que estaban en pie desde antes de media noche, acudían allí a tomar la mañana y a calmar su sed. Otros, en pie junto a los árboles, se desayunaban con fiambres que sacaban de papeles grasientos.

Dio Serrano concluyentes órdenes a varios jefes de Cuerpo, que partieron al punto. Uno de ellos, el coronel Villaescusa, acompañado de un teniente coronel de su regimiento, pasó al patio grande del Buen Retiro, donde los dos habían dejado sus caballos: montaron; picaron espuelas hacia la calle de Alcalá, atravesando por las arboledas del Retiro. Iba el buen coronel, no digamos de mal talante, porque esto no expresará su rabiosa desazón, sino dado a los demonios, que en su cuerpo furiosamente se habían metido. Atacado el infeliz señor de su mal crónico del estómago, sentía que en esta víscera tenía su instalación todo el infierno, por el tormento que le daban dolores agudísimos y el fuego que en sus entrañas ardía. Necesitaba de una entereza, más que heroica, sobrehumana, para sostenerse en el caballo y dar cumplimiento a las órdenes del general. Estas fueron así: «Con el batallón que tiene usted en el Ministerio de la Guerra, cuidará de mantener libre la calle de Alcalá. Dos piezas de artillería que he mandado situar entre el Palacio de Alcañices y la Inspección de Milicias, cañonearán a los milicianos que enredan por la calle de Alcalá, y hacen fuego desde los tejados de algunas casas. Cierre usted las entradas del Barquillo, de las Torres y Peligros; ocupe el Caballero de Gracia si no le hostilizan mucho desde los balcones; ocupe también la Plaza de Bilbao... Los efectos de la artillería nos lo darán todo hecho. A los milicianos que se retiren hacia los barrios del Norte, se les desarma tranquilamente. Creo que no han de oponer resistencia. Si se resistieran, usted sabe lo que tiene que hacer. Si en las Vallecas o en Calatravas sacaran algún cañoncillo, de esos que les sirven de juguete, quitárselo, cueste lo que cueste, que mucho no costará... El segundo batallón, que siga en Santa Bárbara, Fábrica de Tapices y la Ronda, no permitiendo que salgan milicianos armados, ni que entren víveres de ninguna clase... Adiós, y aliviarse, que eso no será nada.»

No digamos que trinaba el coronel, sino que del alma le salían rayos y truenos, y que furioso los masticaba, tragándoselos después envueltos en horrible amargura. Era un hombre de buena presencia, de faz morena y curtida, que con la terrible enfermedad había tomado color terroso; los ojos negros, el pelo y bigote con canas prematuras. En el Ministerio de la Guerra dio sus órdenes con la mayor concisión posible, apretando los dientes, como si cortando las frases pudiese partir en dos el dolor que le atenazaba. Salió a recorrer las posiciones de Caballero de Gracia y Plaza de Bilbao, mostrando a sus subordinados un rostro de severidad aterradora, y una tiesura embalsamada, como la del cadáver del Cid cuando lo montaron en la silla para que a los moros dispersara, remedando en la muerte el miedo que vivo infundía su presencia. Daba cumplimiento exacto a las disposiciones del general, reservándose la facultad de alterarlas con libre iniciativa, si las circunstancias así lo reclamaban; exigía la observancia fiel, con maldiciones secas; la crudeza militar ponía en su boca rayos del cielo y resplandores de los abismos... Viendo a sus tropas tirotearse, en la parte baja de la calle de San Miguel, con los milicianos que ocupaban una casa en el Caballero de Gracia, infirió groseras ofensas a Dios, a la Virgen y a venerables Santos... Pasó tiempo... Al saber que los suyos habían dejado pasar un cañoncillo de mala muerte, en la calle de Peligros, pronunció frases altamente ofensivas para la Santísima Trinidad, para el Copón y las Once mil vírgenes. De estas sacrílegas exclamaciones no era responsable el pobre Don Andrés, pues las pronunciaba como una máquina, en las horribles embestidas del demonio que dentro de sí llevaba.

Despejada de enemigos la calle de Alcalá, la recorrió Villaescusa desde el Depósito Hidrográfico hasta donde estaban los cañones, mudos ya. Allí supo la eficacia de la metralla y bombas disparadas contra los milicianos de Vistahermosa y Medinaceli, y contra el Congreso. Una granada, penetrando por la claraboya del Salón de Sesiones, pidió la palabra con horrendo estallido en medio del hemiciclo, diciendo a los buenos señores allí presentes que se fueran a sus casas y no se metieran en más dibujos parlamentarios.

«No dijo eso, no dijo eso —clamó rabioso el coronel, arrojando toda clase de inmundas materias sobre el Verbo Divino, sobre el Arca de Noé, y también sobre las Once mil vírgenes, por quienes, en sus furibundos desahogos, tenía una predilección especial.

—¿Pues qué dijo, mi coronel?

—Lo contrario, enteramente lo contrario —replicó, cual si en aquel doloroso estado no tuviera más consuelo que la contradicción...

—¿Pero se acaba esto? ¿Estaremos aquí hasta mañana, por estos títeres de la Milicia?»

Oyendo decir luego que el presidente de las Cortes, general Infante, había pedido parlamento a Serrano, Villaescusa no dio crédito a la noticia, y como le aseguraran por testimonio *de visu* que en aquel momento trataban Serrano y Dulce, con Infante y los jefes de la Milicia, de la suspensión de hostilidades, el coronel trincó los dientes, se alzó un poco sobre los estribos, y con voces iracundas, entre las cuales no faltaban feas alusiones a San Pedro, a San Basilio y a otros personajes de la Corte celestial, dijo y repitió: «No puede ser; sostengo que no puede ser... Esto no acabará más que matando al perro, para que se acabe la rabia. Despoblar el mundo, digo yo, y así no habrá tontos...»

Los sufrimientos del pobre señor, que toda la mañana habían sido intolerables, se aplacaron un poco después de mediodía. Corto era el alivio; pero aun así lo acogió el pobre enfermo con regocijo y gratitud, no dejando por eso de apostrofar suciamente a todas las potencias del cielo y de los abismos... Tronaba también contra el Gobierno, inculpándole por la prisa con que le trajo a Madrid, y le metió en fuego sin darle ni aun horas de descanso. Tanta fatiga y ajetreo provocaron el ataque, de una violencia superior a cuantos había sufrido. Al llegar a Leganés en la noche del 15, se iniciaron los dolores, y pasó una cruel noche, creyendo que se moría y deseando la muerte, único remedio, a su parecer, de tan inveterado y perverso mal. Aliviado a la mañana siguiente, fue a Madrid con objeto de ver a su familia y aun de abrazarla, que en su decaimiento le halagaba la idea de los abrazos; por el camino acarició el propósito de presentarse a O'Donnell, exponerle el mal que le atormentaba, y pedirle que le relevase de las obligaciones militares por unos días, los necesarios para reponerse. Llegó a su casa serían las diez, y cuando a la puerta llamaba con la ilusión de encontrar allí consuelo y alegría, fue sorprendido por este jicarazo con que le recibió la criada: «La señora y la señorita no están.»

Entró, dio varias vueltas por el recibimiento y sala, diciendo: «¿Y a dónde se han ido esas...?» Terminó con grosería cruel, a la que siguieron los acostumbrados anatemas contra las cosas divinas.

XII

«Han ido de campo con la señorita Valeria, y no volverán hasta mañana por la noche —dijo la muchacha, acostumbrada ya, por su largo servicio, al bárbaro estilo del señor en sus ratos de ira. Preguntole después si quería acostarse, si almorzar quería, y añadió que si le molestaba el dolor de estómago, le haría una taza de la hierba que el señor quisiera. A todo contestó con formidable negativa, y con mandar a la moza que se fuera corriendo a semejante parte... Salió el coronel de estampía, y de la fuerza del coraje sobre los nervios y de estos sobre otras partes del organismo, se le calmó el dolor. Bajando la escalera, rabioso, y aliviado hasta sentirse bien, pensó que no debía pedir descanso al ministro de la Guerra. Era poco airoso y de mal gusto estar enfermo en día de combate. Cumpliría los deberes que el honor le imponía, y confiaba en la remisión del ataque por lo de *similia similibus*, o sea por la virtud de un enérgico berrinche.

Dos horas después entraba en Madrid y se acuartelaba en San Francisco el Regimiento mandado por Villaescusa. Este se puso al frente. Algunas horas de descanso en el cuarto de banderas le aseguraron, al parecer, el alivio. Pero a las doce de la noche, al montar a caballo para situarse, según orden superior, en el Ministerio de la Guerra, se vio nuevamente acometido con mayor violencia y sufrimientos más agudos. Hizo de tripas corazón, y del riguroso deber fortaleza, en la cual se encastillaba, tratando de engañar el dolor físico con la satisfacción de conciencia. Así estuvo todo el día, firme en su puesto, atormentado, mas no vencido, por las mordeduras del monstruo que llevaba en sus entrañas. Al caer de la tarde, cuando ya la insurrección, o lo que fuese, parecía dominada, los sufrimientos de Villaescusa eran tales, que apenas podía ya contra ellos la entereza militar. Difícilmente se sostenía en el caballo, y las tremendas imprecaciones, las injurias a lo divino y lo humano, que ayudaban a robustecer la voluntad, perdían ya su eficacia. Con sobrehumano esfuerzo recorrió la extensa línea que el primer batallón ocupaba, Plaza de Bilbao, Red de San Luis, Jacometrezo, Postigo de San Martín, hasta la Plazuela de las Descalzas, y viendo que todo iba bien y que los milicianos entregaban aquí y allí sus armas con menguada resistencia en algunos puntos, mansamente en otros, todo lo miraba como si fuera mal, y a los que debía elogiar los reñía, y su cara parecía el símbolo de la suprema severidad y de la fiereza.

En la Red de San Luis conferenció Villaescusa con el coronel Mageniz... Minutos después de la conferencia no recordaba lo que hablaron; persistía en la mente de don Andrés la idea de que las Cortes se habían suspendido con la fórmula de *se avisará a domicilio*... y recordando esto, decía: «No puede ser... yo lo pongo en duda, yo lo niego...» Bajó hacia la Cibeles, casi sin darse cuenta de la dirección que a su caballo señalaba con las riendas. Allí se encontró al coronel Berruezo, de Artillería, el cual, conociendo en el rostro de su amigo los sufrimientos que le abrumaban, le recomendó el sosiego. Bien podía resignar el mando en el teniente coronel Zayas, y retirarse a su casa. «¡A mi casa, sí!» balbució Villaescusa, que en el paroxismo de sus dolores sentía ganas de llorar como un niño... Berruezo añadió que a enfermos y sanos convenía tomar algo de alimento, pues no hay cosa peor que entregar nuestro cuerpo al desgaste orgánico sin reparar de algún modo las pérdidas, y terminó con este récipe sustancioso: «Hemos preparado ahí, en la sala baja de la Inspección, un tente en pie, comida pobre, de plaza sitiada... poca cosa. Amigo Villaescusa, contamos con usted. Pues nada o muy poco tenemos que hacer ya, apéese usted, que yo haré lo mismo. Las nuevas órdenes de Serrano las recibiremos aquí, y puede que venga él mismo a dárnoslas, comiendo con nosotros. Con que...

—Comer, comer... —murmuró Villaescusa rabiando—. ¿Y sé yo acaso cómo se come, con este infierno que llevo aquí, en el buche, y estos rayos que me suben al pecho, y este acíbar en la boca?» El dolor lacerante del estómago era tan pronto mordedura de dientes agudísimos, como chisporroteo de las entrañas taladradas por un hierro candente. Trincando las encías con fuerza, apretando las piernas contra la silla, y conteniendo la respiración, el paciente lograba por un instante adormecer al monstruo. Este recobraba su imperio, mordiendo y quemando por el esófago arriba, o bajándose hasta desgarrar con sus afiladas uñas la vejiga. El corazón aterrado negábase a funcionar; temblaba toda la máquina; recibía el cerebro olas de sangre fugitiva, y anegado se quedaba sin pensamiento y sin memoria. Duraba segundos no más el efecto congestivo, y luego venían otros penosos efectos. El dolor, el monstruo llamaba a sí toda la sangre... hormigueaban las manos; la lengua se pegaba al paladar, seca y estropajosa... Al delirio llegaba el aborrecimiento del paciente a la Divinidad, así cristiana como gentil, y el desprecio de todo el Género Humano era en él un amargo sentimiento que por su intensidad en placer casi se convertía. A su hija y a su mujer no las exceptuaba Villaescusa de este menosprecio y desestimación. Las veía como dos pobres pulgas que andaban brincando de cuerpo en cuerpo, en busca de un poco de sangre con que nutrirse.

Se apeó el coronel, asistido de un ordenanza de la Inspección, el cual le echó mano al cuerpo para que no se desplomase antes de poner el pie en el suelo. No agradeció al parecer el pobre Villaescusa este cuidado, porque en breves y cortados términos, confundidos con el nombre de Dios en mala guisa, reprendió al subalterno por haberle casi cogido en brazos... ¡Le había lastimado un muslo, le había hundido una costilla, dos... Mala peste con las Once mil vírgenes!... Entró tambaleándose... A fuerza de metodizar sus pasos, guardaba un imperfecto equilibrio, atento a las paredes para ampararse de ellas con una o con otra mano, en caso de necesidad. Traspasó al fin el portal; entró luego en una estancia, a mano derecha, donde vio claridad de bujías (ya era casi de noche), una mesa puesta con más botellas que platos y adorno de flores mustias, y algunos oficiales que hablaban agrupados en un rincón. Saludó Villaescusa agarrándose a la primera silla que encontró a mano, para disimular el peligro en que estaba de caer al suelo... Una vez salvado de aquel riesgo, pensó si se sentaría o no. Decidiose por lo primero, y al desplomarse sobre el asiento, los dolores horrorosamente se avivaron... Apretó los dientes; fingió cansancio, calor; se limpió el sudor del rostro... Un Oficial se le acercó. Debía de ser un amigo; pero tal estaba Villaescusa, que a nadie quería conocer ya. Como ruido de moscardón sonó en sus oídos la voz del Oficial, refiriéndole el fin de la página histórica de aquel día. La Milicia estaba ya sin armas, salvo algunos elementos levantiscos, *los eternos enemigos de la tranquilidad pública*, que sostendrían durante la noche una lucha estéril en los barrios del Sur... O'Donnell era ya el amo de la situación. Serrano, el saladísimo general Serrano, y el bizarro Dulce, con las fuerzas del Ejército a sus órdenes, acababan de prestar un gran servicio a la Libertad y al Trono... Habría forzosamente recompensas... Terminada felizmente la Revolución de este año, podríamos decir: «Señores, hasta el año que viene.»

De este vano sermón histórico poco o nada entendió el mártir. Miró al Oficial queriendo decir algo, pero sin poder articular sílaba... Las palabras, temerosas de ser pronunciadas con torpeza, se quedaban de labios para adentro. Sorprendiose el Oficial de ver que en los ojos del coronel brillaban lágrimas, y que hinchadas estas, y no cabiendo en los párpados, rodaban por las rugosas mejillas de color de tierra... Villaescusa no decía nada. Daba rienda suelta a sus ganas de llorar, como un niño afligido y mudo. El Oficial, inclinándose sobre él, le dijo: «Mi coronel... ¿dolor de muelas?» Respondió el mártir con un movimiento de cabeza. El Oficial le ofreció vino, aguardiente, agua. Cualquiera de estas cosas que bebiese, pensó don Andrés que se convertirían en fuego al pasar por su boca: lo sabía por dolorosa experiencia. Pero tuvo el antojo de tomar agua con vino: con signos lo manifestó al que tan galanamente le servía. Bebió gran cantidad de vino aguado, y al dejar el vaso en la mesa con golpe furibundo, una vivísima flexión del monstruo que llevaba dentro le hizo ponerse en pie. Algo que estaba doblado en las entrañas se desdobló, con juego de muelles que horrorosamente dolían... Viéndole tan demudado y con cierto desvarío en los ojos, que ya se habían secado de lágrimas, el Oficial le indicó que podía descansar en un sillón de cuero colocado a la otra parte de la mesa. Villaescusa, andando con paso lento y bien marcado hacia la puerta próxima, entrada de un largo pasillo, dijo con no poca dificultad: «Sí... Vuelvo.»

Internose el mártir por el pasillo, tocando la pared más próxima con una de sus manos, y encontró a un ordenanza que al paso le saludó; luego a un Oficial... Después a un perrito que le cedió el paso. Sentía un calor tan sofocante en todo su cuerpo, como si llamas corrieran por sus venas. La fiebre intensa le dificultaba la respiración, le turbaba el entendimiento, quería también imposibilitarle el paso; pero él, con extremada erección de la voluntad, se sostuvo. Ya no solo era mártir, sino héroe. En su turbación mental, no pensaba más que esto: «Todo menos caerme... Caer nunca...» Encontrose en una estancia sombría y anchurosa, en la cual no vio más que libros, rimeros de tomos verdes, todos iguales, como colección de *Gacetas* o cosa tal, y en la pared retratos viejos de generales con peto rojo cruzado de bandas, el rostro afeitado, la cabeza cana. No había luz de lámparas ni de bujías, ni otra claridad que la del moribundo rayo crepuscular que por dos grandes balcones penetraba. Hacia uno de ellos se encaminó el coronel, que ya veía los objetos desfigurados por su trastornada mente, y solo pensaba que sus acerbos dolores se adherían más a él con feroces dientes para devorarle y consumirle. Vio al través de los cristales árboles raquíticos; no vio que, al pie de ellos, unos cuantos caballos de jefes y oficiales generales comían tranquilamente su pienso, colgado el saco de sus propias cabezas. Entre ellos andaban ordenanzas y carreteros, que reían y parloteaban frívolamente. Caballos y hombres tomaron a los ojos del desdichado enfermo figura y voz distintas de las reales. Sus extraviados sentidos hiciéronle ver a su esposa y a su hija, que de un bosquete salían, más que risueñas, riendo a carcajadas, y hacia él se encaminaban con paso que parecía de danza más que andar decoroso de personas formales. Lo que las quiméricas imágenes de las dos hembras le dijeron o quisieron decirle, no lo oyó don Andrés... lo adivinaba quizás por el mover de labios y el gesto expresivo. Ello es que arrimó su rostro a los cristales, desgranando sobre ellos sílabas balbucientes que, interpretadas por derecho, podrían decir: «¡Mujeres de Madrid! aquí estoy. Vosotras reís... yo también, porque me voy y os dejo el dolor, mi dolor... Aquí os lo dejo... Venid por él... Ya veis que yo también me río... ¡Qué gusto quitarme este perro... Dejároslo!... Pobrecitas, reíd, reíd.» No podía matar a su enemigo, el terrible monstruo que le devoraba; pero sí desprenderse de él, obligándole a que abriera la feroz boca y soltara su presa. El instrumento de abrir bocas de monstruos era la pistola que el coronel llevaba al cinto, y que cogió con mano firme. Aplicado el cañón a la sien, salió el tiro, y el mártir dejó de serlo.

XIII

En gran desolación y necesidad quedaron Manolita y Teresa con la trágica muerte del coronel. Por muchos días, su casa fue un jubileo de visitas; las personas doloridas o que fingían el dolor desfilaban vestidas de negro, dejando en los oídos de la huérfana y la viuda suspiradas frasecillas, con rumor semejante al del vuelo de las moscas. La situación económica de la familia era poco halagüeña, porque la viudedad de la coronela, unos quinientos reales al mes, no resolvía ni el problema primario de alimentarse y vestirse las dos mujeres, ni menos los secundarios problemas que a casa traía la viuda con sus trapicheos, y los despilfarros consiguientes. En vida de don Andrés ya eran grandes los atrasos, y Manolita empleaba todo su arte y astucia para ocultarlos a su marido. Después de la desgracia, la gravedad de la situación se centuplicaba, por las derivaciones de la desgracia misma en el orden social. La desamparada familia no tenía más remedio que vestirse de cerrado y decoroso luto. El papel en que escribían alguna carta había de tener orla negra, y negras habían de ser asimismo las cartulinas que para visitas y otras mundanas etiquetas eran necesarias. ¡Qué diría la sociedad si no veía en derredor de la familia todo aquel aparato de negrura y tristeza! La huérfana y la viuda, que apenas tenían para comer, y obligadas vivían a una representación pública incompatible con su menguado haber, eran en realidad más infelices y más pobres que las últimas vendedoras de hortalizas en medio de la calle.

Gran desdicha fue que Teresa no se hubiera casado antes del desastre, y casarla después, ya tan baqueteada y manoseada de novios, había de ser obra de romanos. Por de pronto, hija y madre tenían que vestir y calzarse como Dios mandaba, pues no era cosa de andar por la calle mal trajeadas y con los zapatos rotos. Manolita, pasándose de previsora, no bien cobró la primera paga de viudedad quiso proveerse para los meses futuros, y solicitó de Gregorio Fajardo que le hiciera un empréstito, reteniendo su pensión. No quiso meterse en ello Gregorio (que si estos negocios feos habían sido la base de su engrandecimiento, ya picaba más alto), y endosó el asunto a un machacante de estas cosas, el cual fue a ver a Manolita, y trató con ella en condiciones tan duras, que la desconsolada señora no quiso aceptarlas. A Centurión no recurría ya, porque agotadas estaban la paciencia y el bolso del primo de Villaescusa, que sobre tantas socaliñas anteriores a la muerte de Andrés, había tenido que atender, haciendo de tripas corazón, a las más urgentes necesidades en los días de la tragedia. Y la razón que daba para llamarse Andana era de las que no tenían réplica. «Ya ves, hija —le decía—: estoy como el alma de Garibay, entre el ser y el no ser, esperando a cada instante la cesantía, pues sé que O'Donnell me tiene una tirria espantosa. Y aunque mi jefe, el señor Pastor Díaz, parece que algo estima mis servicios en la Obra Pía, no me llega la camisa al cuerpo. La cesantía, nueva espada de Damocles, pende sobre mi pobre cabeza... Ahorros no hay. ¿Cómo quieres que te socorra, si el mejor día no tendré para dar a mi pobre Celia una triste taza de caldo? Ten paciencia, hija, y arréglate como puedas.»

Así lo hizo Manolita, que aun sin consejos tan sabios, buscaba su arreglo como y donde podía, gracias a su diligencia y a lo bien que brujuleaba fuera de casa en oscuras campañas tras el dinero, teniendo que pignorar su agradable persona con la mayor ventaja posible, según las condiciones del mercado. Mala época era el estío para ciertos arreglos, porque casi todos los ricos estaban en baños, o recluidos con sus honestas familias en alguna casa de campo. Pero aun luchando con los rigores de la estación, la viuda supo allegar para vestirse bien y vestir a su hija, y comer ambas con menos miseria de la que su triste soledad les imponía.

Muy solita estuvo Teresa todo el verano, y acometida de tristezas lúgubres, porque Valeria, su íntima amiga, se fue a la Granja. Los novios con buen fin que en aquella sosa temporada le propuso su madre, eran todos de mal pelaje, esmirriados y pobres... Pensaba en aquel don Sixto, el de la bonita barba rubia; pero no extrañaba su desaparición, porque ya sabía que anduvo en las calles batiéndose como un tigre contra las tropas del Gobierno. Probablemente, o le habían llevado a un presidio, o andaba oculto entre polvo y telarañas. Pero a ninguno de sus conocimientos echaba tan de menos Teresita como a Guillermo de Aransis, que también se había largado a tomar el fresco a San Ildefonso. ¡Vaya un verde que se estaban dando Valeria y él! ¡Qué paseítos por los pinares; qué subiditas a los montes, en amor y compaña, sin testigos, y qué bajaditas a los profundos, solitarios barrancos! Agua se le hacía la boca pensando en esto, y no dejaba de considerar que no era la señora de Navascués mujer de mérito proporcionado a tanta dicha... Soñando, más que pensando, decía Teresa: «¿Por qué no tendré yo también un marido en Filipinas, ya que aquí está visto que no puedo tenerlo?»

El regreso de Valeria y del marqués de Loarre puso fin a estas nostalgias. Volvieron las dos amigas a su cariñosa intimidad, y en ella vivieron algunos días hasta que llegó uno desgraciado en que aquella venturosa concordia tuvo su término. Sucedió que Valeria, ordinariamente muy habladora y con bastante desahogo para tratar todos los asuntos, dio una mañana en hablar de moral privada y pública, de sobremesa del almuerzo, y allí sacó unas teorías y unos escrúpulos que a Teresa le parecieron el colmo de la sutileza. Todo a las casadas se podía perdonar; nada a las solteras... Protestó Teresita, dándose por aludida y exigiendo a su amiga que declarase si la tenía por soltera escandalosa. Contestó Valeria que no; pero que no bastaba ser buena; había que parecerlo, y acabó por decir: «Eres honesta; pero tu madre arroja sobre ti una sombra mala, que te hace pasar por lo que no eres, y con esa sombra no podrás encontrar marido que no sea un perdulario sin vergüenza.» Palideció Teresa; luego se puso muy colorada, y acabó por echarse a llorar. Quiso la otra enmendar su impertinencia con expresiones agridulces; pero ya era tarde. Teresa, que tenía su alma en su almario, y no se mordía la lengua, tronó contra Valeria en esta destemplada forma: «Mi madre es una pobre viuda sin recursos... Ya sé que no es buena... Por desgracia mía, conozco todos los malos pasos de mi madre. Ella, de algún tiempo acá, no se cuida mucho de ocultarlos... La pobre no tiene valor, no tiene virtud para resignarse a la miseria... Yo no puedo acusarla: soy su hija... Pero sí puedo decir que peor que ella eres tú... Mi padre, atormentado de un cáncer, se mató... Si hubiera vivido, ni a mi madre ni a mí se nos habría ocurrido mandarle a Filipinas, para quedarnos libres...

—Mira lo que dices —clamó Valeria descompuesta, cogiendo un plato y amenazando con él la cabeza de la que momentos antes era su amiga.»

Animosa y creciéndose al castigo, Teresa cogió la cafetera y el azucarero, una cosa en cada mano, y con flemático valor apuntó a la dueña de la casa, diciendo: «Mira lo que haces, Valeria. Deja ese plato, o no quedará en la mesa un solo chirimbolo que no vaya contra tu cabeza. Me has ofendido y tengo que ofenderte... Pues digo que eres peor que mi madre, porque eres rica, y no tienes que luchar contra la miseria. En la miseria quisiera yo ver lo que tú hacías... Mi madre enviudó por una desgracia, y tú te has enviudado a ti misma embarcando a tu marido para *el país de las monas.*

—Eso no es cuenta tuya —dijo Valeria, batiéndose en retirada, haciendo pucheros—... Y por lo otro, Teresa; por lo que dije de la moral y de la sombra de tu madre, haz cuenta que yo no creía nada malo de ti... No fue eso lo que dije.

—Podías haber añadido que más que la sombra de mi madre me ha dañado la tuya, Valeria: te lo digo sin resquemor... Ya se me está pasando el berrinche...

—Siento que mi sombra haya sido mala para ti —dijo Valeria en pie, atufándose otra vez, pero sin agarrar plato ni taza—. Bien te he querido, Teresa; bien de sacrificios he sabido hacer por ti...

—Y yo te lo agradezco —respondió Teresa, que ya no pensaba más que en coger su mantilla para salir de la casa—. Pero antes que me recuerdes tus favores, tus regalitos, quiero retirarme... Yo soy pobre y no he podido corresponderte; pero tanto como pobre soy orgullosa y no me gusta que me humillen.

—Haces bien... busca mejor sombra que la mía... No dudo que la encontrarás.

—¡Vaya si la encontraré!... Yo te juro que no he de tardar mucho... Entre los favores que te debo, los más de agradecer son tus lecciones... las lecciones que me has dado para buscar sombras.»

Frente a frente las dos, separadas por la mesa, que un campo de Agramante parecía, con el azucarero volcado, las cucharillas dispersas, las tazas ennegrecidas interiormente por el poso del café, el mantel arrugado, se disparaban su ira con flechazo irónico, imitando a las mujeres de rompe y rasga que se injurian graciosas antes de venir a las manos. Valeria mandó a su criada que trajese la mantilla de la señorita Teresa, y a esta dijo con retintín: «Vete, vete, sí; no se te escape la sombra que buscas...

—No se escapa. Lo que temo es que sea yo más torpe como discípula que tú como maestra... No tengo costumbre...

—La niña inocente no sabe nada... ¡Si será torpe!... ¡Con toda la Universidad en casa...!

—Puede que esté allí la Universidad; pero me falta el libro de texto...

—El tuyo, los tuyos, Teresa, en la calle los encontrarás.

—O no... Cállate, Valeria, si quieres que yo me calle. He sido tu amiga; ya no lo soy.

—Volverás cuando me necesites.

—No digo que no. Puede que vuelva y no te encuentre. ¡Quién sabe a dónde irás tú a parar!...»

Decía esto la de Villaescusa nerviosa y trémula, de la ira y confusión que removían toda su alma. No acertaba a ponerse la mantilla. Creyérase que sus manos no encontraban la cabeza en el sitio de costumbre: la buscaban más arriba... Por fin, puesta como Dios quiso la mantilla, y pronunciando un *adiós* seco, tomó la puerta del comedor y luego la de la escalera, no sin tropezar con algún mueble en su carrera desmandada. A saltos bajó la escalera y se puso en la calle, con paso de fugitiva o de esclava que rompe sus cadenas. Sorprendidos los porteros de verla partir con andares y viveza tan contrarios al encogimiento señoritil, salieron a la puerta para ver qué dirección tomaba. Fue hacia la calle de Alcalá, camino de su casa sin duda, pues vivía en la calle de las Huertas. Era la primera vez que salía sola, contraviniendo la española costumbre que prohíbe a las solteras dejarse ver en público sin compañía de alguno de la familia, o de servidores de confianza. Siempre que iba de la casa de Valeria a la suya, llevaba una criada vieja o moza, que cualquier edad servía para esta función. Pero ya, por decreto del Destino, se había roto la rancia costumbre, motivada del poco miramiento que en nuestra raza suelen guardar al sexo débil los individuos del que llamamos fuerte.

Atravesada la calle de Alcalá para embocar a la del Turco, respiró fuerte Teresita: era la sensación de libertad, que entraba con ímpetu en su alma. ¡Y qué agrado le causaba el discurrir sola de calle en calle, sin la enojosa guardia de una fregona cerril que comúnmente desempeñaba su papel con sequedad policíaca!... En la calle del Turco se detuvo ante la casa de Guillermo de Aransis; miró al portal, decorado con leones, y luego a las ventanas, poniendo un interés particular en pasarles revista, y en distinguir las que tenían cerradas las persianas de las que mostraban el cristal bien limpio, vestido por dentro con elegantes visillos. «Ya se ha levantado —decía—. Andará por ahí, conversando con los amigos que ha convidado a almorzar, o leyendo los periódicos, a ver qué mentiras traen.» Conocía las costumbres del ocioso caballero por lo que a menudo le oía contar en casa de Valeria. Siguió después de esta observación su camino, y al atravesar la Plazuela de las Cortes para entrar en la calle del Prado, vio venir el coche de Aransis, bajando la Carrera de San Jerónimo. De lejos le conoció por el cochero; de cerca por la elegancia y pulcritud del vehículo, por los blasones, por algo que no era común a todos los coches. Aguardó el paso, poniéndose casi en medio del arroyo. En el carruaje iba Guillermo con el marqués de Beramendi. Ambos la vieron: Guillermo, con viva curiosidad y sorpresa, sacó la cabeza por la portezuela para mirarla bien, como si dudara de lo que veía.

Pasó el coche, y Teresa siguió, ya sin parar hasta su vivienda, ni apartar la vista de las piedras y baldosas. Tuvo la suerte de no encontrar a su madre, con lo que se libró de las necesarias explicaciones del trueno gordo con Valeria. Con la criada Felisa, en quien ponía toda su confianza, se entendió para ocultar a Manuela el inaudito caso de haber venido sola, y acto continuo se encerró en su cuarto y se puso a escribir. Tan metida en sí misma estaba, que no paró mientes en que escribía conservando puesta y liada en su cabeza la mantilla. No se la quitó hasta que una fuerte sensación de calor, tan molesta como su torpeza para expresar con la pluma lo que sentía, atrajo su atención hacia aquel estorbo. ¡Qué tonta, Señor; qué simple! Sin duda no acertaba en la fiel reproducción de sus ideas en el papel, por causa del sofoco de la mantilla. Resultó luego que ni aun despejada su cabeza, y con la cabeza su magín, de la espesa nube negra, lograba dar a los conceptos la debida claridad. Seis cartas escribió, y todas fueron rotas para empezar de nuevo. Pero, agotada con la última su paciencia, se declaró incapaz de aquel empeño... No contenta con romper las cartas, llevó los pedacitos a la cocina para quemarlos en el fogón, cuidando de que ni el fragmento más menudo se le escapase en aquel auto.

Nada digno de ser contado ocurrió en la tarde de aquel día ni en la mañana del siguiente, como no sea que Teresa apuró todos los disimulos para que su madre ignorase el ya irreparable rompimiento con la de Navascués. Temía los enfadosos interrogatorios de Manolita, las disposiciones que tomaría para privarla de libertad, o imponerle nueva esclavitud contraria a los gustos de la esclava. Aprovechando una de las salidas de su madre, que solían ser de larga duración, tomó al fin Teresita la calle y fue con libertad a su objeto, el cual no era otro que acechar el paso de Aransis para tener con él unas palabritas. Al dedillo conocía los hábitos del caballero, los cuales obedecían a un cierto método dentro del desorden. Sabía que muchas tardes, sobre las seis, a pie salía de la casa de Valeria, y por las calles de Alcalá y Cedaceros se iba a la querencia del Casino; sabía que pasaba algunos ratos en la sala de armas de la calle de la Greda, tirando al florete; y con estos datos y su paciencia, dio con él una tarde, no consta si la primera o la segunda de su tenaz espionaje callejero. Tuvo la suerte de cogerle solo, sin la compañía de amigos impertinentes, al salir de la lección de esgrima. Pero se turbó tanto al verle, y tal miedo le entró de aquel paso, viendo su ridiculez e inconveniencia en la realidad, que se habría echado a correr si el caballero no mostrase mayor deseo que ella de las cuatro palabritas, avanzando a su encuentro con rostro alegre. Teresa no sabía por dónde empezar; lo que pensó para exordio se le había escapado de la memoria. Rompió el galán el silencio y cortó la cortedad diciendo: «Ya sé, ya sé...» Y ella se turbó más. Sus primeras palabras, entregando al caballero sus dos manos, fueron de arrepentimiento, de vergüenza: «Déjeme, Guillermo... No he debido venir a buscar a usted... Se me ocurrió este desatino, por no saber a quién volverme... Aunque tengo madre, estoy sola en el mundo...»

Medias palabras de una y de otro, expresiones vagas, de esas que nada dicen y lo dicen todo, siguieron a las primeras manifestaciones incoherentes y turbadas de la señorita de Villaescusa. Aransis le dijo: «En la calle no podemos hablar con libertad. Ni se oye lo que se dice ni se dice todo lo que se siente... ¿Vámonos a mi casa?»

Teresa dudó... parecía que dudaba; pero se dejó llevar. ¡Era tan cerca!... Cuatro pasos no más.

XIV

Debe decirse, para mejor conocimiento del proceder y fines de Teresita, que esta, en los últimos días de su intimidad con Valeria, se había hecho cargo con sutil adivinación de que el marqués de Loarre declinaba rápidamente hacia el cansancio en sus relaciones con la hija de Socobio. No lo advertía la dama; su amiga sí, por virtud de una ciencia no aprendida, a la que daban viveza su admiración del caballero y su ardiente anhelo de serle grata. Y algo más sabía Teresa, que en aquel aprendizaje sacaba, como quien dice, los pies de las alforjas, probando y ejerciendo su nativa aptitud para las artes de amor. Sabía que su persona penetraba en los gustos del marqués: se lo revelaron ciertos medios de experimentación existentes en el alma de toda mujer, y principalmente en la suya, que era de las más afinadas y conspicuas para estas cosas. Por encima de todas las hipocresías y de las conveniencias que ambos guardaban en la casa de Valeria, Teresa sabía que agradaba al marqués, y que este se lo habría manifestado si no se lo vedara su exquisita delicadeza. ¿Qué invisible enlace psicológico, qué magnetismo pudo establecer entre ellos este preliminar estado de amistad que tuvo repentino acuerdo en medio de una calle? Ni frase furtiva ni mirada indiscreta pudieron delatar la volubilidad del amante o la traición de la amiga. Miradas y frases hubo de gran sutileza, solo de los criminales comprendidas por clave misteriosa, y con tales antecedentes no más, se lanzó Teresa a la busca y captura del marqués de Loarre. Acometió la señorita con fe ciega y ardor esta persecución cinegética, y el éxito fue tan rápido como decisivo.

A los diez días o poco más de estos sucesos, que maldito lo que tienen de históricos, habitaba Teresa un pisito muy mono, calle de Lope de Vega, amueblado con elegante sencillez. Mañana y tarde invadía la casa una caterva de tapiceros, modistas y prenderas, que iban a completar el decorado, a tomar medidas a la señora para diferentes vestidos, o a ofrecerle objetos diversos, gangas y *proporciones* con que especula el corretaje a domicilio. Gozosa estaba Teresa, la verdad sea dicha, por verse libre, o en esclavitud que no lo parecía, y con ancho camino por delante para correr tras de la risueña Fortuna que desde rosados horizontes le decía: «Ven; aquí estoy.» Rota la cadena que la sujetaba al desabrido estado señoritil, ya podía campar a sus anchas, y dar el debido valor a su belleza y a las demás prendas que poseer creía: inteligencia, bondad de corazón, finura social. Bastante tiempo había perdido en la tienta de novios sin encontrar ninguno que le sirviera: el que no era tonto, era malo; el listo pecaba de pobretón, y si algún feo resultaba despejadito, los guapos se caían de bobos. Bien los había examinado ella en el veloz desfile; breve y superficial trato le bastaba para catarlos y calarlos. Si no lo encontró en las condiciones necesarias para fundar un sólido edificio matrimonial con la honradez y ventura consiguientes, no era culpa suya. Su destino le marcaba los caminos irregulares, y por ellos se lanzaba, afirmada su conciencia en la persuasión de que no podría andar por otros. Cada ambición tiene su espacio propio para volar. Que el de la suya era de los más extensos, se lo probaba la grandeza y poder de sus alas.

Del marqués de Loarre debe decirse que en aquella nueva caída de su voluntad inválida, tuvo más parte la pasión que la vanidad. Infundíale Teresa un amor travieso, juvenil, de continua ilusión, que constantemente se renovaba empalmando lo más espiritual con lo que al parecer no lo es. Ninguna mujer, como aquella, le había llevado al puro éxtasis contemplativo de la humana belleza, y a la poesía del amor, que inspira elevados pensamientos y gallardas acciones. Preciosa era Teresita antes de meterse en aquel enredo; metida en él, y habiendo soltado ya la compostura y encogimiento de señorita *del pan pringado*, como las culebras sueltan su piel gastada quedándose con la nueva reluciente, su persona resplandecía en todos los grados y matices de la belleza, desde los más delicados a los más incitantes. Era un libro de poesía incomparable, tan superior en los pasajes de absoluta seriedad, como en los amenos y graciosos... libro satánico, encuadernado en piel de serafines.

Sabía muchas cosas de la vida y de la sociedad la despabilada Teresa, añadiendo los descubrimientos que hacía su natural penetración a lo que la experiencia le enseñaba. Pero sabiendo tanto, no se había dado clara cuenta de su situación ante el mundo, y sobre este particular tan interesante la ilustró Guillermo con discretas explicaciones: «Tu libertad está limitada al interior de tu casa; fuera de ella has de andar con mucha cautela y disimulo para que de la libertad no te resulte el escándalo. De poco te valdrá tener trajes lindos y variados, los sombreros más elegantes, y los prendidos y adornos más a la última, porque no podrás lucirlos en ninguna parte donde haya lo que llaman buena sociedad, y la otra sociedad, la de las que viven como tú, es muy reducida y no se muestra en público con alardes de riqueza. Coches no debo ponerte, y bien sabe Dios que lo siento, porque no está bien visto que las mujeres de vida irregular gasten otra clase de vehículos que los simones. Al teatro puedes ir, y como no has de ir sola, tienes que acompañarte de otras tales, y esto llama la atención. Has de presentarte muy modestamente en todo sitio público, dándote tus mañas para que nadie te conozca. Esto es difícil: tu belleza te delata, y la sencillez, la pobreza misma en el vestir, no te disfrazarían. Para que pudieras ir libremente a todas partes y echar facha con trajes bonitos y carruajes de lujo, necesitarías ser casada... ¡ya ves qué grande anomalía! Si hubieras entrado en esta vida con marido, o lo adquirieras después casándote con cualquier calzonazos, que te diera nombre y pabellón, ya podrías hacer tu contrabando libremente, y hasta te tratarían muchas señoras que hoy primero se cortan la cabeza que saludarte. Ya ves, chiquilla, qué diferencias tan absurdas en el proceder del mundo con las que no se ajustan a la moralidad. Eres soltera: *vade retro*. Que tuvieras un maridillo, pararrayos de las burlas y de las iras de la opinión, y ya sería otra cosa. No gozarías la consideración de persona de ley; pero serías tolerada, y tu presencia en los teatros y paseos, desafiando con tu lujo, a nadie chocaría... Con que ya sabes, Teresa: dentro de tu casa eres reina; fuera, esclava, sobre quien tiene puesto el pie la opinión y no te deja respirar.»

Asimilándose al punto estas ideas, Teresa contestó que se conformaba con andar siempre de trapillo fuera de casa, pues si para engalanarse hacía falta marido, más parecido a un trasto portátil que a un hombre, se quedaba muy a gusto en su soltería mal mirada. Como estaban en la Luna de miel, o poco menos, siempre que hablaban del porvenir daban por punto indiscutible que no habían de separarse nunca, y que serían los eternos amantes, eternamente embobados el uno con el otro. Lo malo fue que a poco de instalarse Guillermo y Teresa en aquel rincón de los dominios de Afrodita, enterose de ello Beramendi, y si se dice que al saberlo cogió el cielo con las manos, no se expresa bien toda su pena y cólera. Y razón tenía el enojo del caballero y fiel amigo. Sépase que a fines de agosto revolvió a Roma con Santiago para conseguir la realización del tantas veces aplazado empréstito de Loarre y San Salomó. Gracias a su perseverancia y actividad, apencó al fin con el negocio del señor Sevillano, sin participación de otro alguno. Se firmó la escritura el 10 de septiembre. Aransis quedó libre de la pesadumbre y esclavitud de onerosas deudas, y recibía el primer plazo de la renta que se le señalaba para vivir en decorosa medianía. ¿No era un dolor que casi en los mismos días de esta felicísima solución, que debía ser fundamento de nueva vida y principio de enmienda, recayese Guillermo en las mismas culpas, en los mismos desórdenes que habían motivado su ruina?

A la dura filípica de Beramendi, contestó con estos artificiosos argumentos: «Tienes razón, Pepe: yo reconozco que no merezco tu amistad... Quiero conservarla, y la fatalidad no me deja. Un poder superior me arrastra: contra él nada puedo. Cada uno lleva en sí desde el nacer el germen de la enfermedad de que ha de morir... Me he convencido de una cosa: la medicina que intenta curar estos males, que son la vida misma, es peor y más dolorosa que la enfermedad. Déjame vivir con mi muerte, Pepe... Te digo también que este delirio de ahora no es vanidad, sino pasión; la única de mi vida quizás... Ver pasar esta pasión, ver pasar estos rábanos y no comprarlos, ya comprendes que no puede ser... Tener el ideal cogido en la mano y dejarlo escapar, es locura tan grande, que no la tendrías igual sumando las locuras de todos los locos que están en Leganés... Y aunque me injuries, Pepe; aunque me mates, te diré que me apesta el orden acompasado; que odio la administración, y que ese *desideratum* de la vida práctica, al modo inglés, al modo extranjero, como decís, se me sienta en la boca del estómago... Morir, Pepe, morir en la cruz de... ¿cómo llamaré a esta cruz?... En la cruz del ideal único, del que solo nos visita una vez...»

Esto, y algo más en el propio sentido sin sentido, dijo el de Loarre, provocando al de Beramendi a burlonas risas. Despidiéronse, asegurando Fajardo que era para no verse ni hablarse más. «Eres hombre perdido —le dijo—, y cansado de luchar inútilmente por ti, te abandono. Cuando te bailes en las últimas, cuando vayas a un hospital, o cuando mal trajeado y con las botas rotas te pasees en la acera del Casino, pidiendo un napoleón a cualquier transeúnte desdichado, volverás a verme; antes no, Guillermo. Quédate con Dios.»

A pesar del severo propósito, como le amaba tan de veras, pasados algunos días volvió Beramendi a la carga con arsenal nuevo de razones y un plan que creía de grande eficacia. En su casa, recién salido del lecho, oyó Aransis con calma el nuevo rapapolvo de su amigo: «Ya sé que has agotado en tres semanas o poco más el primer trimestre de tu pensión, y que has tenido que acudir otra vez a los usureros para el sostén de la Villaescusa... Olvido lo que te dije aquella tarde en el Casino, y vuelvo a ti considerándote como un niño enfermo. No tendría yo perdón de Dios si te abandonara. Te salvaré, aunque para ello tenga que sacarte de Madrid entre guardias civiles, y encerrarte luego en un castillo, en una torre o casa de campo, como se encierra a los locos furiosos que se golpean a sí mismos y muerden a sus enfermeros. Prepárate, chico. Ahora verás cómo las gasto. Pedí a Pastor Díaz un puesto diplomático para ti, con el interés que puedes suponer. Atenas, Bruselas, Turín, lo mismo da. Me contestó que hay vacante, pero que nada puede hacer sin una indicación de O'Donnell. Fui a ver al general, que, como sabes, es mi amigo. En la Granja he tenido ocasión de tratarle con frecuencia. Vinyals y Vega Armijo tienen gran empeño en llevarme a la *Unión Liberal*. Don Leopoldo parece estimarme más de lo que yo merezco... Pues como te digo, fui a verle y le solté a boca de jarro mi pretensión. ¿Sabes lo que me contestó? "Siendo cosa de usted, Beramendi, es cosa mía, y, por tanto, cosa hecha. Parece que una plenipotencia quedará vacante pronto. Se hará una combinación...". Quedé en volver a Buenavista dentro de pocos días, y allá me voy mañana, pero no solo: irás conmigo, y darás las gracias al general por el honor que te hace.»

El de Loarre nada dijo: creyérase que levantar repentinamente el vuelo hacia un país lejano, con airosa investidura diplomática, no le parecía mal. Antes que formulara una objeción tímida, más sugerida tal vez del disimulo que del convencimiento, Beramendi se precipitó a completar su plan: «Falta la segunda parte. Verás: mañana mismo escribes una carta a esa linda serpiente que te ha trastornado el seso. Ya comprenderás lo que tienes que decirle... Que no puedes seguir, que dé por terminado este chapuzón, pues a ti te saco yo a flote, y ella que busque otro imbécil con quien ahogarse... A la carta acompañarás una cantidad prudencial, que determinaremos, y si no la tienes, que no la tendrás, no has de pedirla a los usureros: yo te la doy... Con que ya ves que te estimo de veras. Te participo, querido Guillermo, que por si cerdeas tú, o se sale tu sílfide con algún ardid para retenerte, ya tengo preparado un lindísimo artificio judicial para meterla en la Galera, o mandarla desterrada lejos, muy lejos... Nada, nada. Hoy me he levantado con la idea y propósito de convertirme en sátrapa. No queda otro remedio. Contra la tontería y la inmoralidad reunidas; contra un loco y una perdularia, ambos sin conciencia, sin idea del honor, sin ninguna rectitud, no hay más que el palo absolutista... Aquí me tienes dispuesto a hollar todas las libertades, y a convertir en pajaritas las hojas del libro de la Constitución. Declaro que desde este momento has perdido todos los derechos del ciudadano, y eres mi vasallo, mi siervo. Aquí vengo a tu conquista y captura. Vístete, arréglate, y te llevo conmigo a mi casa, de donde no saldrás hasta que demos tú y yo cumplimiento a todo mi programa.»

Oyó estas conminaciones Guillermo entre atontado y risueño, como si a veces las tomase a broma, a veces con harta seriedad y recelo. El tono brioso de Fajardo le persuadió al fin de que se las había con una voluntad enérgica, y sintió miedo. La suya, floja y pasiva, no sabía mantenerse en pie contra la razón erguida y brutal de su amigo... Más que nada temía la convivencia con su tirano. Siempre al lado suyo, acabaría por obedecerle, por ser un niño... Como pidiera más explicaciones de aquel cautiverio que le esperaba, Beramendi le dijo:

«Desde hoy vivirás en mi casa. Que no te suelto, que no te escapas. Verás con mis ojos, andarás con mis piernas y respirarás con mis pulmones. Pensaba yo que fuéramos hoy a ver al presidente del Consejo, para que quedases cogido y amarrado en el compromiso de tu nombramiento de ministro de España en una corte extranjera. Pero ahora caigo en que estamos a 10 de octubre, cumpleaños de la reina. Gran gala, besamanos; por la noche baile en Palacio. No hay que pensar hoy en visitar a gente política y militar. Para no perder el día, después de almorzar redactarás en mi despacho la carta explosiva que has de mandarle a tu coima... Explosiva digo, a ver si revienta cuando la lea... Verdad que irá acompañada de los maravedises, y el topetazo será con algodones... Cree, Guillermo, en la virtud de los maravedises, que vienen a ser colchón blando para la caída de las que se derrumban de desesperación... Ea, vístete y vámonos... ¡Silencio! no se permiten observaciones. No hay derecho a protestar, no y no. Solo concedo un derecho, el del pataleo... Arréglate, digo, y en casa patalearás a tu gusto.»

XV

Esto pasaba en la mañana del 10 de octubre. En la madrugada del 11 ocurrían otras cosas igualmente insignificantes en apariencia, pero que aquí se refieren porque su simplicidad se nos presenta enlazada, horas después, con hechos de evidente complicación y gravedad. Empezaban a salir los invitados a la fiesta de Palacio; arrimaban los coches a la colosal puerta, por la Plaza de la Armería; entraban en ellos, chafándose en las portezuelas, los hinchados miriñaques, dentro de los cuales iban señoras; entraban plumas, joyas, encajes, bonitas o vetustas caras compuestas, y apenas un coche partía, otro cargaba... De los primeros, más que de los últimos, fue un carruaje sin blasones, de un tipo medio entre los elegantes y los de oficio, alquilados por año, y en él entró doblándose un largo cuerpo, un dilatado capote que por arriba remataba en tricornio con plumas, por abajo en botas de charol con espuelas. Tras el sujeto larguirucho no entró en el coche señora, sino dos militares, que por la traza distinguida y cargazón de cordones debían de ser ayudantes... El coche partió, y ninguno de los tres señores en él embutidos pronunció palabra en todo el trayecto desde Palacio al Ministerio de la Guerra. El presidente del Consejo, general O'Donnell, el más largo de los tres en estatura y en todo, que nunca ejerció la comunicatividad baldía, fue en aquella ocasión arca cerrada. Llegaron a Buenavista; subieron en callada procesión, algo parecida a la del cura y acólitos que llevan el Viático, y en las habitaciones del general, rompió este el silencio ante su digna esposa, que jamás se acostaba cuando él iba de fiesta palatina, las únicas que le hacían trasnochar, y aquella noche le esperó como de costumbre, para informarse de si volvía contento y en buena salud, con algo más que nunca omite en estos casos la curiosidad femenina.

Contestando a doña Manuela, luego que se acomodó en un sillón y estiró las piernas, el gran O'Donnell dijo: «¿El baile? Precioso. Allí teníamos todo el lujo y toda la elegancia que hay en Madrid... No hay más. ¿Señoras? No faltaba ninguna: allí estaban las de la sangre y las del dinero... ¿Calor? Bastante, y poco espacio, por el volumen exagerado de los miriñaques. ¿La reina? Deslumbradora... Amable con todos... Traje riquísimo de gasa... El adorno, guirnaldas de violetas... Elegantísimo... Soberbio alfiler de brillantes... Bailó conmigo el primer rigodón; luego...»

Volviéndose a los ayudantes, como para pedirles testimonio de un recuerdo, dijo que la novedad del baile había sido la presentación en Palacio de la condesa de Reus... «¿Verdad que es muy mona la mujer de Prim? Morenita y simpática... En fin, buenas noches.» Ansiaba el descanso, la soledad. Algo de íntimo interés tenía que referir a su esposa; pero por lo avanzado de la hora, determinó dejarlo para el día siguiente. Poco después de esto se hallaba don Leopoldo en manos de su ayuda de cámara, que desenfundó su cuerpo del uniforme, sus desmedidas piernas, de las botas sin fin... Algunos minutos más, y ya le teníamos tendido y estirado en su cumplido lecho, en postura supina, más dispuesto a la meditación que al sueño, porque del baile había traído un resquemor, que hasta el amanecer había de ser cavilación fatigante. Aunque era O'Donnell hombre más reflexivo que apasionado, que sabía mirar con calma los graves acontecimientos y las contrariedades de la vida o de la política, la misma pujanza y frialdad de su razón apartaban su mente del descanso para aplicarla al examen de los hechos, y cuando estos despertaban su enojo, no dejaba de correr por los nervios del grande hombre el hormigueo que determina el insomnio. De la devanadera que en aquella madrugada giró dentro del cerebro del héroe de Lucena, se han podido extraer con no poco trabajo estos fraccionados pensamientos:

«Es por la Desamortización, por la pícara Desamortización... Ya lo veía yo venir... Pero no creí, no, que tan pronto... Ni pensé que me pusiera en la calle por tal motivo... Narváez llegó hace tres días; fue a Palacio y dijo: "Señora, sepa Vuestra Majestad que yo no desamortizo. Mi política es tener contentos a los curas y al Papa". Así le dijo, y las consecuencias bien claras las he visto esta noche... Ha sido una impertinencia, un rasgo de mala educación... No jugar, Señora, no jugar con los hombres ni con los partidos... Con estos juegos y estas humoradas, las coronas se caen de las cabezas... y menos mal que estamos en España, un país de borregos; que hay países donde por estas bromitas caen las cabezas de los hombros... Cuidado, ¿eh?...»

Dio una vuelta, cargando sobre el lado izquierdo su formidable osamenta. La devanadera echaba esto de sí: «No hay manera de crear un país a la moderna sobre este cementerio de la Quijotería y de la Inquisición. España dice: "Dejadme como soy, como vengo siendo: quiero ser bárbara, quiero ser pobre; me gusta la ignorancia, me deleitan la tiña y los piojos...". Y yo digo: Modo de arreglar a esta nación: saco del partido Moderado y del Progresista los hombres que en ellos hay inteligentes, limpios, bien educados; los cojo, con ellos me arreglo, dejando a los fanáticos y a los tontos, que para nada sirven... Con esta flor de los partidos amaso mi pan nuevo... *Unión Liberal*... Reunimos y organizamos lo útil, lo mejor, lo más inteligente; y lo demás, que se descomponga y vuelva al montón... ¿Cuántas veces, reina mía, he tratado de meterte en la cabeza esta idea?... Trabajo perdido. La comprendes... ¡como que no tienes un pelo de tonta! pero entra por un oído y sale por otro... Sale porque hay dentro de tu cerebro ideas viejas, heredadas, petrificadas... ¿Y esas ideas, qué son? reinar fácilmente y sin ninguna inquietud sobre un pueblo, mitad desnudo, mitad vestido de paño pardo... Esto no puede ser... Y tú, reina, ¿qué piensas trayendo a Narváez con la Constitución del 45, neta, y el palo por única ley, y el *tente tieso* por única política? Tú, reina, mira lo que haces. Tú, reina, no olvides que para mantenerse en esas alturas, hay que tener educación política, educación social, principios, formas... tú me entiendes; tú...»

El hablar de *tú* a Su Majestad era señal de que se dormía. Por un momento, la onda del sueño estuvo a punto de anegarle... De improviso volvió sobre sí: despabilándose y volteando su corpachón hacia el lado derecho, dio nuevo impulso a la devanadera, que decía: «Desamorticemos... País nuevo... Salaverría, que sabe sacar estas cuentas mejor que nadie, ha calculado la Mano Muerta en siete mil millones. Yo digo que debe de ser más... ¡Siete mil millones! Ello es nada: caminos carreteros, ferrocarriles, puertos, faros, canales de riego y de navegación... Y vale más que todo el gran aumento de la propiedad rústica... Serán propietarios de tierra muchos que hoy no lo son, ni pueden serlo... Aumentará fabulosamente el número de familias acomodadas; los que hoy tienen bastante, tendrán mucho más; los dueños de algo, lo serán de mucho, y los poseedores de la nada, poseerán algo... ¿Qué es esta España más que *un hospicio suelto*? Esas nubes de abogadillos que viven de la nómina, las clases burocráticas y aun las militares, ¿qué son más que turbas de hospicianos? El Estado, ¿qué es más que un inmenso asilo? Dice Salamanca que en toda España hay dos docenas de millonarios, unos quinientos ricos, unos dos mil pudientes o personas medianamente acomodadas y ocho millones de pelagatos de todas las clases sociales, que ejercen la mendicidad en diferentes formas. En esta cuenta no entran las mujeres... Pues bien, digo yo: Amigo Salaverría... vendamos la Mano Muerta, hagamos miles de hacendados nuevos, facilitemos el pago de las fincas que se vayan desprendiendo de esa masa territorial muerta... A los pocos años, tendremos agricultura, tendremos industria, y la mitad por lo menos de los hospicianos que forman la Nación, dejarán de serlo... Digan lo que quieran, el español sabe trabajar. No le faltan aptitudes, sino suelo, herramientas, estímulo y mercado que les compre lo que producen... ¡Siete mil millones, que hoy existen en el fondo de un arcón cerrado con llaves que la Iglesia tiene en su mano, y no quiere soltar ni a tiros!... A tiros sí que las soltaría... Pero, señora reina, ¿hemos de armar otra guerra civil por esas dichosas llaves? ¿No derramamos bastante sangre en la primera, para defender tus derechos y asegurarte en el Trono?... ¡Y los vencidos en aquella lucha, reina mía, son ahora los que detrás de una cortina te aconsejan y te dirigen!... ¡Y no pudiendo dar el poder a los vencidos de aquella guerra, lo das a Narváez, que entra en Palacio diciendo: "Yo no desamortizo"...! Cuidado, reina: no se juega con la vida de un pueblo... De una Nación viril, por más que sea la gran *Casa de Caridad*. El hospiciano sigue diciendo: "quiero ser bárbaro, quiero ser pobre"; pero lo dice por rutina... Detrás de ese estribillo suena un querer oculto, suenan otras voces, que apenas se entienden... Tú no sabes oír estas voces; yo las oigo... las oímos muchos... A Palacio no llegan sino cuando nosotros te las decimos y tú no las escuchas... Abre los oídos, reina; abre los ojos, para que oigas y veas... Estás a tiempo aún... Algún día dirás: ¿qué ruido es ese?... Pues ese ruido, ¿qué ha de ser más que...?»

Otra vez la trataba de *tú*, otra vez se dormía... Por fin cogió el sueño, y la devanadera cedió lentamente en su veloz volteo hasta quedar inmóvil... De día no funcionaba la devanadera, y los pensamientos del general se producían con ponderación y sensatez, en perfecta consonancia con el pensar común y el ambiente intelectual de su tiempo. Se mantenía en el justo medio, y no se apartaba un ápice de la realidad. El libre y atrevido pensamiento quedábase para los instantes que preceden al sueño, o para los que inmediatamente le siguen, cuando aún no ha entrado la plena luz en la alcoba, ni se ha oído más acento que el de los gallos que cantan en la vecindad.

Levantose el general temprano, como de costumbre: despachada su correspondencia con el secretario particular, vistiose para ir a Palacio. A punto de las doce, hora de las visitas de confianza, recibió la de dos caballeros, el marqués de Beramendi y el de Loarre. Al salón pasaron, y ofrecían sus respetos a doña Manuela, que charlaba con su amiga la duquesa de Gamonal, cuando entró O'Donnell con uno de sus ayudantes, dispuesto ya para ir a Palacio. Saludó a los dos aristócratas; después cogió de un brazo a Beramendi, y llevándole aparte, le dijo risueño: «Nada puedo hacer ya... ¡Estamos caídos!

—¡Caídos, general!... ¿Por qué?... ¿De veras hay crisis?

—La plantearemos de hoy a mañana... Caídos... Nos echan...

—¿Pero esa señora está desatinada, o...?

—De lo prometido no hay nada, marqués. En testamento, no podemos proveer vacantes del personal diplomático... Pero ahora tendrá usted en el poder a su amigo Narváez, que le dará eso y cuanto usted le pida...

—¿Narváez...?

—Ea, que no puedo entretenerme. Dispénseme. Voy a la Casa grande.»

Mientras duró este aparte, Loarre y la Gamonal hablaron de la inauguración del teatro de la Zarzuela, erigido en la calle de Jovellanos, hermoso coliseo que resultaba como el hermano menor del teatro Real. Inquieto y caviloso Beramendi por lo que el general acababa de decirle, trató de llevar la conversación al terreno político para esclarecimiento de sus dudas, y a la menor indicación que sobre crisis hizo a doña Manuela, esta señora, a quien sin duda se le atragantaba la noticia, se precipitó a echarla fuera en esta forma: «Pues sí... lo digo, porque hoy ha de saberlo todo Madrid. La reina estuvo en el baile de anoche muy inconveniente. Bailó el primer rigodón con O'Donnell: la etiqueta manda que Su Majestad rompa el baile con el presidente del Consejo. Terminado el primer rigodón, la reina le dijo a mi marido: «¿Te parece que baile el segundo con Narváez?» Mi marido, que es la pura corrección, le respondió: "Señora, Vuestra Majestad me dispense; pero la etiqueta y las conveniencias más elementales mandan que ahora baile Vuestra Majestad con un individuo caracterizado del Cuerpo diplomático...". ¿Pues qué creerán ustedes que hizo la reina? Sonreír, alzar los hombros, y *sacar a bailar* a Narváez... Esto es un desprecio para mi marido... Es decirle, no con la boca, sino con los pies: "O'Donnell, tú...". En fin, que tenemos crisis.»

Condenaron enérgicamente los dos próceres la forma anticonstitucional y pedestre de cambiar de Gobierno, no sin que Beramendi hiciera gala de su erudición encareciendo la seriedad y rectitud de la Corona de Inglaterra en los procederes constitucionales. La Gamonal, dama que había sido de la reina, y duquesa de las de nueva emisión, oía estas cosas de alta política como si fueran cuentos traídos de la China. «Pues yo no sé, no sé... —dijo abanicándose con mayor viveza de ritmo—. ¡Estaría bueno que la reina, con ser reina, no pudiera bailar con quien le diera la gana!

—Hija, no puede ser... —observó Doña Manuela sin cambiar de ritmo en el abaniqueo—. Las reinas, por serlo, están obligadas a mirar bien lo que hacen, lo que dicen y lo que bailan...»

¡Y vuelve por otra!... Era doña Manuela más lista y aguda de lo que parecía. Su figura insignificante, sus vulgares facciones afeadas por una expresión desabrida, y la tez de un moreno harto subido, no predisponían comúnmente en su favor. La cualidad suya dominante, que era el amor intenso a su esposo, no tenía carácter social y de extenso relieve. Para ella no había más Dios ni más Rey que O'Donnell, ni tampoco mejor y más venerado profeta. O'Donnell, hombre de una dulzura grande y de sencillez patriarcal en sus afectos, la amaba tiernamente y la ponía en las niñas de sus ojos azules. Decían gentes maliciosas que la temía. Temía todo lo que pudiera desagradarla, que es el temor de los enamorados.

Volvió de Palacio don Leopoldo tranquilo, impenetrable. Ya los Marqueses se habían ido, y solo permanecía en el salón de Buenavista la duquesa de Gamonal. La presencia de esta señora, de cuño tan reciente, que aún no se había enfriado el troquel que estampara su título, contuvo al general dentro de la mayor reserva: lo que a ella le dijese se haría tan público como si saliera en los periódicos. Entró luego más gente: dos amigos del general, don Santiago Negrete y el gobernador de Madrid, Alonso Martínez, almorzaron con él. Por lo que hablaron de política, la crisis era inevitable: ya se había citado a los ministros a Consejo, del cual seguramente saldría la dimisión total. ¿Qué había dicho Isabel II a su primer ministro en la entrevista de aquella mañana? Algo referente a la Ley de Desamortización. Solo la condesa de Lucena conocía el texto exacto de las palabras de Su Majestad: «Mira, O'Donnell: te dije que no me gustaba la Desamortización, y ahora digo y repito que en conciencia no puedo admitirla; que no la quiero, vamos, que no puede ser...»

XVI

Paulo minora canamus, y de otra crisis hablemos, menos resonante que aquella, porque a menor número de personas afectaba, pero no de inferior interés psicológico. Teresa Villaescusa, sin darse cuenta del valor y significado de las palabras, *quería desamortización*. Si alguna vez oyó hablar de la Ley a su tío don Mariano, en la memoria no le quedó rastro del nombre ni de las ideas que expresaba. Tenía, sí, un sentimiento vago de la detestable petrificación de la riqueza en manos inmóviles, y una visión confusa del remedio de esta cosa mala, el cual no era otro que coger todo aquel caudal, fraccionarlo, repartirlo en mil y mil manos que supieran hacerlo fecundo. No sería propio decir que Teresa pensaba en esto, sino que por su pensamiento a ratos pasaban como sombras de estas ideas, en abstracción completa, sin que con ellas pasaran los términos usuales con que los entendidos y los ignorantes las designaban en aquel tiempo. Menos abstracto era en el alma de Teresita el aborrecimiento de la pobreza. Por las escaseces que había sufrido, o por ingénito gusto de las comodidades y de los goces, la miseria le causaba horror. Egoísta y al propio tiempo magnánima, no quería ser pobre ni que lo fueran los demás: su anhelo era que hubiese muchos ricos, más ricos de los que había, y mayor número de millonarios... pensando, naturalmente, que de todo este bienestar algo le había de tocar a ella.

Y sépase ahora que resuelto el buen Fajardo a sacar a Guillermo del nuevo pantano en que había caído, no perdonó medio para este meritorio fin. El destierro del pródigo, disimulado por una posición diplomática, si no se conseguía por O'Donnell, caído ya, se conseguiría seguramente por Narváez. Pero esto no bastaba, y era forzoso impedir a todo trance que Teresa y Aransis volvieran a unirse. Reteniendo a éste cautivo en la casa de Emparán, obligole a escribir la carta notificando a su amada el definitivo rompimiento. Mas no seguro de los efectos de la epístola, ni confiado en la resignación de la cortesana, determinó abordar ante esta, descaradamente, el delicado asunto. No la conocía; deseaba explorarla y sondear su voluntad. Bien podía suceder que fuese bastante discreta y razonable para prestar su auxilio al salvamento del caballero. Casos de abnegación semejante había en el mundo. Dejando, pues, a su amigo en casa, una mañana, bien custodiado por María Ignacia y don Feliciano, se fue derecho al bulto, se encaminó a la gruta de la fascinadora ninfa, solicitó verla, accedió la ninfa sin recelo, y poco tardaron en encontrarse sentados *vis à vis* en la elegante salita.

Sorprendido quedó Beramendi de la tranquilidad con que la hermosa mujer oyó la exposición preliminar, hecha con habilidad pasmosa de explorador. Procurando no causar a su interlocutora la menor ofensa, la trataba como amigo. Guillermo y él eran, más que amigos, hermanos. Teresa se hacía cargo de todo; mostrábase atenta, mirando el caso como medianamente grave en el aspecto moral, gravísimo en el económico. En sus réplicas, mostraba dignidad, aplomo y un interés casi fraternal por Guillermo de Aransis. Cuando Beramendi, alentado por el buen giro que a su parecer tomaba el asunto, hizo a Teresa referencia clara de la situación de su amigo, de sus locuras dispendiosas, de la pérdida de su caudal, del embrollo de sus intereses; cuando le contó que él (el propio Beramendi) había revuelto el mundo por salvar una parte al menos del patrimonio de Loarre y San Salomó; cuando le expuso el contrato con Sevillano y el estado presente de Aransis, que era el de un caballero cautivo de su administrador, y sujeto a una pensión, suficiente para vivir con modestia, cortísima para el vivir grande, con trenes de lujo y la diversión de caballos y mujeres; cuando, por fin, le hizo ver que si Guillermo seguía embarcado con ella, su naufragio era seguro, y no habría de pasar mucho tiempo sin que se viese miserable, degradado, sin dinero y sin dignidad, Teresa palideció, y con arranque dio esta briosa respuesta:

«No siga usted, marqués... No necesito saber más. Mucho quiero a Guillermo... y por quererle tanto me aterra la idea de que sea pobre. Aunque me esté mal el decirlo, la pobreza me da horror. No la quiero para él ni para mí. Usted me ha convencido de que le favorezco separándome de él. Bien está que vaya de Embajador o cosa así; bien está que no me vea más. Soy la primera en reconocer que no debemos seguir... que él debe irse por un lado, yo por otro... Ya la carta suya, que recibí anoche acompañada de una cantidad muy lucida, me dio que pensar. He dormido mal pensando que Guillermo me dejaba por no poder sostenerme... Marqués, no me asombre usted; no se enfade conmigo, no vea en mí una mujer mala si te digo que me repugna el *contigo pan y cebolla*. Esto es pura imbecilidad y cosas ridículas que han inventado los poetas para engañar el hambre... No, no: yo quiero a Guillermo, le querré siempre... pero que por mí no se degrade ni se arruine... Queda usted complacido, marqués. Su amigo y yo hemos roto para siempre... Cuídese usted de que no venga a buscarme, y yo cuidaré de que no me encuentre si acaso viniera...»

Dijo esto último con empañada voz y el consiguiente tributo de ternura y lágrimas. Eran sinceras, pues si su aborrecimiento de la pobreza podía considerarse como primer móvil de tal resolución, detrás o debajo de este sentimiento había también cariño, gratitud y una dulce adhesión al hombre, al caballero... A él debía su libertad, la iniciación en alegrías y goces que le fueron desconocidos; debíale las primicias del bienestar humano, hasta entonces no disfrutado por ella. Por Guillermo se le abrían horizontes tras de los cuales creía vislumbrar espacios de felicidad. Había sido su revelador y el primero que dio realidad a su grande ambición... Bien le quería, sí. Bien merecía el homenaje de sus lágrimas... Dejándolas correr, dijo a Beramendi: «No hay que hablar más, marqués. En seguidita me marcho, me escondo... No, no voy a casa de mi madre, donde Guillermo daría conmigo si en ello se empeñara. Es testarudo; me quiere... Puede usted estar tranquilo. Yo le aseguro que me esconderé bien, y que no volveré a esta casa hasta saber que Guillermo se ha ido a esa Embajada *de extranjis*... Leeré algún periódico para enterarme. Adiós, adiós... ¡Pobre Guillermo! Pobre, no; no le quiero pobre... que sea feliz, que sea caballero noble, que conserve la dignidad; y usted, tan buen amigo suyo, consuélele... haga porque me olvide. Yo no le olvido, no. Crea usted que Guillermo se pondrá muy triste... ¡Y qué bueno sería que al volver de la Embajada se encontrara su capital sacado de todos esos embrollos, limpio y... En fin, adiós... Dígale usted que me he muerto; no, que me han robado... Robado mi persona; que... Dígale usted lo que quiera, y ya sabe que tiene en mí una servidora. Adiós, adiós...»

Salió Beramendi encantado de la sinceridad de Teresa, y de la honradez relativa con que proclamaba su afición a las riquezas y su culto del bienestar. Tenía el mérito de decir lo que otros hacen diciendo lo contrario, con hinchadas protestas de falsa delicadeza. Pensó el caballero que su amigo estaba salvado, no contribuyendo poco a tan lisonjero fin el buen sentido de la coima, cualidad rara en esta clase de mujeres. Ya no había más que esperar el cambio de Gobierno para caer sobre Narváez y no dejarle vivir hasta que diera los pasaportes al marqués de Loarre para una Corte extranjera, cuanto más distante mejor. Y el cambio de Gobierno fue un hecho al siguiente día, tal y como *Don Leopoldo el Largo* lo había previsto. Doña Isabel, imitando a su señor padre, dispuso que las cosas volvieran al estado que tenían antes de lo de Vicálvaro, declarando nulo todo lo ocurrido en los dos *llamados años* de dominación progresista. Resultaba que las *lamentables equivocaciones* de Su Majestad volvían a cometerse, o a constituir la efectiva normalidad política. Los hechos decían que el Gobierno de liberales y progresistas era el verdadero equivocarse lamentablemente, según el Real criterio, y que Isabel II hablaba con su pueblo en lenguaje socarrón, abusando de la contragramática y del maleante aforismo chispero: *al revés te lo digo, para que lo entiendas.*

Fue la subida de Narváez como un trágala de toda la gente arrimada a la cola, que se preciaba de ser la dueña de nuestros destinos. ¡No era mal puntapié el que la España vieja, momificada en sus rutinas absolutistas e inquisitoriales, daba en semejante parte a la España nueva, tan emperejilada y compuesta entonces con su Justo medio, su Unión de hombres listos y pulcros, y su poquito de Desamortización, para mejorar siquiera el rancho que veníamos repartiendo en el *hospicio suelto*! Y Narváez entraba como en su casa, tosiendo fuerte y trayéndose cogiditos de la mano, como muestra de liberalismo, a Nocedal, a Pidal y a otros *ejusdem fúrfuris*. ¡Qué país tan dichoso! ¿Quién duda que hemos nacido de pie los españoles? Apenas enfermamos del dengue revolucionario, sale una Providencia benigísima que Dios destina paternalmente a nuestro remedio, y en dos palotadas corta el mal, y por lo sano, dejándonos como nuevos, en el pleno goce de nuestra barbarie... Y apenas entraron los *providenciales* al mangoneo político y administrativo, empezó el desmoche oficinesco, y la matanza de empleados de la situación caída, para resucitar a los de la imperante, que venían muertos desde el 54. Todo *el elemento progresista*, que arrimado estuvo a los pesebres desde aquella fecha de las *lamentables equivocaciones*, fue arrojado a la calle con menosprecio, y entraron a comer los pobrecitos que no lo habían catado en todo el bienio. Los unionistas, amarrados al presupuesto por O'Donnell, también cayeron con los ilotas del Progreso, y a llenar el inmenso hueco entró la caterva moderada, con alegre alarido de triunfo, como si ejerciera un derecho sagrado. Eran los pobres a quienes se había hecho creer que la bazofia nacional les pertenecía, y que no debía comer de ella ninguna otra casta de hospicianos.

Otra vez el alza y baja de ropa; otra vez el vertiginoso *triquitrín* de las tijeras de los sastres; otra vez *La Gaceta* cantando los nuevos nombramientos con grito semejante al de las mujeres que pregonaban los números de la Lotería; otra vez la procesión triunfal de los que subían por las empolvadas escaleras de los Ministerios, y el lúgubre desfile silencioso de los que bajaban. En el coro lastimero y fúnebre de los cesantes, descollaba una voz campanuda que dijo: «¡Cojondrios, ya está aquí la muerte!» Era Centurión recibiendo el oficio en que, con formas de sarcástica urbanidad, se le decía que *cesaba*... Y el cesar en sus funciones de la Obra Pía, era como suspender las funciones orgánicas de asimilación y nutrición... ¡Comer, comer! De eso se trataba, y toda nuestra política no era más que la conjugación de ese sustancial verbo. El nacional Hospicio no podía mantener a tan grande número de asilados, sino por tandas... Veíase el buen hombre condenado a una nueva etapa de miseria. ¿Por qué, Señor? Porque a nuestra Soberana se le había metido en la cabeza que no debía desamortizar, y el *espadón de Loja* recogió al vuelo la idea, y con la idea las riendas y el látigo, subiéndose de un brinco al pescante del desvencijado carricoche del Gobierno.

Pues, siguiendo paso a paso la Historia integral, dígase ahora que al tiempo que Isabel de Borbón decía con desgarrada voz de maja: *yo no desamortizo*, la otra maja, Teresa Villaescusa, gritaba: «juro por las Tres Gracias que a mí nadie me gana en el desamortizar.» No usaba esta palabra, ni daba concreta forma a sus atrevidos pensamientos; pero en la rigurosa interpretación de la idea no fallaba la despejada hembra. Aún persistía en su corazón el duelo de Aransis, cuando puso fundamento al nuevo trato de amor con que debía sustituir al trato roto. Base de su criterio en estos graves asuntos era el principio de que la peor cosa del mundo es la pobreza; de que el vivir no es más que una lucha sistemática contra el hambre, la desnudez, la suciedad y las molestias, y partiendo de esto, eligió entre los tres o cuatro individuos que la solicitaron aquel que ofrecía más templadas armas para luchar contra el mal humano. Ya en los últimos días del breve reinado de Aransis, llegó una emisaria con varias proposiciones que no quiso aceptar. Teresa era leal: no cometería una traición por nada de este mundo. Pero sacada, como si dijéramos, a concurso por la abdicación de Guillermo, no quiso precipitarse, sino antes bien hacer el debido examen y selección de candidatos. No tenía prisa; el dinerillo del testamento de Guillermo le permitía tomarse todo el tiempo que fuera menester para elegir con calma. Cuidó en aquel tiempo de dar mayor realce a su belleza, cada día más interesante; coqueteaba graciosamente con los remilgos mejor copiados del modelo de la honradez; acentuaba su gracia, su donosura, hacia la gran señora; se daba un tono fenomenal... La resolución o sentencia vino por fin informada en esta idea: los grandes fardos de riqueza deben ser manoseados y sacudidos con alguna violencia, para que de ellos se desprenda el exceso, que es carga perniciosa; y si no se dejan sacudir, debe quitárseles lo más que se pueda para remedio de los que van sin ninguna carga por estos mundos de Dios. Aligerar a los demasiado ricos es obra meritoria... *Et caetera*... No lo decía así, pero lo hacía.

XVII

Eligió con exquisita cautela y previsión Teresilla la persona que más le convenía para sus fines estratégicos, consistentes en levantar formidables baluartes contra la pobreza, y para llegar a la final decisión empleó diversas artes, sometiendo al preferido a pruebas de lealtad, de sinceridad, de esplendidez y de otras virtudes que la pícara mujer estimaba condiciones *sine quibus non*. Era el nuevo contratista de amor un francés de mediana edad, ni joven ni viejo, más gordo que flaco, alto, rubio, sonrosado, de correctísima educación y finos modales, que había venido a Madrid al establecimiento del *Crédito Franco-Español*, núcleo de capitalistas extranjeros que debía emprender en España negocios colosales, como *Los Caminos de Hierro del Norte*, el monopolio del Gas de las principales poblaciones, la explotación de Riotinto... Dándose mucho tono, reservándose, como quien aspira por sus propios méritos a una elevada cotización, celebró Teresa más de una conferencia con Isaac Brizard, y mientras exploraba el terreno, su perspicacia descubrió que el tal traía dinero fresco y abundante, harto más lucido que las escatimadas riquezas territoriales de nuestros nobles, los cuales viven comúnmente empeñados, y son esclavos de sus administradores, o del precio que en cada año alcanzan la cebada y el trigo. La importación de capitales extranjeros limpios de polvo y paja estimábala Teresa como una de las mayores ventajas para la Nación. Que aquí se quedara, derramado en cualquier forma, todo el dinero que viene para negocios, era una bendición de Dios.

Cuando Teresa se hallaba en los días de resistencia, de coquetería, de pruebas, redoblaba Isaac sus galanteos, que a menudo llevaban séquito de regalitos costosos y del mejor gusto. Como dijera un día la moza que su niñez había sido muy desolada y triste, que jamás tuvo una muñeca bonita, el francés le mandó por la noche dos elegantísimas, de la tienda de Scropp, una y otra vestidas con tanto primor como cualquier señorita de la más alta nobleza. La una decía papá y mamá; la otra movía los ojitos, y ambas tenían articulaciones, con las que se les daban graciosas posturas. Agradeció Teresa este obsequio como el más delicado que podía ofrecérsele, y todo el santo día se lo pasó jugando con sus nuevas amiguitas y diciéndoles mil ternuras a estilo maternal, entre caricias y besos. Deseaba Isaac obsequiar a Teresita con un espléndido y delicado banquete, sin más compañía que la de uno o dos buenos amigos, de lo más selecto de la sociedad. Dos comederos elegantes había entonces en Madrid: Farruggia y Lhardy. Pero en ninguno de los dos veía Brizard la disposición de aposentos que la reserva exige. Gabinetes con efectiva independencia no había en ninguna de las dos casas. Como no era cosa de llevar a la sin par Teresa al *Colmado de Rueda*, en la calle de Sevilla, o a la *Tienda de los Pájaros*, discurrió el bueno de Isaac un arbitrio que resolvía dos problemas: el del convite y el de la instalación de Teresa, con cuyo rendimiento contaba ya como hecho indudable. Con tanto barro a mano, fácil le fue al extranjero alquilar un bonito piso en casa nueva, calle de Santa Catalina, y amueblarlo, si no totalmente, en la parte de sala y comedor. Lo demás de la casa se completaría pronto: ya estaba todo encargado a Prévost, el mueblista más caro y elegante de aquellos tiempos. Dispuestas así las cosas, Isaac encargó a Farruggia la comida para cuatro personas. Había, pues, dos invitados.

Si los periódicos pudieran dar cuenta de estas cosas, habrían dicho, en octubre de aquel año (no consta el día): «*Verificose* el anunciado banquete... tal y tal...» Pero lo que no dice el periódico lo dice el libro. Bella sobre toda ponderación, y elegante como las propias hadas, si estas se ajustaran a la moda, estaba Teresa, que con seguro instinto sabía combinar en su atavío el lujo y la modestia, y con infalible puntería daba siempre en el blanco de agradar a los hombres de gusto. Admirable era su tez, de blancura un tanto marfilesca, sin ningún afeite ni polvos, ni nada más que lo que al pincel de Naturaleza debía; hechicera su boca fresca, estuche de los mejores dientes del mundo; arrebatadores sus ojos negros, con un juego de miradas que recorrían todos los registros, desde el más burlesco al más ensoñador; deliciosas las dos matas de pelo castaño que se partían sobre la frente, extendiéndose en bandas, no con tiesura pegajosa, sino con cierta ondulación suave, un trémolo del cabello que iba a parar tras de la oreja, bordeándola graciosamente. El cuello era un presentimiento de la garganta y seno, que no se dejaban ver, pues la pícara tuvo la sutil marrullería de no presentarse escotada. La tela vaporosa contaba en lenguaje estatuario todo lo que dentro había. El traje, de color malva claro, apenas lucía sus cambiantes entre una niebla de finos encajes; la cintura delgadísima enlazaba el abultado pecho con la ampulosa magnificencia del bulto inferior, todo hinchazón de telas alambradas. En la jaula del miriñaque desaparecían de la vista las caderas y toda la demás escultura infracorpórea de la mujer. La moda exhibía la mitad de una señora colocada sobre la mitad de un globo.

Presentados por Isaac los dos amigos, Teresita les acogió con graciosa sonrisa; ocupó su sitio, diciendo a los tres que se sentaran, que no anduvieran con ceremonia, que hablasen con libertad, pues tanto le gustaba a ella la libertad como le cargaban los cumplidos, y los criados de Farruggia, limpios y estirados, empezaron a servir. El más joven de los convidados, Ernestito de Rementería, esposo de Virginia Socobio, poco había cambiado en figura y acento desde la época de su matrimonio, como no fuera que eran algo más orondos sus mofletes, y más chillona y delgada su voz. Desde la desaparición de su mujer, que se escapó con un pintor de puertas, llevaba Ernestito una vida serena, cachazuda y metódica, distribuyendo su tiempo entre los trabajos de *La Previsión*, junto al papá, el honesto recreo de regir un cochecillo en la Castellana, y la monomanía de coleccionar objetos diversos, que un día fueron bastones, luego petacas y fosforeras, y por último, se había dado a las celebridades europeas en fotografía y grabado. Conservaba *el joven Anacarsis* el tipo de sacerdote francés con melenita, la escasez de pelo de barba, la finura empalagosa de su trato, y la absoluta insustancialidad de cuanto decía. El otro convidado era en realidad un grande hombre, figura de primera magnitud en la historia social del siglo XIX, y tan notable por su facha, que era la de un perfecto aristócrata, como por su trato, el más afable y seductor que imaginarse puede. Viéndole una vez, ¿quién olvidaba la corpulenta y gallarda estatura de aquel señor, su cuerpo bien distribuido de carnes y más grueso que flaco, su faz risueña que declaraba el contacto y serenidad de una vida consagrada a los goces, sin ningún afán ni amargura? Don José de la Riva y Guisando era un hombre que parecía simbolizar la posesión de cuantos bienes existen en la tierra, y el convencimiento de que nos ha tocado, para pacer en él y recrearnos, el mejor de los mundos posibles.

Hay tanto que decir de Riva Guisando (para los íntimos, Pepe Guisando), que no conviene decirlo todo de una vez, sino soltar el personaje en esta historia, para que él mismo hablando se manifieste, y sea fiel pintor de su persona y el intérprete más autorizado de sus ideas... Cuatro palabras ahora para describir el físico y algo del ser moral de Isaac Brizard: Casi tan alto como Riva Guisando, no podía comparársele por la nobleza y arrogancia de la figura. Podía Guisando servir de modelo a todos los duques y aun a los más estirados príncipes de Europa. Isaac, igualando a su amigo en la intachable limpieza, no podía ser modelo de próceres, sino de apreciables sujetos, hijos de negociantes y educados en los mejores colegios de Francia. Guisando fue un elegante genial, que todo lo había aprendido en sí mismo, y nació con la presciencia de cuantas ideas y formas constituyen elegancia en el mundo. Brizard era un producto de la educación, un hombre distinguido y pulquérrimo, de un excelente fondo moral, con tendencias al vivir cómodo y sin bambolla, ni envidioso ni envidiado... Y por fin, para que se vea todo en su propio color y sentido, el tipo de Isaac Brizard revelaba la hibridación franco-germánica o franco-flamenca, un admirable tipo engendrado por trabajadores, sano, leal, ordenado hasta en los desórdenes a que le empujaba su riqueza, de ojos azules que delataban al hombre confiado y bondadoso, la boca risueña, sobre ella un bigote menudo, del más fino oro de Arabia. Hablaba un español incorrecto, mal aprendido en la conversación y sin principios, con modulaciones guturales que le resultaban más feas por su afán de corregirlas o disimularlas. Al reproducir aquí su lenguaje, se tiene con este simpático extranjero la caridad de enmendarle las desafinaciones del acento.

«Eh, señores, ¿cómo se llama esta sopa? —dijo Teresa riendo con deliciosa sinceridad—. Ya irán ustedes notando que soy muy bruta... Me parece que me pondría más en ridículo dándomelas de fina, y queriendo ocultar mi ignorancia... Pues esta sopa, yo no sé lo que es ni la he comido en mi vida. Casi nada sé de comidas francesas; no entiendo los motes raros que ponen a cada plato... ¿Verdad que soy muy bruta?

—Usted es hechicera, y esta sopa es, o quiere ser, *potage a la Montesquieu* —dijo Guisando, erudito y galante—. Cualquier otro nombre le cuadraría mejor.»

Acordándose de su colección de celebridades, Ernesto quiso amenizar la reunión con este comentario: «¿Montesquieu...? Tengo dos retratos del gran francés: uno de ellos en talla dulce, de la época...

—Está buena la sopa —observó Teresa—. ¿Pero a qué sabe? ¿de qué legumbres está hecha?»

La opinión de Isaac no pudo ser más sensata: «En culinaria, el cocinero debe saber mucho, y el que come ignorarlo todo. Así come uno más tranquilo.

—Perdóneme, mi querido Brizard —dijo Riva Guisando—, que no le acompañe en esos distingos. Saboreamos mejor los productos de la culinaria, cuando sabemos a qué saben, y con qué ingredientes han sido compuestos...

—¿Pero es esto un puré de pepinos, de patatas, o qué demonios es? —preguntó Teresa, sin que las dudas mermaran su apetito.

—No es más que una mixtificación, a la que ponen el primer nombre que se les ocurre —afirmó Guisando—. Cuando Isaac me hizo el honor de invitarme a esta comida, que, entre paréntesis, sería deliciosa aunque la prepararan los cocineros más malos del mundo, volví a mi cantinela de siempre con el amigo Farruggia: "Las sopas caldudas y crasas pasaron a la historia... Ya que usted se propone enseñar a los españoles a comer, trate de propagar, de popularizar los *consommés* finos, tan sustanciosos como transparentes...". Le propuse para esta interesante comida el *Consommé a la creme de faisán*, que es delicioso, verdaderamente delicioso, Teresa... y sencillísimo... verá usted.

—¡Ay, enséñeme!... Me gusta cocinar algo... Poco sé... Quisiera poseer el secreto de algún platito delicado...

—Sencillísimo, como digo. Todo el arte está en preparar los huevos, que se sirven aparte... Se cuecen huevos bien frescos, de polla precisamente, de gallina joven...

—¡Ay!... ¡Lástima no tener gallinero en casa! Adelante.

—Luego se les vacía... Se saca la yema por medio de un tubito...

—Tanto instrumento ya es por demás.

—Con las yemas y el picadillo de pechugas de faisán, se hace la *farce a la creme*.

—¿Y esa farsa, qué es?

—El relleno... Se rellenan los huevos... Se ponen al baño María...

—¡María Santísima!

—En vez de faisán, puede usarse perdiz, bien fresca...

—Yo sí que estaría fresca si me metiera en esos trajines tan enredosos.

—Amiga mía, no necesita usted cocinar. Bien se ve que lo haría con mucha gracia si a ello se pusiera... Ya tendrá usted un buen *jefe* que la libre de esos quebraderos de cabeza, y del deterioro de sus manos lindísimas.»

Viendo que le servían Jerez después de la sopa, protestó Teresa con sincero desenfado: «¡Eh, caballeros! que el Jerez se me sube al quinto piso... Repito que soy muy bruta... No tengo costumbre de beber tanto, ni de variar de bebidas... ¿Quieren verme peneque?» Aseguró Isaac que todo era cuestión de costumbre, y que debía poco a poco educarse en el comer fuerte, acompañado de bebida confortante.

«¡Ay, ay! eso no va conmigo... —dijo Teresa, probando el Jerez—. Porque ustedes no me crean demasiado palurda, bebo un poquito; pero no se asombren si me ven perdida de la cabeza, y diciendo algún disparate.»

Ernestito, dando ejemplo de buen tono, equivalente a la poca sobriedad, se atizó dos copas, comentándolas en esta forma: «La sopa y el Jerez no tienen en las comidas otro objeto que preparar el estómago, darle fortaleza...

—¿Para qué?

—Para comer, para seguir comiendo... Ahora empezamos, señora mía. Yo, ya lo irá usted notando, como bien. Desde que entré en el Colegio Flaminio, en Saint-Denis, aprendí a comer bien, dando al cuerpo todo lo que pedía. Es un gran sistema para tener siempre la cabeza...

—¿Cómo?

—Despejada... y las ideas claritas. Es lo que yo recomiendo principalmente a todos mis amigos: que coman fuerte...

—Y con la recomendación les mandará usted la comida, porque si no...

—Eso es cuenta de ellos, y de que quieran tener salud o no tenerla. Repare usted, Teresita, que todos los grandes hombres han sido de buen diente. Federico el Grande, de cuyos retratos poseo la colección más lucida que hay en España, profesaba la doctrina de Rabelais: cinco comidas y tres siestas. Talleyrand consagraba toda su atención a la buena mesa. Mi padre, que es hombre muy entendido en todos los adelantos extranjeros, no cesa de predicar a los españoles que se den buena vida, la mejor vida posible, y sostiene que uno de los mayores atrasos de este país consiste en que aquí no saben comer.

—Es verdad —dijo Guisando—: reconozcamos una de las deficiencias que nos ponen a la cola de las demás naciones. Los españoles no saben comer.»

XVIII

Sirvieron pastelitos de *foie-gras*... Después un plato de pescado que Guisando tradujo al francés: *Turbot bouilli, garni, sauce Colbert*, y entre tanto, los cuatro comensales apuraron el tema de si saben o no comer los españoles. Ingenioso y ameno, Riva Guisando se despachó a su gusto en esta forma: «No podemos dudar que, de algunos años acá, nuestro país viene entrando en la civilización, y asimilándose todos los adelantos. Eso lo vemos en diferentes órdenes. Nuestras casas adquieren el *confort* de las casas extranjeras. Verdad que falta el agua, pero ya vendrá; la tenemos en camino. Nuestros teatros no desmerecen de los de otros países; y en ópera creo yo que estamos a la altura de las capitales más aristocráticas. Nuestras mujeres, bien a la vista está, visten con tanto gusto y elegancia como las parisienses, y nuestros hombros no tienen nada que envidiar a los caballeros ingleses mejor vestidos... Solo en el comer estamos atrasados... Fuera de unas pocas casas, hasta las familias más ricas no saben salir del cocido indigesto, y de los estofados, pepitorias y fritangas... Y en la manera de comer guardan la tradición: se atracan y no comen realmente; no saben lo que es la variedad, la composición artística de las viandas para producir sabores especiales y excitantes; no han llegado a penetrar la filosofía del condimento, que es una filosofía como otra cualquiera... En el beber, tragan líquidos, sin apreciar el rico *bouquet* de cada uno, sin distinguir los innumerables acentos que forman el lenguaje de los vinos. Cada uno dice algo distinto de lo que dicen los demás...

—¡Alto ahí! —exclamó Teresa cortándole el discurso con delicioso tonillo y ademán de burlas—; perdone usted, señor Guisando, que le interrumpa. Si los vinos son cada uno una palabra, un acento, y todos juntos como lenguajes; si los de España hablan español, francés los de Francia, y así los demás, ustedes quieren introducirme a mí en el cuerpo la torre de Babel... Vamos, que a poco más, salgo hablando todos los idiomas.

—No, no, Teresa —dijo prontamente Brizard—; no se bebe para embriagarse, ni se embriagan los que saben beber... La bebida fina y variada es un signo de civilización. En eso estoy con el amigo Rementería y con Guisando... ¡Oh! en Guisando hay que reconocer un gran civilizador.

—Civilizador usted —replicó el elegante caballero—, que nos trae la más grande forma del Progreso, los ferrocarriles.

—Es verdad; de eso trato, y mi mayor gloria será vestir a España de país civilizado... Usted y yo civilizamos; pero permítame que marque entre los dos una diferencia... una diferencia en que yo salgo favorecido. Usted empieza la campaña civilizadora por el fin, mi querido Guisando, porque quiere enseñar a los españoles cómo se come; yo la empiezo por el principio, enseñándoles a buscar lo que han de comer.

—¡Eso... Eeeeso! —gritó Teresa risueña, con desbordada alegría, las mejillas echando fuego, el gesto más expresivo y acentuado de lo que pedía la compostura—. El señor Guisando se trae aquí la filosofía de la buena mesa, y quiere enseñársela a un pueblo que no tiene sobre qué caerse muerto. ¿Cómo quiere usted que sepa comer el que no come? Y esas salsas Colbert, esas *besamelas*, esas *farsas* o rellenos, esos *rosbifes*, y *chatobrianes*, y *gigotes*, y esas trufas y esos jugos, ¿de dónde han de salir? ¿Reparte usted diariamente un par de monedas de cinco duros por barba a todos los españoles?... ¡Ay, ay! Yo les suplico, señores míos, que me den licencia para callarme... Siento que el disparate se me viene a la boca, y a poco que me descuide, oyen ustedes una barbaridad. Es mucho comer este, es mucho beber, para que una tenga la cabeza despejada. Perdónenme; estoy un poquito a medios pelos... Me callo... Ustedes me agradecerán que cierre el pico.»

Dejó el tenedor, y requiriendo el abanico, empezó a darse aire con viveza. Los caballeros le reían la gracia; celebraban que se trastornase un poquitín, y asegurando que el encendido color y el chispeante mirar la embellecían extraordinariamente, incitábanla a beber del rico *Borgoña* que a la sazón servían. Pero ella no hacía caso, y jovial agitaba el abanico con verdadero frenesí, diciendo: «Yo, punto en boca: no vayamos a salir con alguna patochada. Me conozco. Hablen ustedes y yo escupo, digo, yo callo y otorgo...»

Tan modesto como ingenioso, Guisando se mostró conforme con las ideas de Isaac, reconociendo en el magisterio civilizador de este más sentido práctico que en el suyo. «Es cierto, Brizard: usted trae a España los primeros elementos del bienestar. Por ahí se principia. Yo empiezo por el fin, porque no sé otra cosa. Cada uno comienza sus lecciones por aquello que más sabe... En la mente del discípulo siempre queda algo de la enseñanza que se le da, por más que esta sea prematura. Yo digo a los españoles: "No sabéis comer"; usted les dice: "Trabajad y comeréis". Claro es que usted está en lo firme. Yo, si bien se mira, soy un profesor extravagante que coge a los chicos cerriles que no saben leer ni escribir, y se pone a explicarles las asignaturas del doctorado... Pero todo es enseñanza, amigo. Algo quedará...»

Sirvieron el plato de legumbres, que Guisando y Ernesto celebraron mucho, definiéndolo así: *concombres farcis à la demiglace*. Pidió Isaac su opinión a Teresa, la cual se dejó decir: «Señores míos, la turca que estoy cogiendo, no por mi gusto, sino por el empeño de ustedes en que yo empine más de lo regular, no me deja ser hipócrita. Quiero mentir con finura y no puedo... Esos *concombros* me parecen una porquería. Si mi cocinera me presentara este comistraje, yo le tiraría la fuente a la cabeza.» Servido el asado, Teresa se resistió a comer más. Obstinose Guisando en servirle una bien cortada lonjita del *Chapon à la financière*; regateó Teresa; cedió al fin con salados remilgos.

Debe decirse que la hermosa mujer, cuya iniciación en la vida grande aquí se describe, exageraba su torpeza o su ignorancia de los refinamientos sociales. No los desconocía en absoluto; pero dotada de grande agudeza, calculó, antes de personarse en el banquete, que la afectación de finura podría llevarla, sin que de ello se diera cuenta, a una situación algo ridícula. Mejor y más airoso era la contraria forma de afectación, hacerse la palurda, la novata, todo ello desplegando su natural donosura. Y el resultado de esta táctica fue tal como ella lo pensó, admirable y decisivo. Isaac parecía extasiado; celebraba con entusiasmo las donosas salidas y sinceridades de la que pronto había de ser suya, y gozaba con la idea de educarla y darle un curso de todas las leyes y toques del buen gusto. Bien comprendía la muy ladina que a los extranjeros agrada lo que llaman *carácter*, *color local*, y que se enamoran de lo que menos se parece a lo de su tierra... Isaac, prendado locamente de la española, en ella simbolizaba la conquista de esta tierra, mirándola con amor y sembrando en ella ideas fecundas y fecundos capitales.

Una de las condiciones propuestas por Teresa en el trato de amor con Brizard, era que este había de llevarla a París y tenerla allí una temporadita, aprovechando el primer viaje que tuviera que hacer a la capital vecina. Con alegría dio Isaac su aprobación a esta cláusula. De ello y de los encantos de París en el segundo Imperio hablaron los tres caballeros en la comida, dando pie a Teresa para que se despachara a su gusto y con desenvoltura en este tema: «Mucho me gustará París. Tantas maravillas he oído contar, que ya me parece que las he visto... De seguro me divertiré y aprenderé; pero todas las cosas buenas de París no me quitarán el ser española neta... Española voy, y más española vuelvo... ¿Que aprenda yo francés? Imposible, Ernestito... *Tarde piache*. Cuatro palabras aprendí en mi colegio, y con esas cuatro palabras y otras cuatro que allá me enseñen, me arreglaré... Dicen que la Emperatriz Eugenia, con ser nada menos que Emperatriz, no ha querido afrancesarse... Y yo pregunto: ¿por qué usará Napoleón esos bigotes engomados tan largos y tan tiesos?... No me hagan caso; estoy perdida de la cabeza... París, con todos sus monumentos, no vale lo que Madrid, que tiene las grandes plazas... Puerta Cerrada, la Red de San Luis, y como *bulevares*, ¿dónde me dejan ustedes el Postigo de San Martín y la Costanilla de los Ángeles?...

París es bonito, alegre, y con cuatro magníficas fachadas al Mediodía, como quien dice, al Amor... todas las fachadas dan al Amor... En París hay mucho dinero, es la ciudad del dinero... y por ser aquel pueblo tan rico, hay allí más honradez que en los pueblos pobres... En los pueblos tronados viven todos los vicios... No me hagan caso... ¿Verdad que estoy diciendo sin fin de disparates? No sé lo que digo... Me han hecho ustedes beber más de lo que bebe una señora fina... No tengo costumbre... Soy lugareña y tonta... Las tontas se emborrachan antes que las listas... y a las honradas se les va la cabeza más pronto que a las disolutas... Yo me callo... Estoy avergonzada.»

Protestaron los caballeros de esta falsa vergüenza, y Guisando le dijo: «Está usted adorable, y el mareíto se le quitará bebiendo esta copa de *Champagne*...» Isaac le rogó que bebiese, y ella sin melindres accedió. Le gustaba el *Champagne*: si pudiera, no bebería en las comidas más que *Champagne*... La variedad de vinos le repugnaba: uno solo y superior. Guisado celebró esta opinión de Teresa, la más conforme con el gusto de él y de toda persona verdaderamente refinada. «Bebo —dijo Teresa tomando la copa larga, por cuya boca estrecha se escapaba la espuma—, bebo a la salud de mis buenos amigos; bebo a su felicidad, y a... A que tengan lo que desean... Usted, Isaac, que le salga bien el negocio que ahora le trae tan preocupado... ya me entiende... Usted, Guisando, que sea pronto Grande de España, por título... que ya lo es grandísimo por su magnificencia... y usted, Ernesto, que haga muchas conquistas, pues ya sabemos que es usted muy enamorado...

—¡Oh, no, no! —dijo el plácido Anacarsis, presuroso en desmentir una suposición que, a su parecer, le desconceptuaba—. ¿Enamorado yo? No es cierto, Teresa... Bien se ve que se le ha ido el santo al cielo... Exceptuando lo presente, tengo del bello sexo la peor idea...

—Pues perdóneme usted, Ernestito: no he dicho nada. Somos muy malas... Usted puede decirlo... y probarlo... Es usted un ángel... por eso tiene esos colores tan bonitos y esa frescura en el rostro... Señores, el *Champagne* me ha matado. ¿He dicho muchas gansadas?

—No, no, no...

—Ya no puedo más... Se me cierran los ojos... El comedor da vueltas... la mesa baila... Guisando tiene dos caras: con las dos me mira y se ríe. Ernestito se pone sobre la cabeza el ramo del centro de la mesa... Me duermo, me... Eclipso; me envuelve la noche. Isaac, por favor, deme usted la mano; ayúdeme a levantarme, y a llegar al sillón... Al sillón que allí veo... Así, así... ya estoy a mi gusto... Aquí me desmayo... Aquí me desvanezco... Por Dios, Isaac, mi buen Isaac, abaníqueme usted, deme aire; pero fuerte... Ya no veo más cara que la de usted, Isaac... El aire que usted me da me consuela, me anima... ¡Qué aire tan bonito, digo, tan fresco... tan...! No sé: es un aire extranjero... Aire rico, muy rico... Isaac, deme más aire...

—Café bien fuerte —dijo Guisando proponiendo el mejor específico contra las borracheras de señora de buen tono.»

Con la ventilación enérgica que le administró Isaac, y el café y la dulce conversación, sin ruido, se fue despabilando Teresa y venciendo la somnolencia. Terminó la comida sin ningún incidente digno de figurar en la Historia integral ni en la fragmentaria, pues el hecho de arreglarse y cerrar trato aquella misma noche Teresita y Brizard es de esos que, por descontados y claramente previstos, no piden más que una mención... Menos aún, una raya de cualquier color trazada en la página sin letras de esa historia que llamamos *Chismografía.*

XIX

Y esa historia sin letras dice que Teresita se instaló en la misma casa del ya referido banquete, días después de la partida de Aransis para la gloriosa y coruscante Atenas, como Encargado de Negocios de la Católica Majestad de Isabel II en aquel Reino. Obra fue del buen amigo Beramendi este destierro, ayudado por Narváez, quien tomó el asunto como propio y lo resolvió con diligencia. Llamado a París Isaac Brizard por el reclamo de sus negocios, determinó partir en noviembre, llevándose a Teresa, conforme a lo convenido. Ni a esta causaba temor el viaje en pleno invierno, ni quería separarse de Isaac, que era para ella el mejor de los hombres, extremado en la bondad y en la larguoza, prodigando sin tasa su dinero como su cariño. Sobre el punto interesante del estipendio de amor, Teresita veía colmadas sus ambiciones. El gozo de ver satisfechos todos sus gustos se completaba con la dicha de tener sobrantes y de atender con ellos a necesidades ajenas, empezando por su madre, que era una boca no fácil de tapar. Pero en aquella venturosa etapa para todo había.

Con sus íntimas amigas tuvo Manolita Pez algunas confianzas que merecen ser consignadas en estos papeles: «A Teresa la ha venido Dios a ver con ese francés tan frescachón y tan caballero. Ya quisieran los nobles de aquí parecérsele en la lozanía del rostro, que es lo mismo que una rosa, y en la mano siempre abierta para complacer a su adorada. Yo le he dicho a Teresa que no aparte sus ojos del porvenir... Además del tanto fijo que *Musiú* Brizard le señale para la vida corriente, debe mi hija poner todo su talento en sacarle *un millón*... ¿Qué es un millón para una mujer de tanto mérito? Y con este capitalito ya puede la niña echarse a dormir... El día de mañana, si ese señor pasa a mejor vida, lo que no quiera Dios, o si por envidia le arman algún enredo para que rompa con mi hija, esta podrá bandearse sola, sin tener que aguantar las pejigueras de un vejete baboso, de un puerco, de un tío cargante; y aun podría encontrar proporción de matrimonio. Con el milloncito todo se olvidaría, ¡vaya!... ¡Y que tendría mi Teresa mal gancho para pescar marido; y este no había de ser un cualquiera, sino persona de algún viso, y quizás con el pecho cargado de cruces y bandas!»

Con Centurión no se trataba Teresa directamente, y bien lo sentía, que para ella no habría mejor gusto que poder acudir al remedio de las escaseces que a don Mariano le trajo su cesantía. Sabía de él y de doña Celia por su tía Mercedes, la mujer de Leovigildo Rodríguez, con quien reanudó el trato después de una temporadita de moños. También Leovigildo estaba cesante, situación lastimosa en aquel honrado matrimonio, cargado de familia. La pobre Mercedes, al poco tiempo de desembarazarse de una cría, ya se mostraba con los evidentes anuncios de otra. Y creyérase que en los períodos de cesantía procreaban más los desgraciados cónyuges. La sociedad quería matarlos de hambre, y ellos aumentando sin cesar el número de bocas. No faltaban, afortunadamente, personas caritativas que se condoliesen de su desamparo y fecundidad, entre ellas Teresa, que les enviaba surtido de zapatos para toda la cáfila de criaturas, o repuesto de arroz y garbanzos para muchas semanas. Don Mariano, que había tomado entre ojos a los Villaescusas de una y otra rama, no quería tratarse con la esposa de Leovigildo; pero doña Celia, más benigna, la visitaba algunas tardes a hurtadillas de su marido. La señora de Centurión y Manolita Pez se encontraban algún día en un terreno neutral, la casa de Nicasio Pulpis, esposo de Rosita Palomo, y allí, rompiendo doña Celia la consigna que su marido le diera de no tener trato con la coronela ni con su depravada hija, hablaban de sus respectivas desazones. La curiosidad más que el afecto, movía comúnmente a doña Celia Palomo a preguntar por Teresa; respondía Manuela, tratando de dorar la deshonra de su hija con hábiles artificios de palabra.

Con la de Navascués no había vuelto a tener Teresita ningún trato. Traidora y desleal llamaba Valeria a la que fue su amiga, y no le perdonaba el solapado ardid que empleó para sustraerle *el libro de texto*. Mala partida como aquella no se había visto nunca. Dos o tres veces se cruzaron las dos hembras en la calle, y se dispararon miradas rencorosas. No desconocía Valeria que para ella había sido un bien la retirada de Aransis, que arruinado ya, no era partido de conveniencia para ninguna mujer. Pero esta consideración no le quitaba el reconcomio contra Teresa, en quien, por otra parte, reconocía un magistral talento para conducirse en sus empresas de amor, y prueba de ello era la reciente pesca del opulento francés Isaac Brizard. Sin duda por llevar tan buena parte en los favores de la suerte, Teresa no se cuidaba de aborrecer a su víctima. Más bien le tenía lástima, sabedora de que la pobrecilla andaba mal de intereses. Por las prenderas que *corrían* trajes de lujo en buen uso, supo que Valeria lanzaba al mercado de ocasión, malbaratándolas, algunas piezas de valor, abrigos, cachemiras, mantón de la China. Supo también que a la famosa corredora *Paca la Bizca* debía un pico de consideración por dos sortijas y un alfiler que adquirió antes del destierro de Navascués. De esto tomó pie Teresa para lanzar contra Valeria una bomba en la que había de todo, burla y compasión. Era la travesura de la enemiga vencedora, que sintiéndose fuerte, quería mortificar a su rival en una forma que le expresara su lástima desdeñosa, su generosidad, quizás el deseo de hacer las paces. El día antes de su partida para Francia, Teresa escribió esta carta: «Estimada maestra y amiga: Un pajarito me trajo el cuento de que la respetable corredora *Paca la Bizca* te hizo dos mil y tantas visitas para que le pagaras dos mil y tantos reales de aquel alfiler y sortijas de marras... Sé que cuantas veces fue la corredora a tu casa con este objeto, salió con las manos vacías... Pues bien; para que veas si te estimo, Valeria, hoy he dado a Pepa los dos mil y pico, encargándole que no vuelva a molestarte por esa bicoca.

111

Acepta este favor de la que fue tu amiga, y no te atufes ni salgas ahora con pujos de una dignidad que habría de ser fingida... No tienes que devolverme esos cuartos, que ahora los tengo de sombra, gracias a Dios... Abur, bobita. Mañana salgo para París, donde me tienes a tu disposición para todo lo que gustes mandarme. Tu fiel compañera, *Therese Brizard.*»

Mostró Teresa esta carta al bueno de Isaac, para que después de leerla le dijese cómo había de poner su nombre en francés. Hallábase presente Riva Guisando, y ambos amigos celebraron el rasgo generoso y la gracia zumbona, que de todo había. Partieron los amantes a París al día siguiente; despidioles Guisando al arrancar la silla de postas, de la propiedad de Brizard, y por la tarde se fue a visitar a su amiga la marquesa de Villares de Tajo (Eufrasia), a quien contó lo de la carta de Valeria, repitiéndola casi textualmente. Bien conocía la dama los enredos de la sobrina de su esposo, y la depravación que se iba marcando en ella. Después de comentar y reír al caso de la carta, *la moruna* rompió en este bien entonado epifonema: «¡A qué extremo llegan ya, Dios mío, los desvaríos de esta sociedad!... ¿A dónde vamos a parar por tal camino? Mentira parece que esas dos chiquillas, tan monas, tan inocentes cuando vine yo de Roma casada con Saturno, se hayan perdido escandalosamente, cada cual a su modo. Virginia, con las antorchas de Himeneo aún encendidas, se escapa con un chico menestral, y anda por esos pueblos hecha una salvaje, y esta Valeria corre a la perdición amparada del formulismo matrimonial, con lo que me resulta más perversa que su hermana.»

Dijo a esto Guisando que Valeria claudicaba por espíritu de imitación, sin arte ni riqueza para cohonestar sus incorrecciones. Dos cosas redimían del pecado, según la filosofía guisandil: el buen gusto y la opulencia. Las maldades parecían peores cuando eran feas... y pobres. Todo era relativo en el mundo, hasta los vicios. De estas opiniones casuísticas no participaba Eufrasia, que en aquel punto de su existencia (los treinta y cinco años) se dedicaba con ahínco a señalar a la juventud los caminos derechos, únicos que conducen a la virtud y a la paz del alma. Era, en aquel período histórico, la conducta de la Villares de Tajo mejor y más limpia que su fama. El mundo, que en la plenitud de tantos escándalos exageraba los desvaríos de la sociedad matritense, la suponía en amores con Riva Guisando. ¡Falsa y calumniosa especie! ¿Mas quién destruye un errado juicio en tiempos en que el aire viciado divulga, no solo la corrupción, sino las vibraciones de ella manifestadas en el lenguaje? Entre *la moruna* y el espléndido caballero y *gourmet* Riva Guisando, no había más que una sincera y noble amistad fundada en la armonía de pareceres sobre algunas materias sociales, y por parte de él, ligero matiz de adoración platónica, que tenía su origen en la gratitud, como a su tiempo se demostrará. Preguntado el caballero por la distribución de sus comidas, dijo: «Esta noche como en casa de Navalcarazo; mañana, en la Legación de los Estados Unidos.

—Aunque tenga usted —le dijo Eufrasia—, que renegar una vez más de la cocina española, el viernes comerá usted con nosotros... Ya le pondremos algo de su gusto: las famosas chuletitas de cordero *à la Bechamel*, y la tan ponderada *Salade celeri et betterave*.

—Con esos ojos que ahora me miran —replicó el *gourmet*—, tengo bastante... Ya sabe usted que *los ojos a la española* son mi delicia... Quedamos en que el viernes...

—Apúntelo usted para que no se le olvide.»

Era Riva Guisando, como se ha dicho, un artista genial del buen porte, de la buena vida, del buen comer... Y esto debe repetirse al consignar que su abolengo no fue tan humilde como la gente decía; ni vendió pescado su madre, como propalaron los que querían denigrar su arrogante persona. Nació en una capital andaluza, de familia decente, privada de bienes de fortuna, y desde su más tierna infancia se distinguió el muchacho por la compostura y aseo de su persona, por lo afinado de sus gustos y su fácil asimilación de todo lo que constituye la personalidad externa, y los medios del bien parecer. Vino a Madrid muy joven en busca de fortuna, y a poco de llegar, su exquisita educación y su prestancia no aprendida le proporcionaron relaciones excelentes. Alternó con la juventud elegante; sabía ganar amigos, porque a todos encantaba con su trato, y a ninguno con destempladas jactancias ofendía. Era tan modesto en su alma como fastuoso en su cuerpo; su orgullo no pasaba de la ropa para dentro. El primero en el vestir, no anhelaba confundir a los demás por otra clase de superioridad, y poseía el supremo arte de no lastimar a nadie, de contentar a todos, conservando su dignidad. No creo que haya existido en Madrid más consumado maestro de las buenas formas: por esta cualidad Madrid le debe gratitud. De todo hemos tenido modelos admirables. ¡Lástima grande que con modelos perfectísimos de cada una de las partes, no hayamos tenido nunca el modelo sintético, integral!

Para vivir con tanto boato, introducido en la sociedad de los ricos, Guisando no disponía de más caudal que su sueldo en Hacienda, y por los años a que este relato se refiere, no cobraba el hombre arriba de dieciséis mil reales. De su honradez daban testimonio algunos hechos que como irrefutable verdad histórica deben consignarse aquí. ¿Qué era el buen Guisando más que un milagro, el milagro español, ese producto de la ilógica y del disparate que solo en esta maravillosa tierra puede existir y ha existido siempre? Ya se irá viendo esto, y por ahora, léanse aquí los motivos de la gratitud de Guisando a la marquesa de Villares. Desde que esta le conoció en casa de los condes de Yébenes, y pudo enterarse de la formidable disonancia entre el *Coram vobis* de aquel sujeto y sus menguados medios de subsistencia, le miró con interés y curiosidad. Aficionada *la moruna* a las generalizaciones, y ducha en buscar la entraña de las cosas, vio en él como una imagen sintética de la sociedad de aquel tiempo. No podía imaginarse nada más español que Guisando, debajo de sus apariencias europeas. Tratándole después con cierta asiduidad, tuvo ocasión Eufrasia de apreciar en él cualidades que al pronto le parecieron inverosímiles, pero que al fin, por especiales circunstancias, pudo comprobar plenamente. Ascendió Riva Guisando a jefe de Negociado en la Dirección de Rentas. Un amigo de los Socobios, don Cristóbal Campoy, ex-diputado, tenía en aquella oficina un embrollado expediente, de esos que se atascan en los baches de la administración, y no hay cristiano que los mueva. Se recomendó el asunto a Guisando: este lo sacó del montón, lo estudió y resolvió, como se pedía, en menos de una semana. Maravillado y agradecido el señor Campoy, creyó que procedía recompensar la diligencia del funcionario con un discreto obsequio en metálico, y sin detenerse entre la idea y el hecho, dejó algunos billetes del Banco metidos en una carta, sobre la mesa del arrogante andaluz, quien no tuvo sosiego hasta remitirlos con atenta epístola a las manos del propio donante. ¿Era esto moralidad intrínseca, o un *bello gesto* de elegancia, un rasgo más de gran artista social? De todo había. Honradez y arte perfeccionaban la figura del caballero.

Al saber esto Eufrasia, se decía: «¿Pero cómo vive un hombre que solo en planchado de camisas ha de gastarse todo su sueldo, y aun puede que no le baste?» Hablando de esto con algún amigo muy conocedor del mundo, oyó *la moruna* explicaciones aceptables de aquel milagroso vivir: «Se pasa la madrugada en el Casino, y hace sus visitas a las mesas del 30 y 40. Hay muchos que de este modo se ayudan... van viviendo.» Otros casos, semejantes al de Campoy, que llegaron a conocimiento de la Villares de Tajo, persuadieron a esta de la rectitud y caballerosidad del atildado señor. Además, el trato frecuente le reveló en él otra cualidad, rarísima en la esfera social de aquel tiempo. Poseía el secreto de la conversación amena sin hablar mal de nadie. A todo el mundo encantaba, sin emplear la ironía maliciosa. Defendía gallardamente a los que en su presencia recibían daño de las malas lenguas, y cuando la defensa era imposible, callaba... Pues estas excelentes cualidades del sujeto agradaron a la dama y la movieron a protegerle. Cesante en el bienio, repuesto el 56 por influjo de Ros de Olano, le puso en peligro un malhadado arreglo del personal de Hacienda; pero Eufrasia acudió a Cantero, y no fue menester más para sostenerle. A la caída de O'Donnell y elevación de Narváez, temió el *gourmet* que le perjudicara el haber sido recomendado por un general de la Unión; pero la marquesa habló expresivamente a Barzanallana, ponderándole la capacidad y el celo del empleado andaluz, y esto bastó para que quedara bien seguro en la nueva situación. El vulgo avieso y mal pensado vio en esta protección lo que no había, pues si *la moruna* endulzaba entonces su existencia con algún pasatiempo amoroso, iba su capricho por órbita muy distinta de la de Riva Guisando, y si en pasos de amor andaba este, por querencia desinteresada o por estímulos de su ambición, no pisaba los caminos de Eufrasia, su incomparable amiga y protectora. La lógica de tal protección era que *la moruna* admiraba al caballero del milagro español, el único milagro que admitían tiempos tan irreligiosos y corruptos, la suprema maravilla de ser grato a todos ejerciendo la elegancia como virtud, y la virtud como arte. Era don José de la Riva algo nuevo y grande en nuestra sociedad: la esperanza del reino del bienestar y de la alegría, destronando a la miseria triste.

XX

¡No había caído mala nube sobre nuestra pobre España! Los moderados, con el brazo férreo de Narváez y la despejada cabeza de Nocedal, estaban otra vez en campaña, comiéndose los niños crudos, y los buenos platos guisados del presupuesto. Todo para ellos era poco: ni una plaza dejaron para los infelices del Progreso y la Unión. A los españoles que no eran borregos del odioso *moderantismo*, les miraban como clase inferior, esclava y embrutecida. ¿Era esto gobernar un país? ¿Era esto más que una feroz política de venganza? A la Ley de Desamortización dieron carpetazo, y en cambio sacaban nueva Ley de Imprenta, que no era más que un régimen de mordaza, de Inquisición contra la grande herejía de la verdad. Temblaban los ciudadanos que en su vida tenían algún antecedente liberal; otros defendían sus personas y haciendas con el ardid de la adulación. El alma de España cubríase de las nieblas del miedo y en sí misma se recogía, como los inocentes acusados y perseguidos que al fin llegan a creerse criminales.

Ya no se atrevía el iracundo Centurión a soltar en público sus honrados anatemas. Temeroso de que sobre él o sobre sus buenos amigos recayese algún duro castigo, licenció la tertulia del café de Platerías. Los leales que le escuchaban como a un oráculo hubieron de congregarse en la propia casa o templo de don Mariano, que al quedar cesante, tuvo que cambiar la dispendiosa vivienda en la calle de los Autores por otra más reducida y barata en la de San Carlos, esquina a Ministriles. Lo más doloroso de la mudanza fue el transporte de jardines balconeros, y la precisión de deshacerse de corpulentos árboles y enredaderas vistosas que no tenían espacio en la nueva casa. Sobrellevó con cristiana paciencia doña Celia este desmoche de su riqueza forestal, y don Mariano, en un arranque de amargo pesimismo, entristeció más el alma de su esposa con estos lúgubres conceptos: «Abandona, Celia, todas tus plantas aromáticas y floridas, y trae a tus balcones un ciprés y un llorón, únicos árboles que ahora nos cuadran. Cadáveres o poco menos somos, y nuestra casa cementerio.»

A darle conversación iban algunas tardes el bajo Cavallieri, que se defendía míseramente cantando en las misas solemnes y en los funerales de primera; don Segundo Cuadrado, que con tétrico humorismo trataba de regocijar los abatidos ánimos; Nicasio Pulpis, que iba pocas veces, casi de tapadillo, con el solo fin de hablar pestes del Gobierno y desahogarse, pues ya los militares ni en los rincones más oscuros de los cafés podían aventurar una palabra de política. Iba muy de tarde en tarde Baldomero Galán, y no aparecían ya por allí ni la marquesa de San Blas, ni Aniceto Navascués, ni Paco Bringas, estos dos últimos vendidos al Gobierno y adulones de Nocedal.

Si en política no transigía Centurión por nada de este mundo con sus enemigos, en otros órdenes de la vida era menos inflexible, y daba paz a su fiereza. Amansado por la desgracia, volvió a tratarse con la coronela, viuda de Villaescusa, y recibía de ella alguno que otro obsequio. Por Manolita sabía las buenas andanzas de Teresa en París, lo alegre que estaba y el mucho dinero de que disponía. La madre y la hija se escribían a menudo, y en ninguna de sus cartas dejaba Manolita de recordar a Teresa el cuidado de allegar el consabido millón, que le asegurara la existencia por el resto de sus días. Para hablar de esto, tenía la coronela que emplear una clave, escondiendo la idea del millón debajo de la figura y nombre de un santo muy venerado. «No se aparte de tu mente —leía Teresa—, ni de día ni de noche la devoción que debes a nuestro santo tutelar el bendito San Millán. Que ese glorioso santo guíe tus pasos, que sea contigo siempre, y que te acompañe cuando vuelvas al lado de tu madre.»

Refería Manolita cuantas impresiones le comunicaba Teresa, los monumentos que veía, las preciosidades sin número que Isaac le compraba, y cuando se le iba concluyendo la realidad, metíase a inventar nuevos prodigios. Una tarde, no teniendo cosa positiva que contar, relató un sueño que tuvo la noche antes, el cual, si fuese verdad, había de traer grande trastorno al mundo. Desgraciadamente, no era más que sueño, si bien de los más lógicos y verosímiles. Pues Señor, Manolita había soñado que su hija llamaba la atención en París... Iba por la calle, y todos se paraban para mirarla. Millonarios franceses y príncipes rusos le enviaban ramos de flores y cartitas pidiéndole relaciones. Tanto de ella se hablaba, que Napoleón quiso verla. De la ocasión y lugar en que la vio, nada decía la señora: este punto interesante quedaba envuelto en las neblinas del sueño... Total: que al Emperador le entró la niña por el ojo derecho. Locamente enamorado, iba de un lado para otro en las Tullerías clamando por Teresa, y pidiendo que se la llevaran...

Aquí terminaba el sueño, y era lástima. ¡Sabe Dios la cola que traería el capricho imperial, y las complicaciones europeas que podían sobrevenir si...! En fin, no hay que reírse de los sueños, que a lo mejor resultan profecías o barruntos vagos de la realidad.

Para Centurión, que no tenía derechos pasivos, era la realidad bien triste, sin que la embelleciera ningún ensueño. La situación reaccionaria, reforzada por el innegable talento de Nocedal, llevaba trazas de perpetuarse. Había moderados para un rato. Y aun cuando la reina, con otra repentina veleidad, les pusiese en la calle, sería para traernos a O'Donnell, con su caterva de señoretes tan bien apañados de ropa como desnudos del cacumen. No había, pues, esperanzas de colocación, los escasos ahorros se irían agotando, y la miseria que ya rondaba, vendría con adusto rostro a prepararles una muerte tristísima. Como si las propias desgracias no fueran bastantes, las ajenas llamaban a la puerta de don Mariano con desgarrador acento. Leovigildo Rodríguez, que en la desesperación de su miseria solía recurrir a las casas de juego, arriesgando un par de pesetas para sacar un par de napoleones, tuvo un percance en cierto garito de la Plaza mayor, junto a la Escalerilla. Por un tuyo y mío surgió pendencia soez, y arrastrado a ella Leovigildo por su genio arrebatado, recibió un navajazo en el costado derecho, que a poco más le deja en el sitio. La herida era grave, pero no mortal. Lleváronle a una botica próxima; de allí, a su casa; Mercedes se desmayó, y los chicos entonaron un coro angélico que partía los corazones. Acudió Centurión al clamor de la vecindad, pues Leovigildo vivía en la calle de Lavapiés muy cerca de la de San Carlos, y viendo que en la casa se carecía de todo, y no había medios de hacer frente a la gran calamidad que se entraba por las puertas, acudió a Segismunda, hermana del herido. Esta fatua señora se limitó al ofrecimiento de sufragar los gastos de médico y botica. No podía más, según dijo, y harta estaba ya de socorrer a su hermano, que con su mala cabeza y peor conducta llamaba sobre sí todos los infortunios. Tan bárbaro despego puso al buen don Mariano en el compromiso de atender a la manutención de toda la chiquillería y de la madre, mientras el herido se restableciese, que ello sería muy largo. ¿Qué había de hacer el hombre?

Y menos mal si las calamidades vinieran solas; que solas ¡ay! no venían, sino trabadas entre sí con enredo de culebras que retuercen la cola de una en la cabeza de otra. A la entrada de primavera tuvo doña Celia un ataque de reúma que empezó con agudos dolores en la cintura, acabando en una completa invalidez y postración de ambas piernas. Creyó Centurión que el cielo se le desplomaba encima. Habría tomado para sí la enfermedad de su esposa, si estos cambios pudieran efectuarse. Se avecinaban días horrorosos, requerimientos de médicos, que uno y dos no habían de bastar; dispendios de botica, y, sobre todo, el dolor de ver en tan gran sufrimiento a la bonísima Celia. ¡Y este traspaso, estas angustias, venían en tiempo de maldición, que maldición es la cesantía y azote de pueblos!... Antes castigaba Dios a la Humanidad con el Diluvio; a Sodoma y Gomorra con el fuego: ahora, descargando sobre los países corruptos una nube de *moderados*, en vez de castigar a los malos, les da de comer, y a los buenos les mata de hambre. «¿Quién entiende esto, Señor; qué cojondrios de justicia es la que mandan los cielos sobre la tierra?»

Ya sabía Dios lo que hacía. Proponiéndose tal vez dar a la Humanidad otro Job que fuera lección y ejemplo de paciencia ante la rigurosa adversidad, dispuso que cayeran sobre el poco sufrido don Mariano nuevas y más atroces desventuras, que se referirán a su debido tiempo. Sépase ahora que las demasías del Gobierno Narváez-Nocedal tenían constantemente al infeliz cesante en un grado de exaltación que le amargaba la existencia. Cuando se hicieron públicos los graves sucesos del Arahal, una revolución más agraria que política, no bien conocida ni estudiada en aquel tiempo, no podía el buen hombre contener su ira, y en medio de la calle con descompuestos gritos expresaba su protesta contra la bárbara represión de aquel movimiento. Cuadrado, que con él venía calle abajo por la de Lavapiés, le recomendó que adelgazara la voz y reprimiera su justa cólera, pues no estaban los tiempos para vociferar en público sobre tan delicadas materias. Pero él no hacía caso: a borbotones le salían los apóstrofes, y la justicia y la verdad que proclamaba no se avenían a quedarse de labios adentro. En la puerta de la tienda de un sillero, conocido en todo el barrio por sus fogosas ideas, puso cátedra Centurión, y ante el auditorio que pronto se le formó, el sillero y su mujer, el zapatero de un portal próximo, dos transeúntes que se agregaron y cuatro chiquillos de la calle, rompió con estas furibundas declamaciones:

«¿Qué pedían los valientes revolucionarios del Arahal? ¿Pedían Libertad? No. ¿Pedían la Constitución del 12 o del 37? No. ¿Pedían acaso la Desamortización? No. Pedían pan... pan... quizás en forma y condimento de gazpacho... Y este pan lo pedían llamando al pan Democracia, y a su hambre Reacción... quiere decirse que para matar el hambre, o sea la Reacción, necesitaban Democracia, o llámese pan para mayor claridad... No creáis que aquella revolución era política, ni que reclamaba un cambio de Gobierno... Era el movimiento y la voz de la primera necesidad humana, el comer. Bueno: ¿pues qué hace el Gobierno con estos pobres hambrientos? ¿Mandarles algunos carros cargados de hogazas? No. ¿Mandarles harina para que amasen el pan? No. ¿Mandarles cuartos para que compren harina? No. Les manda dos batallones con las cartucheras surtidas de pólvora y balas. La tropa, bien comida, pone cerco al pueblo, embiste, penetra en las calles y acosa con tiros a la multitud revolucionaria para que se entregue. ¿Por ventura los soldados apuntan a la cabeza? No. ¿Apuntan al corazón? No. Apuntan a los estómagos, que son las entrañas culpables. El corazón y el cerebro no son culpables... No van los tiros a matar las ideas, que no existen; no van a matar los sentimientos, que tampoco existen: van a matar el hambre... Dominada la insurrección y cogidos prisioneros sin fin, el jefe de la fuerza escoge para escarmiento los que han sido más levantiscos... En las caras se les conoce su perversidad: fíjanse en los más pálidos, en los más demacrados. Aquellos, aquellos son los que gritaron Democracia, que fue un disimulo del grito de Pan... Pues escogidos cien democráticos, o dígase cien estómagos vacíos, los llevaron contra unas tapias que hay a la salida del pueblo, y allí les sirvieron la comida, quiero decir, que los fusilaron... Y ya se les cerró el apetito, que abierto tenían de par en par. No hay cosa que más pronto quite la gana de comer que cuatro tiros con buena puntería... Esos cien hambrientos pronto quedaron hartos... Ya lo veis, señores: cien hombres fusilados por el delito de no haber almorzado, ni comido, ni cenado en muchos días. ¡A esto llaman Narváez y Nocedal gobernar a España! España pide sopas: ¡tiros! España pide Justicia: ¡tiros! Yo pregunto: ¿tiene hambre Narváez? No tiene hambre, sino sed de sangre española. Pues démosle nuestra sangre; que acabe de una vez con todos los buenos liberales. ¿Preferís vivir sin comer a morir de un tiro? No... ¿De qué os duele el estómago, de empacho de

Libertad, o de vacío de alimentos? De vacío de alimentos. ¿Creéis que con ese horrible vacío se puede vivir? No. Pues pedid al Gobierno que os mate, que bien sabe hacerlo... Y para abreviar, digo yo: ¿no sería más sencillo que al decretar las cesantías en un cambio de Gobierno nos reunieran en un patio o en la Plaza de Toros a todos los cesantes con sus familias respectivas, y poniéndonos en fila delante de un pelotón de soldados, nos vendaran los ojos y nos mandaran rezar el *Credo*...? El jefe de la fuerza daría las voces de ordenanza: "*¡Preparen!... ¡apunten!... ¡cesen!...*" y pataplum... Cesábamos... Todas las penas se acababan de una vez... Con Dios, señores, y a casa, que huele a pólvora... y sopla un aire tempestuoso cargado de Nocedales... Con Dios.»

XXI

Aunque debía su puesto a *los hombres de julio*, el gran *Sebo* era una excepción venturosa en nuestra política, y no estaba cesante bajo la dominación moderada. Decía de él Centurión que era una de esas lapas que no se desprenden de la roca sino hechas pedacitos. El caso fue que en la crisis de octubre del 56, la subida de Narváez hirió a Telesforo en lo más sensible de su dignidad. ¿Con qué cara continuaría en su empleo, él, que bien podía contarse, y a mucha honra, entre *los hombres de Vicálvaro*? ¿Presentaría la dimisión antes que un ignominioso puntapié le lanzara a la calle? En tales dudas estaba, cuando su protector, el marqués de Beramendi, confortó su turbado espíritu con estas razones: «Usted no dimite, ni le dimiten, porque es un funcionario irreemplazable en el organismo de la Administración. Y para que el amigo Nocedal así lo comprenda, y detenga la mano aleve que a estas horas emborrona las cesantías, voy a prevenirle al instante, diciéndole quién es *Sebo* y lo que significa y vale.» Así lo hizo Fajardo, y no fue preciso más para que *las narices de perro pachón* se salvaran del desmoche, y ejercieran su olfato en servicio del nuevo ministro.

Un año después de esto, en octubre del 57, tuvo que ver Beramendi a Nocedal para un asunto que vivamente le interesaba; mas antes de ir a Gobernación, habló con Telesforo, habilísimo en descubrir hechos ignorados y en encontrar la relación de ellos con otros conocidos. De él sacó Beramendi cuantos datos podían servirle, y se fue derecho a Nocedal, cogiéndole en su despacho a la hora en que le creyó menos agobiado de visitantes políticos y de pretendientes jaquecosos.

Apreciaba realmente Fajardo al ministro de la Gobernación, aunque las ideas de uno y otro rabiaban de verse juntas; le tenía en gran estima por su talento, por su cultura y amenidad, y hasta por el gallardo cinismo con que había pasado de la exaltación progresista a los furores ultramontanos. No veía en esto defección ni apostasía, creyendo que ningún hombre está obligado en edad madura a respetar su propia juventud. La juventud es aprendizaje, ensayo de medios de vida, tanteo y calicata de terrenos. Cada cual sabe a dónde va, y por dónde va más seguro, según sus aspiraciones y fines. El pensar, al vivir debe subordinarse. Nocedal comprendió que por el Progresismo, terreno a media formación y surcado de zanjas peligrosas, no se iba a ninguna parte. Los caminos de la reacción podían llevarle más pronto a resolver los capitales problemas de la existencia. La Libertad era, en verdad, cosa espléndida y sugestiva; pero aventurarse por sus senderos tortuosos y de extremada longitud, era locura no teniendo doscientos o trescientos años por delante. La vida es corta. ¿A qué malograrla en lo inseguro, en lo discutido, en lo variable? ¿No es más práctico apoyarla en lo indiscutible y eterno, en la base sólida de las cosas dogmáticas? Beramendi se ponía en su caso, y hallaba muy natural que hubiese tomado postura política al arrimo de la Iglesia. Era un gran talento que gustaba de comodines. Fácil es la política en que todo se arregla echando a Dios por delante: no es preciso argumentar mucho para esto, porque en el ultramontanismo todo está pensado ya. ¡Qué cómodo es tener la fuerza lógica hecha y acopiada para cuantos problemas de gobierno puedan ocurrir!

Entró Beramendi en el despacho del ministro; este se fue a su encuentro con rostro alegre, y al estrecharle ambas manos tiró de él para llevarle junto a un balcón donde podían hablar con más reserva. Contra las presunciones de Fajardo, había gente, aunque no mucha ni la más enfadosa del ganado político. «Ya sé a qué viene usted —dijo el ministro—. Y usted sabe también que este cura, Cándido Nocedal, ha hecho en el asunto cuanto humanamente podía...

—No, amigo, no: usted puede y debe hacer mucho más. Déjeme recordarle el caso y agregar algunos antecedentes que usted ignora.

—Me parece que no ignoro nada. La hija de Socobio y su amante vinieron a Madrid el mes pasado... Creo que de un pueblo próximo a Villalba. Traían un niño enfermo, el único hijo que han tenido, creo yo.

—El único. El niño tenía poco más de dos años. Por quien le ha visto sé que era una criatura ideal... Enfermó en el pueblo, y no sabiendo sus padres cómo curarle, le trajeron a Madrid. Se alojaron en la calle de la Ventosa, miserablemente; buscaron médico... Ni el médico pudo hacer nada, ni Dios quiso salvar al niño. Imagínese usted, mi querido Nocedal, la tribulación de aquellos infelices, privados de todo recurso... Y en esta situación, la infame policía les rondaba.

—Y qué quiere usted, amigo mío. La policía tiene que cumplir con su deber. No deja de ser lo que es porque los criminales se encuentren en una situación patética, digna de piedad, de misericordia...

—Déjeme seguir. Muerto el pequeñín, había que enterrarle. Leoncio se procuró un ataúd blanco. Entre los dos amortajaron al pobre ángel... Sé todo esto por quien lo vio... le vistieron con sus trapitos remendados, le pusieron flores y ramitos de albahaca... Leoncio cogió la caja para llevarla al cementerio... Salió, tomó su camino por el Paseo Imperial. Figúrese usted si iría desolado el hombre.

—Sí... Desoladísimo, y la situación algo novelesca... Ya sé lo que usted me va a decir ahora... Que los policías escogieron aquel momento de emoción tan grande y bella para echar el guante a Leoncio... Sí, sí: es tremendo; pero qué quiere usted, la ley es la ley. Observe, querido Pepe, que los policías no fueron insensibles a la tribulación de un padre que va camino del cementerio con su hijo debajo del brazo: respetaron aquel dolor inmenso...

—Pero lo seguían... Esperaban a que el niño quedara en la tierra, para caer sobre el padre...

—Y eso prueba que no son los agentes de seguridad tan inhumanos como se cree... Luego que Leoncio cumplió sus últimos deberes de padre, salió del cementerio...

—Y no había dado veinte pasos, cuando se abalanzaron a él como perros de presa...

—Cumplían las órdenes que se les dieron. El otro sacó una pistola de esas que llaman *giratorias*, y empezó a tiros con los agentes: a uno le metió una bala en la clavícula; al otro le habría dejado en el sitio si con tiempo no se hubiera puesto en salvo... Él mismo ha referido que corría más que el viento.

—¡Lástima que Leoncio no hubiera matado a esos canallas! En fin, el valiente chico escapó de milagro... Locos andan los guindillas buscándole.

—Y le encontrarán, créalo usted.

—Antes de que le encuentren, querido Nocedal, yo vengo a pedirle a usted que dé órdenes a don José de Zaragoza o al inspector Briones para que dejen en paz a ese hombre infeliz... Leoncio no es más criminal que usted ni que yo, ni que otros mil, burladores de matrimonios y de toda ley religiosa y social.

—Por Dios, mi querido Beramendi, nosotros seremos eso y algo más... Allá usted con la responsabilidad de lo que dice; pero ni a usted ni a mí, gracias a Dios, se nos ha formado causa por adulterio y rapto, con agravante de abuso de confianza... ¿Qué quiere usted que haga yo, yo, que habré sido el pecado, paso por ello, pero que ahora soy la ley?... Es uno pecado y es uno ley cuando menos lo piensa. Yo haría fácilmente, en este caso, lo que el amigo me pide: coger la ley y meterla donde nadie la viese... ¿Pero no sabe el amigo que tengo sobre mí la mosca de don Serafín del Socobio, que no me deja vivir, que viene a mí con sus pretensiones, asistido del arzobispo, del nuncio, del presidente del Consejo, de la reina y del Verbo Divino, para que yo coja y encierre y haga picadillo al lobo que se llevó la oveja del *Joven Anacarsis*? ¿Si el juez me pide que le busque y le capture y le traiga atado codo con codo, qué he de hacer yo?

—Pues nada: mandar a paseo al juez, y a don Serafín, y a todas las personas altas que apoyan esa barbarie... Yo pregunto: ¿Leoncio Ansúrez se llevó a Virginia contra la voluntad de esta?... ¿Por ventura empleó engaño para llevársela, o recursos de magnetismo, o algún brebaje maléfico?... ¿Cree usted que en la situación presente de Virginia y Leoncio, es legal y moral separarles? Ya sabe usted, Nocedal amigo, que entre sacristanes, la efigie milagrosa pierde mucho de su veneración. La moral labrada toscamente y vestida de colorines, ante la cual el vulgo se arrodilla y reza, a nosotros poco o nada nos dice. Quitémonos la máscara, Nocedal, y hablemos claro. Ponga usted la mano sobre su conciencia, y dígame si cree que ese hombre, el hombre del niño muerto y de la pistola giratoria, debe ser perseguido como un criminal.

—¿Quién lo duda, marqués? ¡A dónde iríamos a parar si aplicáramos al pueblo la moral que usted llama de los sacristanes!»

Dijo esto con su habitual gracejo, mirando al amigo y turbándole un tanto con la fina sonrisa que solía poner en su rostro volteriano. Muy serio contestó Beramendi: «Iríamos a parar a donde estamos: a la relajación de toda ley, al libre ambiente de una sociedad en la cual todos somos unos grandes bribones que nos pasamos la vida perdonándonos nuestras picardías y barrabasadas. Si no tuviera esta sociedad el perdón y la indulgencia, no tendría ninguna virtud. Toda la moral que viene de arriba, en cuanto toca al suelo, queda reducida a un Prontuario de reglas prácticas para uso de las personas pudientes... Elevémonos un poco sobre estos absurdos; levantemos nuestros corazones, que usted puede hacerlo como nadie: su gran talento le ayudará. Tras de usted voy yo, y con usted subo... Seamos un poquito indulgentes con ese humilde ladrón de mujer casada, ya que con ladrones mejor vestidos hemos derrochado tanta indulgencia... ¿No lo cree usted así?

—¿Yo qué he de creer? —replicó Nocedal echándolo todo a risa—. Ingenioso es lo que usted me dice, y yo le oigo con mucho gusto...

—Pero oyéndome con mucho gusto, en cuanto yo vuelva la espalda tomará usted sus medidas para cometer la gran iniquidad. No me mire con esos ojos, que no sé si son asombrados o burlones... La intención del ministro bien comprendida está... Han hecho ustedes una *Ley de vagos*...

—Sí, señor. Ley de higiene social, de policía política...

—Está bien. Esa Ley, que ya es inicua por facilitar la persecución y destierro de la gente política de oposición, lo es mucho más porque con ella se desembarazan los amigos del Gobierno de toda persona que les estorba. ¿Que don Fulano o don Mengano, personaje o fantasmón influyente; que la Zutanita o la Perenzejita, damas, o menos que damas, querindangas tal vez de cualquier cacicón, tienen algún enemigo a quien desean apabullar con razón o sin ella? Pues aquí está la Ley de vagos para socorrer a los bien aventurados que tienen hambre y sed de venganza.

—¡Eh... poco a poco, marqués! —dijo don Cándido con gravedad sincera—. Eso podrán hacerlo otros... No lo sé. Lo que aseguro es que yo no lo hago.

—Pero como en el caso de Leoncio Ansúrez hay causa criminal pendiente, el señor ministro lo hará, y se quedará tan fresco, y ni aun se lavará las manos con que ha dado el golpe. ¡Qué manera tan sencilla y fácil de dar satisfacción a esos malditos Socobios! Coge la policía al desdichado Ansúrez, y por el doble delito de robar a Virginia y del desacato reciente a la autoridad, me le mandan a Leganés atado codo con codo. De allí, sin dejarle respirar, sin que nadie se entere, ni puedan socorrerle los que le aman, saldrá para Filipinas o para Fernando Poo en la primera cuerda... ¡Qué bonita, qué rápida sentencia! ¡Y la pobre mujer, que por fas o por nefas tiene puesto en él todo su cariño, esperándole hoy, esperándole mañana, esperándole quizá toda la vida!

—Es triste... Sí... Ya ven que el amor libre tiene sus quiebras...

—El amor atado las tiene mayores... Y ya que hemos nombrado a Virginia, sabrá usted que la he recogido, la he puesto en lugar seguro... No me pregunte usted dónde... y me la llevaré a mi casa, donde Ignacia y yo la tendremos y miraremos como hermana, si nuestro buen amigo persiste en aplicar a Leoncio la Ley de vagos.

—Verdaderamente —dijo el ministro fingiéndose sorprendido para disimular su inclinación a la benevolencia—, no sé, no entiendo, mi querido marqués, los móviles de ese interés de usted por un quídam, por un zascandil...

—Los móviles de este grande interés —replicó Beramendi con acento grave—, no son otros que un ardiente amor a la justicia. La justicia esencial me mueve... Y esto que digo, bien lo comprende usted. En el fondo de su espíritu, usted piensa y siente como yo... Pero desde el fondo del espíritu de Nocedal a la exterioridad del hombre público, del ultramontano por conveniencia, del ministro de la Gobernación, hay distancia tan grande, que los sentimientos no tienen tiempo de llegar a los ojos, a los labios... ¿Qué?

—No he dicho nada. Siga usted.

—Solo me queda por decir que si el amigo no me hace caso, si no satisface este anhelo mío de justicia, perderemos las amistades.

—¿Así como suena?... ¿Perder las amistades?... Y amistades que no son políticas, sino de puro afecto y simpatía.

—Afecto y simpatía se desvanecerán. Además de eso, yo perderé una ilusión: el convencimiento de que Nocedal no es tan fiero como le pintan.»

Tanto y con tanto ardor insistió Fajardo en su pretensión humanitaria, que el otro, si no se dio a partido resueltamente, bien claro mostraba en su rostro la flexibilidad inherente a todo político español; blandura de voluntad que si en el común de los casos que afectan al interés público es defecto grande, en algún particular caso, como el que ahora se cuenta, era hermosa virtud. Un poco más de matraca del bravo Beramendi, y ya podría Leoncio reírse de la trampa que le tenían armada... No era, en efecto, el ministro de la Gobernación tan fiero como se le pintaba. Su destemplado ultramontanismo, manifiesto en la vaguedad de los principios y en la retumbancia de los discursos, apenas tenía eficaz acción en la vida práctica, y si en la general esfera política funcionaba con estridente ruido el potro de tormento, en la esfera privada y en los casos particulares, todos los garfios y ruedas de la tal máquina se volvían completamente inofensivos. Era Nocedal un hombre culto, de trato amenísimo, que había tomado la postura ultramontana porque con ella descollaba más fácilmente entre sus contemporáneos. Si los caracteres son producto y resultancia de elementos éticos que, difusos y sin conformidad entre sí, se ramifican en el fondo social, el complejo ser de don Cándido había tomado su fundamental savia de yacimientos morales muy desperdigados y diferentes. Sensible como pocos al amor, la ternura de su corazón ante el sexo débil le inspiraba la piedad en la vida política. Por eso, si no presenta su conducta privada el modelo perfecto del hombre, tampoco hay en su gestión pública actos de crueldad; si por la doctrina ultra-reaccionaria que profesó fue odioso a muchos que no le conocían, su trato encantador y afabilísimo le hizo simpático a cuantos le trataban. Juzgándole por el aspecto declamatorio y vano que lleva en sí todo papel político, aparece como un discípulo de Torquemada, o como Gregorio VII redivivo; pero si le hacemos bajar a las llanezas de la Administración, vemos en él un excelente gobernante, que supo llevar el orden, la actividad y la rectitud al departamento que regía.

Seguro ya de haber conquistado el corazón del ministro, despidiose Beramendi con extremos de afecto y gratitud... Algún recelo le asaltó al partir; ya próximo a la puerta, retrocedió, diciendo a su amigo: «No me voy tranquilo, Nocedal... y es que... Me temo que usted, con toda su buena voluntad, no pueda ocuparse de este asunto... por falta de tiempo... Déjeme que le explique... La gran tensión de espíritu que he puesto en salvar a Leoncio, me quitó de la memoria... Algo que quería decir a usted... Es una noticia de sensación. Allá va: están ustedes caídos.»

Riendo, contestó Nocedal algo que expresaba dubitación no exenta de intranquilidad.

«Lo sé por el conducto más auténtico. La Regia prerrogativa, que hemos convenido en comparar a una veleta, ha dado una vuelta en redondo.

—Cuentos, amigo, chismajos de la Puerta del Sol. Su Majestad está en meses mayores y no se ocupa de política.

—Su Majestad está fuera de cuenta, y ha decidido que la noticia de su alumbramiento no la dé al país el Ministerio Narváez-Nocedal. Veo que usted no lo cree... tal vez lo duda. Pues *in dubiis libertas*. La libertad de ese Leoncio me arreglará usted sin tardanza. Hoy mismo, por lo que pueda tronar...

—Arreglado quedará hoy.

—Hágalo usted por mí, por la Justicia... y por el feliz alumbramiento de doña Isabel II.»

XXII

En la Puerta del Sol se encontraron Beramendi y el *Joven Anacarsis*, ¡oh fatalidad cómica de los encuentros personales en el laberinto de las poblaciones!, y después de los saludos, cambiáronse las preguntas que infaliblemente se hacían siempre que la casualidad les juntaba. Ernesto preguntó por Aransis, y Beramendi por Teresa Villaescusa. Ved aquí las respuestas: continuaba en Atenas el marqués de Loarre; pero fatigado ya de la vida helénica y algo resentida su salud, había pedido licencia para venir a Madrid y gestionar su traslado a Bruselas o Stockolmo. Teresa volvía de París, después de ausencia larga y de no pocas peripecias, según le habían contado a Ernestito sus amigos del Crédito Franco-Español. Ya no *hablaba* con Brizard; los motivos del acabamiento de relaciones, *Anacarsis* los ignoraba.

Solo sabía que la hermosa mujer había cogido en sus redes a un marqués o conde andaluz, tan cargado de años como de dinero, según decían, y no libre de los achaques que anublan el ocaso de una vida de continuos goces... De algo más habló Ernesto; pero en la memoria de Beramendi no quedó rastro de ello, y con indiferencia le vio partir y desvanecerse en aquella muchedumbre de la Puerta del Sol, compuesta de desocupados expectantes y de transeúntes sin prisa.

El mismo día en que Isabel II dio a luz con toda felicidad un príncipe que había de llamarse Alfonso, llegó a Madrid Teresa Villaescusa. Recibíala su patria con tumulto de alegría y esperanzas, y con preparativo de festejos: hasta en esto había de tener Teresa buena sombra. En su paso desde la frontera a Madrid, las impresiones que recibió fueron asimismo muy gratas, según contó meses adelante a sus amigos de esta Corte. Ello fue que, viniendo de un país tan bello como Francia y de ciudad tan opulenta y fastuosa como París, al embocar a España por Behovia no sintió la tristeza que deprime el ánimo de la mayoría de los viajeros cuando pasan de la civilización a la incultura, y del vivir amplio a la estrechez mísera; sintió más bien alborozo y verdadero amor de familia. Atravesando en la diligencia las estepas de Castilla, no se cansaba Teresa de contemplar las tierras pardas, sin vegetación, a trechos labradas para la próxima siembra; entreteníase mirando y distinguiendo los tonos diferentes de aquella tierra esquilmada, madre generosa que viene dando de comer a la raza desde los tiempos más remotos, sin que un eficaz cultivo reconstituya su savia o su sangre. Miraba los pueblos pardos como el suelo, las mezquinas casas formando corrillo en torno a un petulante campanario... Ni amenidad, ni frescura, ni risueños prados veía, y, no obstante, todo le interesaba por ser suyo, y en todo ponía su cariño, como si hubiera nacido en aquellas casuchas tristes y jugado de niña en los ejidos polvorosos. Las mujeres vestidas con justillo, y con verdes o negros refajos, atraían su atención. Sentía piedad de verlas desmedradas, consumidas prematuramente por las inclemencias de la naturaleza en suelo tan duro y trabajoso. Las que aún eran jóvenes tenían rugosa la piel. Bajo las huecas sayas asomaban negras piernas enflaquecidas. Los hombres, avellanados, zancudos, con su seriedad de hidalgos venidos a menos, parecían llorar grandezas perdidas. Todo lo vio y admiró Teresa, ardiendo en piedad de aquella desdichada gente que tan mal vivía, esclava del terruño, y juguete de la desdeñosa autoridad de los poderosos de las ciudades. Por todo el camino, al través de las llanadas melancólicas, de las sierras calvas, de los montes graníticos, iba empapando su mente en esta compasión de la España pobre, a solas, muy a solas, pues la persona que la acompañaba esparcía sus pensamientos por otras esferas.

En Madrid permaneció Teresa algunos días en completa oscuridad. Advirtieron los amigos y parientes de la familia que la coronela no echaba las campanas a vuelo por la llegada de su hija, sin duda porque esta no había rezado bastante al bendito San Millán para que le concediera el millón, objeto de las ansias maternales. Según indicaciones de Manolita, el rompimiento con Brizard no había sido por culpa de Teresa, cuyo comportamiento con el caballero francés fue siempre correctísimo. Los padres de Isaac le prepararon matrimonio con una opulenta señorita alsaciana, que debía de ser hebrea por el sonsonete del nombre, algo así como *Raquel* o *Rebeca*... Lo que le supo peor a Manolita fue que Brizard, al despedirse de Teresa, no le dio más que la porquería de diez mil francos. ¡Quién lo había de creer de un hombre tan rico, tan rico, que solo en un punto que llaman Mulhouse tenía tres fábricas de hilados, y en otro punto que llaman Charleroi, allá por los Países Bajos, poseía minas de carbón muy grandes, muy ricas! En fin, no había más remedio que tener paciencia. Daba a entender asimismo la coronela que no era muy de su devoción aquel *embalsamado* con quien Teresa volvía de París, un señor flaco, atildado y mortecino, que parecía un Cristo retirado de los altares. Limpio era y de maneras finísimas el marqués de Itálica, que así le llamaban; pero algo tacaño, y además hurón: venía con el propósito de llevarse a Teresa a un pueblo de Sevilla donde tenía gran casa y hacienda mucha. ¡Vaya, que meter a la niña en un villorrio y esconderla como cosa mala!... Nada pudo contra esto Manolita, y vio pasar a su hija por Madrid como una sombra triste, después de socorrer a Centurión con algún dinero y a doña Celia con cuatro hermosas macetas de flores.

Hallábase Beramendi en aquellos días muy debilitado de memoria y con los ánimos caídos. Pasaban hechos y personas por delante de su vista sin dejar imagen ni apenas recuerdo, y la vida externa le interesaba poco, como no fuera en la esfera familiar y de las íntimas afecciones. Una vez que aseguró la libertad y sosiego de *Mita* y *Ley*, y les vio partir para el pueblo donde tenían su habitual residencia y modo de vivir, quedó tranquilo y no se ocupó más que de sus propios asuntos. Paseando solo una mañana por la calle de Alcalá, vio a Eufrasia que salía de San José con Valeria. Ambas venían de trapillo eclesiástico, vestiditas modestamente, y con rosario y libro. Ya sabía Beramendi que *la moruna* andaba en la meritoria empresa de corregir a la Navascués de sus locos devaneos, aplicándole la medicina infalible: frecuentar los actos religiosos. Consigo a diferentes iglesias la llevaba, eligiendo aquellas formas de culto que más pudieran cautivar por su solemnidad a la descarriada joven. Y no estaba Eufrasia descontenta. Valeria, mujer de indecisa y floja personalidad, se dejaba modelar fácilmente por toda mano que la cogía. Saludó a las dos damas el buen Fajardo, que después del cambio de cortesanías, oyó de labios de la marquesa estas palabras afectuosas: «¡Ay, Pepe, qué caro se vende usted!... ¿Nosotras? Ya lo ve... venimos de la iglesia, venimos de comulgar... Aprenda usted, hereje, mal cristiano... Adiós, adiós, y vaya usted alguna vez por casa, que allí no nos comemos la gente.»

Siguió cada cual su camino. Beramendi las vio pasar como sombras, y no pensó más en ellas. Así había visto pasar y caer el Ministerio Narváez-Nocedal, cuya política arbitraria y dura llegó a inspirar miedo en Palacio, y así vio venir el Gabinete Armero-Mon-Bermúdez de Castro, que no era más que una cataplasma simple aplicada al tumor nacional; vio después desvanecerse y morir con su último día el año 57, y aparecer con risueño semblante el 58; y vio cómo trajo también este año nuevo su correspondiente Ministerio anodino, que se llamó Istúriz-Sánchez Ocaña, y tan solo se hizo memorable porque, dentro de él, unos tiraban a liberales templados, otros al absolutismo rabioso... En la mente de Fajardo se fijó la idea de que el alma de la Nación, como la de él, sufría un acceso de pesada somnolencia. Todo dormía en la sociedad y en la política; todo era gris, desvaído; todo insonoro y quieto como la superficie de las aguas estancadas. Pasaban meses, y las querellas entre las distintas fracciones moderadas, la *liga blanca*, la *liga negra*, no sacaban a la política de su sombría catalepsia... Por fin, un hombre agudísimo y de cuidado, don José Posada Herrera, astur, largo de cuerpo y de entendederas, puso fin a todo aquel marasmo y atonía de las voluntades.

Antes de ver cómo se movieron las dormidas aguas, sépase que una mañana de fines de mayo fue sorprendido Beramendi por la súbita presencia de Guillermo de Aransis, que apenas llegó de Marsella corrió a los brazos de su entrañable amigo. Doce días había tardado del Pireo a Madrid, rapidísimo viaje en aquellos tiempos de lentitud en todas las cosas. Encontrole Fajardo envejecido, canosa la barba, ralo el pelo, y los ojos privados de aquel alegre resplandor que tuvieron en España. «¿Qué tal las griegas? ¿Te han tratado bien las griegas?» le dijo. Sonrió el de Loarre; y como el otro pidiera con insistencia informes del bello sexo en aquel clásico país, hizo Guillermo un resumen étnico y social de todo el mujerío ateniense, lacedemonio, beocio y tesálico... Luego, en el almuerzo, a instancias de Ignacia y de don Feliciano, dio noticias interesantes de Atenas, de la Acrópolis, del Partenón, de los montes Pindo, Himeto, y hasta del mismísimo Parnaso. Con todas sus hermosuras, más reales en el conocimiento humano que en la propia Naturaleza, Loarre quería dar un solemne adiós a la patria de Homero solicitando la representación de España en un país del norte de Europa. «Pide por esa boca, hijo mío, y no te quedes corto —dijo Beramendi—, que prontito vamos a tener en candelero a nuestro grande amigo *don Leopoldo el Largo*, y a él nos vamos como fieras cuando gustes... ¿Quieres mañana, quieres hoy mismo?»

Respondió Aransis que no había tanta prisa, y que si estaba en puerta O'Donnell, debían esperar a la efectiva entrada. «¡Ay, chico, cómo se conoce que vienes de Grecia, de un país alelado, de un país dormido sobre ruinas! Hay que tomar vez, hijo mío. No permitamos que el aluvión de pretendientes nos coja la delantera. Seamos nosotros aluvión de madrugadores. Iremos mañana. ¿No sabes lo que pasa? En el Ministerio de este pobrecito Istúriz han puesto una bomba, que se llama don José Posada Herrera, la cual estallará el día menos pensado, y vas a ver volar por los aires los restos despedazados del Moderantismo. Y hay más, querido Guillermo. Me consta, por revelación directa y verbal de un amigo mío que tiene alas para entrar en Palacio, y entra por los balcones, por las chimeneas, por las rendijas... vamos, por donde quiere; me consta, digo, que la pobrecita Isabel está desde hace un año muy pesarosa de haber despedido a O'Donnell... Fue un verdadero tropezón y torcedura de pie en aquel baile famoso... Su Majestad no tiene consuelo, y elevando sus Reales ojos a las bóvedas pintadas por Tiépolo, dice que no hay hombre más insufrible que Narváez; que se vio precisada a darle el canuto antes de tiempo, porque con sus malas pulgas y sus intemperancias sacaba de quicio a toda la Nación; que ha traído estos Gabinetes de cerato simple para calmar los ánimos, apurar las Cortes y ganar días, hasta que lleguen los de O'Donnell, que serán largos y felices... Esto y algo más que aquí no puedo decir, tengo yo que contarle al conde de Lucena... A poco que él apriete, España es suya y para mucho tiempo. ¡Arriba la Unión!... Dime tú: ¿has leído el discurso que en el Senado pronunció don Leopoldo en mayo del año último?... *No, padre*. Pues a tu Legación había de llegar la *Gaceta*. Pero tú, entretenido con las grietas, no ponías la menor atención en las cosas de tu patria. En aquel discurso memorable, sin filiíes oratorios, salpicado de frases pedestres y de alguno que otro solecismo, se nos revela O'Donnell como el primer revolucionario y el primer conservador. Él transformará la familia social; él ennoblecerá la política para que esta, a su vez, ayude al engrandecimiento de la sociedad... ¿No me entiendes? Pues ya te lo explicaré mejor. ¡Arriba la Unión, arriba O'Donnell!»

Fueron a visitar al grande hombre, a quien hallaron frío y reservado en la conversación política, afabilísimo y jovial en todo lo que era de pensamiento libre. Algo de las referencias de intimidad palatina que Beramendi le llevó, ya era de él conocido: algo había que ignoraba o que afectaba ignorar, añadiendo que le tenía sin cuidado. Dejaba traslucir la persuasión de que el poder iría pronto a sus manos; pero esperaba sin impaciencia la madurez del hecho. En su íntimo pensar, se decía Beramendi que esta actitud de flemática pasividad no carecía de afectación, finamente disimulada. Era un recurso más de arte político, casi nuevo entre nosotros. Variando graciosamente la conversación, O'Donnell pidió a Guillermo noticias de la política griega, de cómo eran allá las Cámaras, el parlamentarismo, de la forma en que se hacían las elecciones y se mudaban los Gobiernos. Aransis le explicó la política helénica con extremada precisión narrativa, y con detalles pintorescos y ejemplos anecdóticos que daban la impresión justa de la realidad. El general y todos los presentes alabaron la pintura, y doña Manuela sintetizó su juicio con esta seca frase: «Lo mismo que aquí.

—Lo mismo, no —dijo don Leopoldo—. Peor, mucho peor. Nos imitan, y los imitadores valen siempre menos que sus modelos.»

Hablose esto en la modesta casa (calle del Barquillo) y en la modestísima tertulia del general, después de comer. Los íntimos que asiduamente concurrían no pasaban de media docena, y el tiempo se invertía en conversaciones familiares, o en alguna partida de tresillo casero, a tanto ínfimo. El juego favorito de O'Donnell era el ajedrez; pero no quería jugarlo sino cuando la ocasión le deparaba un adversario digno de su maestría. Conviene hacer constar los hábitos sencillísimos del gran don Leopoldo. Por las mañanas solía consagrar largas horas a la lectura de libros y revistas profesionales, que le ponían al tanto de la ciencia militar de su tiempo. Después de almorzar recibía visita de gente política, con la cual charlaba discretamente sin dar largas a su espontaneidad. Paseaba por las tardes, en buen tiempo, con la condesa; no iba jamás a reuniones, y a teatros rarísima vez. Por las noches, después de la tertulia, en la cual se daba el *rompan filas* a hora temprana, tenía largas pláticas con su mujer, que, por sufrir pertinaces insomnios, procuraba entretener los instantes hasta que llegase el del deseado sueño. Gustaba doña Manuela de la lectura de folletines, y se deleitaba y divertía con los más excitantes, de acción enmarañada y liosa, que mal traducidos del francés eran la sabrosa comidilla que daba la prensa de aquel tiempo a *sus amables suscritoras*. Con igual interés se internaba la condesa de Lucena en los asuntos enredosos y en los sentimentales, sin que se le escapara ningún lance ni perdiera jamás el hilo que por tales laberintos la guiaba.

Pues la noche aquella de la visita de Beramendi y Loarre, que debió de ser allá por junio del año 58, retirose como de costumbre doña Manuela a su estancia apenas terminada la tertulia. Tras ella fue don Leopoldo, y como las anteriores noches, la invitó a que se acostara. ¿Qué necesidad tenía de calentarse la cabeza, vestida, leyendo junto al velón? «Yo leo, y tú escuchas hasta que te entre sueño.» Así se hizo: dispuso la doncella el velador junto a la cama después de acostar a la señora; el gran O'Donnell ocupó a la vera de la mesita su sitio, y gozoso del papel familiar que desempeñaba, tiró del periódico y dio comienzo a la lectura, en el pasaje que su buena esposa le indicaba: Capítulo tantos de *El último veterano; La condesa de Harleville y el mayordomo*, por *E. M. De Saint-Hilaire*.

Guiando su vista con el dedo índice que de línea en línea resbalaba, el gran O'Donnell leía:

«Uno de los testigos prestó su sable a nuestro joven, que no decía una palabra; pero apenas se pusieron en guardia, cuando Monsieur Massenot conoció que el artillero, a pesar de ser boquirrubio, sería para él un adversario temible. En efecto: en el momento en que Mr. Massenot se aprestaba a introducir con una estocada recta seis pulgadas de hoja en el estómago del rubio, este ejecutó con su sable un molinete tan rápido, que se hubiera dicho que era un Sol de fuegos artificiales.»»

—¡Qué bien! —exclamó doña Manuela con júbilo—. Ese rubio, ya te acuerdas, es aquel artillerito que vino de la Bretaña disfrazado de buhonero. Por las trazas es hijo natural de la condesa... Adelante.

—«Mariscal en jefe de los alojamientos, recoged vuestra nariz —le dijo el artillero con tranquilidad—, y otra vez sed más amable con vuestros inferiores.» —Estas fueron las únicas palabras que pronunció el rubio.

—Según eso —observó doña Manuela—, ¿le cortó la nariz?

—Así parece... Y bien claro lo dice: «El rostro de Massenot se cubrió de sangre, que corría como dos arroyos sobre sus mostachos grisáceos.»

—Me alegro, Leopoldo... Ande, y que vuelva por otra. Ahora veamos lo que sigue contando Harleville.

—A eso vamos: «Pues bien, mi querido acuchillado —dijo Harleville—, esa desgraciada aventura no corrigió al mayor Massenot, porque en 1815, antes del regreso de nuestro Emperador, se encontraba una tarde en el café Lamblin, en Palais Royal, sentado enfrente de un oficial de Dragones...»

Interrumpió doña Manuela la lectura incorporándose y atendiendo a ruidos que venían del interior de la casa.

—No han llamado —dijo el de Lucena—; sigamos: «enfrente de un oficial de Dragones, a medio sueldo como él...»

Sí que habían llamado, y también habían abierto. Oyeron doña Manuela y su marido los pasos de la doncella, que después de un discreto golpe con los nudillos, entró con un pliego en la mano, y dijo: «Esto trae un señor de Palacio...»

Levantose O'Donnell, y cogido el pliego abriolo despacio, y leyó para sí. Impaciente doña Manuela, quería echarse de la cama con esta ardorosa pregunta: «¿Qué, Leopoldo?... ¿Ya...?

—Sí, ya —replicó el grande hombre imperturbable.

—¡A esta hora! ¿No son ya las doce?

—Su Majestad no quiere que pase la noche sin hablar conmigo... Pronto... A Matías, que saque mi uniforme. Voy a vestirme.»

Hizo doña Manuela por levantarse, movida de la gran vibración nerviosa y del cerebral tumulto que aquel repentino suceso en ella promovía. Mas el general le ordenó que siguiese en la cama, y con tranquilo acento le dijo al despedirse: «Creo que volveré pronto. Si cuando yo vuelva estás desvelada, seguiremos leyendo... Hay que ver si recobra su libertad la condesa, y en qué para ese boquirrubio... Hasta luego.»

XXIII

¡Arriba la *Unión Liberal*! ¡Viva don Leopoldo! Al fin se ponía el cimiento al edificio político que aliaba las expansiones del espíritu moderno con el recogimiento y la majestad de la tradición. ¡Al poder los hombres de juicio sereno, no extraviados por el proselitismo sectario, ni petrificados en bárbaras rutinas! Entren en la vida pública todos los hombres que al saber de cosas de Gobierno reúnen la distinción y el buen empaque social. Vengan la riqueza y los negocios a desempeñar su papel en la política, y ensánchese la vida nacional con la desvinculación de las comodidades, del bienestar y hasta del buen comer. ¡Abajo la Mano Muerta! Desamorticemos y repartamos, no con violencia revolucionaria, sino con parsimonia y suavidad conservadoras, concordando con el Papa la forma y modo de conciliar los intereses de la Iglesia con los de la sociedad civil. Hágase política sinceramente constitucional y parlamentaria. Venga libertad y venga orden, el orden augusto que engendran las leyes bien meditadas y bien cumplidas. Creemos una poderosa Marina, un Ejército potente dentro de nuestros medios, y con este modo de señalar, Ejército y Marina, pidamos un puesto en la diplomacia europea. Salga de su infancia la ciencia, florezcan las artes y despójense nuestras costumbres de toda rudeza y salvajismo. Seamos europeos, seamos presentables, seamos limpios, seamos, en fin, tolerantes, que es como decir limpios del entendimiento, y desechemos la fiereza medieval en nuestros juicios de cosas y personas. Transijamos con las ideas distintas de las nuestras y aun con las contrarias, y pongamos en la cimera de nuestra voluntad, como divisa, la bendita indulgencia.

Esto decía Beramendi, ardiente propagandista de la Unión, en todas las casas adonde solía ir, que no eran pocas, y extremaba sus entusiasmos y el brío de su declamación en la morada de uno y otro Socobio, don Saturno y don Serafín, a las cuales concurría después de algunos años de absentismo. Con la marquesa de Villares de Tajo, cada día más talentuda y perspicaz, tenía Fajardo las grandes pláticas de política. Era una persona con quien daba gusto discutir, disputar y aun pelearse, porque conocía muy bien el mundo, y manejaba con igual donosura las ideas propias y las contrarias. Sin abdicar de sus opiniones narvaísticas, ocasionales sin duda, *la moruna* reconocía la inmensa fuerza con que O'Donnell entraba en campaña, llevando a su lado lo mejor de los dos partidos históricos. Del moderado le seguían nada menos que Martínez de la Rosa, don Alejandro Mon, Istúriz, y otros muchos que estaban ya con un pie dentro de la Unión. Del *Progreso* había tomado a Prim, a Santa Cruz, a Infante, a don Modesto Lafuente, a Lemery, a don Cirilo Álvarez y otros que vendrían detrás. No tenía O'Donnell perdón de Dios si con tales elementos y la grande autoridad adquirida con su sensato proceder en la oposición, desde el 56 al 58, no realizaba una obra memorable de paz y florecimiento en este país. Pronto se vería si España había encontrado al fin su hombre, o si el que a la sazón la tenía entre sus manos era una figura más que añadir a nuestra galería de fantasmones.

El principal móvil de las asiduidades de Beramendi en las casas de uno y otro Socobio, era que se había impuesto la caballeresca empresa de reconciliar a Virginia con sus padres, trabajosa, descomunal aventura. En mayo de aquel año, antes del triunfo de la Unión, dio principio a la campaña poniendo cerco a la terquedad de don Serafín, voluntad maciza, baluarte atávico defendido por ideas contemporáneas del Concilio de Trento. La expugnación de esta formidable plaza era difícil; mas no arredraron al gran batallador Beramendi ni la fortaleza de los muros, ni el vigor de las rutinas que los defendían. Con la táctica del sentimiento obtuvo las primeras ventajas, y desde el recinto sitiado se le llamó a parlamentar. Don Serafín y doña Encarnación manifestaron al caballero que perdonarían a Virginia; que estaban dispuestos a reintegrarla en su amor, a recibirla en su casa, ya viniese sola, ya con la añadidura de algún chiquillo, habido en su deshonesta vagancia. Con ella transigían y con el fruto de su vientre, que ya era mucho transigir, sacrificando sus ideas y su recta moral al irresistible amor de padres. Pero jamás, jamás transigirían con *él* (no le nombraban, no querían saber su nombre); era imposible toda concordia con semejante pillo: antes morir que admitirle al trato de una familia honrada. Para que Virginia pudiese tornar junto a sus padres y estos devolverle su cariño, era menester que el hombre maldito desapareciese, bien por acto de la ley, bien por consentimiento propio, retirándose a un punto lejano, *más allá* de los antípodas. Dispuestos estaban a subvencionar con fuerte suma la fuga del mil veces maldito ladrón, si este consentía en... Beramendi no les dejó concluir. Virginia deseaba la paz con sus padres; pero por encima de esta paz y de todas las paces del mundo estaba la inefable compañía del hombre que amaba. No había, pues, avenencia si don Serafín y doña Encarnación no se quitaban algunos moños más... Protestaron los señores: bastantes moños habían arrancado ya de sus venerables cabezas; bastante ignominia soportaban... No podían ir más allá.

Rechazado con esta ruda intransigencia, el sitiador se propuso emplear nuevos y más eficaces ingenios de guerra que abatieran la rígida entereza socobiana. Confiado en el tiempo, dejó pasar días esperando las ocasiones favorables que en el curso del verano seguramente se presentarían. El verano del 58 fue alegre, por los chorros de alegría que la subida de la Unión derramó sobre el país reseco. O'Donnell vencía con solo su nombre y los nombres de los que iban tras él. Creyérase que por la superficie social corría una ola de frescura, de juventud. La limpieza y gallardía de tantos jóvenes, o viejos rejuvenecidos, que subían a oficiar en los altares de la patria con vestiduras nuevas, infundían confianza y evocaban imágenes de bienestar futuro. Anticipaban o descontaban algunos las bienandanzas del porvenir, procurándose corto número de comodidades a cuenta de las muchas que habían de traer los próximos años, y adoptaban el mediano vivir a cuenta del vivir en grande que los horóscopos para todos anunciaban. Fuerza es reconocer que con esta prematura expansión de la vida, obra de los risueños programas de la Unión, se resquebrajó más el ya vetusto edificio de la moral privada, reflejo de la pública. Cundían los ejemplos y casos de irregularidades domésticas y matrimoniales, y se relajaba gradualmente aquel rigor con que la opinión juzgaba el escandaloso lujo de las guapas mujeres que eran gala y recreo de los ricos. Descollaba entre estas Teresa Villaescusa, que en octubre vino de Andalucía *contratada* por un rico ganadero de aquel país, tan opulento como sencillo, facha un si es no es torera, y aires de franqueza campechana; obsequioso con todo el mundo, con las hembras galante, según el viejo estilo español, que ordena la frase hiperbólica y el rendimiento sin medida. El hombre quería darse lustre en Madrid, cosa no difícil trayendo dinero fresco: era gran caballista, gran bebedor si se ofrecía, cuentista gracioso, y, en fin, se llamaba Risueño, que es lo mejor que podía llamarse un hombre de sus circunstancias y condiciones.

Caballos bonitos de casta andaluza, rivales en arrogancia de los que inmortalizó Fidias en el friso del Partenón, ostentaba en paseos, calles y picaderos; pero ninguno de sus bellos animales, enjaezados a lo príncipe, igualaba en arrogancia y primor a Teresa, que por entonces apareció en la culminante esplendidez de su hermosura, vestida, para mayor pasmo de los que la veían, con una elegancia tan selecta, tan suya, que difícilmente la superarían las señoras más encopetadas. ¡Vaya con la niña, y qué bien se le había pegado París, en el año que allí tuvo su residencia! Pues viéndola tan reguapa que a los mismos guardacantones enamoraba, y tan bien trajeadita que era el primer figurín de la Villa y Corte, todos decían: *esa es la de Salamanca*, o *el número uno de las de Salamanca*, error que se explicaba por no ser Risueño bastante conocido en Madrid. En aquel tiempo, el vulgo señalaba como de Salamanca todo lo superior: las poderosas empresas mercantiles, los cuadros selectos y las estatuas, las mujeres hermosas, los libros raros y curiosos... Homenaje era este que tributaba la opinión a uno de los españoles más grandes del siglo XIX.

Aunque parezca disonante pregonar las virtudes de personas sobre quienes recae la maldición pública, la verdad obliga al historiador a decir que tanto como escandalosa era Teresa caritativa. Tenía medios abundantes de ejercer la liberalidad; su mano no era una hucha, sino ánfora o tonel construido por el mismo que hizo el de las Danaides. Lo que entraba por un lado, no tardaba en salir por otro. Enterada de la miseria en que estaban los

Centuriones, les mandó por Manolita lo necesario para vivir, y a su madre encargó que les pusiera en libertad toda la ropa que empeñada tenían. Los dos gabanes de don Mariano, la capa, un pantalón gris perla que lucía en las grandes solemnidades, las mantillas y el traje de seda de doña Celia, salieron del cautiverio. Al principio de su desdicha, repugnaban al buen señor las larguezas y protección de Teresita; pero el rigor mismo del infortunio le hizo bajar la cresta. Estábamos en tiempos de tolerancia, de transacción, pues la Unión Liberal ¿qué era más que el triunfo de la relación y de la oportunidad sobre la rigidez de los principios abstractos? Se transigía en todo; se aceptaba un mal relativo por evitar el mal absoluto, y la moral, el honor y hasta los dogmas, sucumbían a la epidemia reinante, al *aire de flexibilidad* que infestaba todo el ambiente. Después de remediar a sus tíos, fue la buena moza a visitarles: doña Celia la recibió con lágrimas; don Mariano temblaba y sentía frío en el espinazo oyendo decir a Teresa: «Ya que nadie quiere colocarle a usted, le colocaré yo, tío; yo, yo misma. Entrará usted en la Unión Liberal, cosa muy buena según dicen, y que hará feliz a España librándola del peor mal que sufre, o sea, la pobreza. Créalo usted, don Mariano: todos los Gobiernos son peores si no dan curso al dinero para que corra de mano en mano. El Gobierno que a todos dé medios de comer, será el mejor... Lo que yo digo: desamortizar; coger lo que aquí sobra para ponerlo donde falta... igualar... que todos vivan... ¿Es esto un disparate?... Puede que lo sea por ser mío... En fin, adiós; ánimo, que ya vendrá la buena.»

De allí se fue a casa de Leovigildo Rodríguez, donde hizo de las suyas, vistiendo las desnudas carnes de tanto chiquillo, y proveyendo a su alimentación, pues daba lástima ver sus lindas caras macilentas y sus ojos sin brillo. Mercedes no se hartaba de bendecir a su bienhechora, prodigándole los elogios que a su parecer debían halagarla más, los de su belleza y elegancia. Leovigildo, que no tenía escrúpulos, y transigía, no con el mal relativo, sino hasta con el absoluto, le dijo: «¡Por Dios, Teresa! colóqueme usted, que bien podrá hacerlo... y a usted le sobran relaciones... No tiene más que decir: "esto quiero", para que todos, de O'Donnell para abajo, se despepiten por medir su boca y darle cuanto pida.»

En una de las visitas que hizo la Villaescusa a la morada de Leovigildo, que entonces vivía en un piso alto de la calle de Ministriles, supo que en los desvanes de la misma casa se moría de hambre una familia. ¡Morirse de hambre! Esto se dice; pero rara vez existe en la realidad. Subió la guapa mujer y a sus ojos se ofreció un cuadro de desolación que por un rato la tuvo suspensa y angustiada. No había visto nunca cosa semejante: mil veces oyó referir casos de la extremada miseria que en los rincones de Madrid existe. Pero la evidencia que delante tenía, superaba en horror a todos los cuentos y relaciones. Una mujer de mediana edad, apenas vestida, yacía entre pedazos de estera y jirones de mantas, sin alientos ni aun para llorar su desdicha; dos niñas como de ocho y diez años, la una sentadita en un taburete desvencijado, la otra de rodillas arrimada a la pared, se metían los puños en la boca, luego se restregaban con ellos los ojos, exhalando un plañidero quejido sin fin, como ruido de moscardones. Avanzó Teresa, venciendo su terror y repugnancia; la suciedad, la pestilencia ofendían la vista tanto como el olfato. Interrogó a la mujer, observando al verla de cerca que no era bien parecida; pronunció la mujer frases entrecortadas como las que emplean con artificios los que pordiosean en la calle; pero que de la boca de ella salían con el acento de la pura y terrible verdad... «¿No tienen ustedes ningún recurso? —dijo Teresa traspasada de aflicción—. ¿En qué se ocupa usted?... ¿Es que no han comido hoy? ¿No hay ninguna persona caritativa en este barrio?» Respondió la infeliz mujer que personas buenas había, pero ya se habían cansado de socorrerla... No comían sino cuando les llevaba de comer otro desgraciado que con ellos vivía.

—Y ese desgraciado, ¿dónde está?

—Aquí... Mírelo —dijo la medio muerta de hambre, señalando a un hombre que en aquel instante entraba—. Si *Tuste* nos trae, comemos; si no, lloramos.»

El llamado *Tuste* permanecía junto a la puerta, respetuoso. En una mano tenía la gorra que acababa de quitarse, en otra dos lechugas manidas. «Usted, buen hombre... —dijo Teresa volviendo sus miradas hacia el tal, y encarándose con la figura más desastrada y haraposa que podía imaginarse—. ¿Trae algo que coma esta pobre gente?

—Esto nada más, señora —replicó *Tuste* mostrando las dos lechugas—. Me las han dado unas vendedoras en la plazuela de Lavapiés...

—¡Valiente porquería! —dijo Teresa, que gustando de mirarlo todo, por repugnante que fuese, examinó de pies a cabeza la facha de *Tuste*, en quien se reunían los más tristes y desagradables aspectos de la miseria. Lo que se veía de la camisa era la misma suciedad; la chaqueta y calzones, prendas de ocasión que debieron de ser viejísimas antes que él las usara, eran ya jirones de tela mal cosidos, llenos de agujeros y desgarraduras... El calzado lo componían dos zapatos diferentes: el derecho a medio uso; el izquierdo informe, retorcido, suelto de puntos... Observado con rápida vista todo esto, miró Teresa el rostro, y espantada de la suciedad espesa que lo cubría, no pudo distinguir las líneas hermosas, ni la noble expresión que debajo de la inmunda costra se escondía. El cabello era una maraña en que no había entrado el peine desde la invención de este instrumento de limpieza. La mugre de toda la cara se hacía más densa metiéndose por los huecos de las orejas; en el cuello de la camisa se apelmazaba el sudor; la tela y la piel se confundían en su morbidez pegajosa. Desgarraduras de la camisa dejaban ver una parte del pecho menos sucia que lo demás, tirando a blanca.

Arrebató Teresa de las manos puercas de *Tuste* las dos lechugas; sacó de su bolsillo el poco dinero que le quedaba; dio una parte a la mujer, otra al hombre sucio, diciéndole: «Corra usted a la tienda y traiga lo más preciso para que coman hoy; traiga carbón, encienda lumbre...» Y a las niñas acarició, y de ellas y de la que parecía su madre se despidió con estas afectuosas expresiones: «Vaya, no lloren más. Hoy es día de estar contentas, ¿verdad que sí? *Tuste* les traerá para que almuercen. Enseguida que aquí despache, le mandan a mi casa... les dejaré las señas en este papel... Pues que vaya corriendo, y por él recibirán un par de mantas... Ropa mía de desecho, y alguna golosina para estas criaturas. Vaya, adiós: alegrarse. Ya no se llora más.»

XXIV

Fue *Tuste* a casa de Teresa, y la criada le anunció de este modo: «Ahí está un pobre muy asqueroso: dice que la señorita le mandó venir. Si la señorita tiene que hablar con él, echaré un poco de sahumerio.» Ya había escogido Teresa las ropas usadas que debía mandar a la calle de Ministriles. Salió presurosa al recibimiento, donde la esperaba el más miserable de los hombres, quien al verla se inclinó respetuoso, mudo, pues toda palabra le parecía insuficiente para expresar su gratitud. «Ha venido usted demasiado pronto —le dijo Teresa—. La ropa mía de desecho, aquí está; lo demás, tengo que salir a comprarlo.

—Volveré cuando la señora me mande. ¿Qué tengo que hacer más que obedecer a la señora?» Esto dijo *Tuste*. La voz del pobre no era como su facha, sino una voz espléndida, de timbre sonoro, dulce, varonil. Así lo advirtió Teresa la segunda vez que la oía; en la primera no advirtió nada. En aquel punto de apreciar la bella voz del sujeto, un ligero brote de curiosidad en el espíritu de Teresa la movió a formular esta pregunta: «¿Usted cómo se llama? ¿Su nombre de pila...?

—Yo me llamo Juan. Mi apellido es Santiuste. La mala pronunciación de aquellas niñas me ha convertido en *Tuste*... Lo mismo da, señora. He venido tan a menos, que ya no me detengo a recoger ni las letras de mi nombre que se caen al suelo.» Avivada con esto la curiosidad de Teresa, se acercó a él para verle mejor; apartose al instante, y dijo: «Cuénteme usted: ¿qué familia es esa y cómo ha venido a tanta postración? Y usted, ¿qué relación tiene con esa familia?

—Se lo contaré en pocas palabras para no cansar a la señora...

—Aguárdese un poco... Antes tiene que decirme por qué es usted tan sucio...

—No lo soy, lo estoy... Permítame decirle que no debe juzgarme por lo que ve. Dentro de estas apariencias inmundas hay otra persona. De algún tiempo acá vivo, si esto es vivir, como si me hubiera entregado a la tierra para que me descomponga. Mis desgracias me han inspirado el horror del aseo. Abandonado de todo el mundo, sin nadie que me socorra, el tener una facha desagradable ha sido para mí como un desquite, como una venganza... ¿Quería usted que saliera a pedir limosna vestido y peinado como un señorito? Nadie me hubiera hecho caso. ¡La miseria! Quien no conoce la miseria, quien no ha vivido en ella, quien no se ha revolcado en ella, no puede apreciar el goce de ser repugnante...»

La curiosidad de Teresa, con cada uno de los extraños dichos del sucio se avivaba. Quería saber más. Tuste le ofreció un resumen de su infortunada existencia. Nació en La Habana, de padre burgalés y madre andaluza; dos años tenía cuando le trajeron a la Península; pasó su niñez en Alicante, donde quedó huérfano; recogiéronle unas tías residentes en Chiclana; allí corrió su adolescencia, allí estudió todo lo que estudiarse podía en un pueblo de escasa cultura; casi hombre, le llevaron a Cádiz, donde siguió estudiando y adquirió ardiente afición a la lectura; hombre ya, y no cabiendo en aquella ciudad su espíritu ambicioso, se vino a Madrid, solo, con escasísimo dinero que le dieron sus tías. Estas habían empobrecido, y él no quiso serles gravoso... A la mitad del camino se quedó sin blanca y tuvo que continuar a pie. En Madrid buscó el amparo de un pariente de su madre a quien las tías le recomendaron: era un impresor llamado Quintana, que le acogió muy bien, ocupándole en su establecimiento como corrector; le daba de comer, le vestía pobremente, porque no podía más, y le matriculó en la Universidad para que estudiara las dos Facultades de Derecho y Filosofía y Letras. Trabajaba Juan y leía con insaciable anhelo cuanto libro caía en sus manos, que no eran pocos. Tres años cursó en la Universidad, donde hizo amistades con chicos aplicados y con otros que no lo eran. El 56 murió el bueno de Quintana de un repentino mal del corazón, y esta desgracia fue como el preludio de las innumerables que estaban aguardando al pobre Juan para devorarle y consumirle... Ya no hubo para él un día de reposo, ni una hora que no le trajera inquietudes y fatigas. Trató de buscar algún recurso con su trabajo; pero difícilmente allegar podía un pedazo de pan. En diferentes periódicos solicitó colocación; en algunos escribía de materias diferentes: Política extranjera, Toros, Literatura, Música, Salones, Hacienda... No le leían ni le pagaban. Escribió después aleluyas, compuso versos para novenas... Todo resultaba trabajo perdido, infecundo. Aunque ya no iba a la Universidad porque no tenía ropa presentable, solicitó de alguno de sus amigos estudiantes, y de otros que ya no lo eran, apoyo y recomendación para obtener algún destino. Nada consiguió: ni moderados ni progresistas le hacían maldito caso. Trató de meterse a hortera; pretendió plaza en una Sacramental; se arrimó a un memorialista. Nada: no había manera de luchar contra el hambre y la muerte. De patrona en patrona iba rodando por Madrid, tolerado en algunas casas, rechazado en otras por su irremediable insolvencia, hasta que fue a poder de la más infeliz de las pupileras, Jerónima Sánchez, que tenía su hospedería en la calle de Mesón de Paredes. Era el marido de esta señora un incorregible borrachín que espantaba a los huéspedes con sus groserías y malas palabras. La casa iba de mal en peor... Desertaron los demás pupilos, dos chicos de Veterinaria y uno de Medicina; solo quedó Juan, que por entonces pudo allegar algunos cuartos llevando las cuentas en una tienda de patatas y huevos, y en un establecimiento de ataúdes y mortajas. Así las cosas, en marzo del año mismo en que esto refería Santiuste, reventó Cuevas, el bebedor esposo de la patrona, muerte que fue como incendio del alcohol que llevaba en sus entrañas, y Jerónima, descansada ya de aquella cruz, tomó otra casa; puso papeles llamando huéspedes, y estos no picaban. Perdió Juan su colocación miserable en los dos establecimientos referidos; pero Jerónima no le despidió, esperando mejor suerte para el desamparado joven. La suerte ¡ay! no vino para él ni para ella, porque Juan cayó enfermo de calenturas y estuvo a la muerte, siendo tan desgraciado que hasta la muerte le despreció y no quiso llevársele... y la pobre Jerónima, cuando él iba saliendo adelante, resbaló en la cocina (encharcada del agua de jabón que rebosaba de la artesa), y cayendo torcida y en mala disposición, se rompió una pierna por bajo de la rodilla... Era Juan agradecido, y no abandonó a la que a él le había tan noblemente amparado. Reunidas quedaron desde entonces ambas desdichas, y recíprocamente se apoyaron, corriendo juntos el temporal. La rotura de pierna de Jerónima excluía todo trabajo patronil. Se acabaron los recursos, y empezó el rápido descender de escalón en escalón hasta la miseria lacerante y angustiosa. Por diferentes casas pasaron, y de una en otra iban llevando su mala sombra, su pavoroso sino; siempre a peor, a peor: cada día más desnudos, cada día más hambrientos, hasta llegar al horrible extremo en que les vio y descubrió la señora. Cuando ya les faltaba poco para morir, se les apareció un ángel que les dijo de parte de Dios: «Vivid, pobres criaturas, que también para vosotros existo.»

—Haga usted el favor, señor Santiuste —dijo Teresa, que con algo de broma quería disimular su emoción—, de no llamarme a mí ángel, pues no lo soy ni por pienso, y paréceme que se burla usted de mí... Pero dejemos eso, que es tarde y tengo que salir de tiendas. Lleve usted ahora esta ropa para Jerónima; también le van medias y un par de zapatos de mi madre, que tiene el pie mucho mayor que el mío... No vuelva usted hoy por lo demás, sino mañana, que así tendré yo más tiempo de reunir lo que quiero mandarles... Vamos, que algo habrá para usted también, grandísimo Adán.

Alelado de gratitud y admiración, Santiuste no dijo nada. Teresa prosiguió así, más burlona que compasiva: «¿Pero por pobre que esté un hombre, Señor, ha de faltarle un real para cortarse esas greñas?... y en último caso, buscar un barbero caritativo, que ya los habrá. Felisa, trae un peine tuyo... Empecemos desde hoy a desenmascarar este esperpento. Cuidado que es usted horroroso... Ea, tome el peine y métalo en ese bosque...» Después de besar el peine, Juan lo guardó entre el pecho y la camisa, único bolsillo practicable en su astrosa vestimenta... Y partió balbuciendo expresiones de exquisita ternura, que ama y criada apenas entendieron. Creían que lloraba... iy ellas le compadecían riendo, pobres mujeres que no conocían más que la superficie del mal humano!

Volvió puntual Santiuste a la mañana siguiente, y al salir Teresa al recibimiento, se maravilló de ver extraordinaria transformación en la cabeza y rostro del infeliz hombre. Se había lavado la cara, pescuezo y manos, sin duda con muchísimas aguas y con fuertes restregones, porque no quedaba ni el más leve rastro de la suciedad que le desfiguró. Era como una resurrección. De las tinieblas salía una cabeza admirable, un rostro hermoso, grave, tan escaso de barba y bigote, que con un ligero pase de navajas quedaba limpio; salía también la juventud. De asombro en asombro con tales descubrimientos, Teresa decía: «A mí no me engaña usted, señor Tuste. No es usted el de ayer, sino otro... O el mismo con distinta cabeza... Hoy trae la cabeza joven... y la boca joven, y joven toda la carátula... que me parece viene también afeitadita.

—Sí, señora —replicó Juan con infantil orgullo, confundido por los elogios de la hermosa mujer—. Del dinero que la señora dio a Jerónima, Jerónima apartó un real para que yo me afeitara. Ayer compramos jabón... El jabón es un ingrediente que no habíamos podido ver en mucho tiempo.

—iVaya, que no se ha lavoteado usted poco!... Así, así me gusta a mí la gente... —decía Teresa, acercándose a él con menos repugnancia que el día anterior—. Y otra cosa veo, que me deja atónita. ¡La camisa limpia! ¡Qué lujo! Bien, bien. La habrá lavado Jerónima.

—No, señora: la he lavado yo mismo, anoche... iqué noche, señora! No hemos dormido... las niñas tampoco han dormido. La aparición de usted en aquel mechinal indecente nos ha trastornado a todos. Ni Jerónima, ni las niñas, ni yo, acabábamos de convencernos de que la señora es persona humana... Todavía hoy... las niñas hablan de usted como de un ser sobrenatural... Es el hada de los cuentos de niños, o el ángel de las leyendas cristianas.

—Vuelvo a decirle que a mí no me llame usted ángel ni hada...

—No es usted, no, como las demás personas —dijo Tuste, soltando poco a poco su timidez—. Bajo esa vestidura mortal se esconde un ser que tiene por morada la inmensidad de los cielos, un ser que en su aliento nos trae el propio hálito del padre de toda criatura...

—¡Ay, ay, ay! cállese por Dios. ¿Pero es usted también poeta?

—No, señora: cuando Dios quiso, yo no escribía versos, sino prosa.

—Prosa con la cara sucia, versos con la cara limpia... No me haga reír... ¿Pero usted cree que se puede ser poeta ni prosista con esas botas? ¿No le da vergüenza de andar por el mundo con calzado tan indecente?

—Antes de que la señora se nos apareciera, me daba vergüenza de acicalarme: la fealdad y el desaseo eran la mueca con que yo hacía burla del mundo que me abandonaba. Ahora, deslumbrado por el ángel de luz... perdone usted... por la divina mensajera del Dios de piedad... Es todo lo contrario... Me avergüenza mi facha repugnante, y toda el agua del mundo me parece poca para mi limpieza, y cien Jordanes no me bastarían para purificarme.

—¡Ya escampa!... Basta de poesía, y venga, véngase a la prosa —dijo Teresa, conduciéndole con Felisa a una estancia inmediata, el despacho de la casa convertido en guardarropa—. Pase y verá lo que tiene usted que llevarse. Irá cargadito como un burro; pero ¿qué le importa?... Mire, mire: un trajecito para cada niña... Camisas, delantalitos, medias y zapatos... Para usted dos mudas completas de ropa interior... La exterior quedará para más adelante, que no se puede todo de una vez... ¿Qué le parece todo esto? Y dos cajas de galletas finas para las chiquillas... para Jerónima un refajo... para todos dos mantas... ¿Qué dice?... Eche, eche poesía...

—Si pudiera traer a mi mente la inspiración de Homero —dijo Tuste con arrobamiento no afectado , expresaría una parte no más de la gratitud que debemos a nuestra bienhechora. Nuestra bienhechora reúne en sí toda la belleza de las divinidades paganas y toda la esencia sublime de la Ley evangélica.

—Pues pagana y evangélica, ¿sabe usted lo que se me ocurre? Pues que le voy a obsequiar con unas botas... Usted mismo se las comprará. Aquí tiene cuatro napoleones... Ha de prometerme que no empleará este dinero en otra cosa...

—Si yo contraviniera las órdenes de nuestra deidad tutelar, merecería la muerte; algo peor que la muerte, el desprecio de la señora.

—No se remonte tanto y tome los napoleones... ¿Esa costumbre de besar las monedas, la adquirió usted cuando pedía limosna?

—Beso el metal que ha sido tocado por la mano caritativa. La caridad, hija del cielo, es la cadena de oro que une al Criador con la criatura.

—Bueno, bueno. Usted siempre tan poético... Por unas tristes botas baratas que le regalo, saca a relucir a Dios y a los santos... ¿Dónde ha aprendido usted, Juanito, a expresarse de esa manera tan superfirolítica?

—Se lo explicaré, si tiene paciencia para oírme un rato.

—Sí que le escucho. Siéntese en ese banco... A ver... ¿Cómo...?

—Pues este lenguaje mío es el reflejo del espíritu de la elocuencia sobre mi pobre espíritu. Tres años ha, el 55, estudiando yo en la Universidad, y reunido siempre con otros chicos, ávidos de saber y amantes de la literatura, me metía... Nos metíamos en todo sitio público donde hubiera lectura de versos, explicación de doctrinas nuevas o viejas, discursos... Un día caímos en el teatro de Oriente... gran fiesta de la inteligencia... Concurso de oradores para cantar la Democracia. ¡Qué día, señora! Lo tengo por el más memorable de mi vida; día solemne, día grande, porque en él vi salir el Sol de la elocuencia, el Verbo del siglo XIX, Emilio Castelar... Habían hablado no sé cuántos oradores, que nos parecieron bien... Y concluía la sesión, cuando pidió vez y palabra un joven regordete, tímido, a quien nadie conocía. El buen público, ya cansado de tanta oratoria, remuzgaba con murmullo de impaciencia, casi casi de burla... Pues, Señor, rompe a hablar el hombre, y a las primeras cláusulas ya cautivó la atención de la multitud... ¡Qué voz, qué gesto oratorio, qué afluencia, que elegancia gramatical, qué giro de la frase, qué aliento soberano, qué colosal riqueza de imágenes, encarnadas en las ideas, y las ideas en la palabra! El público estaba absorto; yo, embelesado, creía que no era un hombre el que hablaba, sino un mensajero del cielo, dotado de una voz que a ninguna voz humana se parecía. Avanzaba en la oración aquel hombre bendito, y el público electrizado le seguía, sin poder seguirle; iba tras él cuando se remontaba a las cimas más altas de la elocuencia, y desde aquella altura caía deshecho en aplausos, quebrantado de tanta emoción... Yo estaba como loco; yo adoraba la Democracia, cantada por el orador con la infinita salmodia de los ángeles, y cuando acabó, me sentí anonadado... Me sentí grano de arena, que por un instante había estado en la cima de aquel monte... iy ya me encontraba otra vez en el llano!... ¡Castelar! Este nombre llenaba mi espíritu. Por muchos días siguieron retumbando en mi cerebro ideas, imágenes que le oí, y mi memoria reconstruyó trozos de aquella oración superior a cuanto han oído hasta hoy los hombres... Desde entonces, yo leía cuanto publicaba Castelar en los periódicos, y las reproducciones de sus discursos. Nunca le hablé... Si le veía en la calle, iba tras él hasta que se me perdía de vista... Era mi ídolo, y lo será siempre, porque si en los días de mi atroz miseria se me borraron del espíritu las cláusulas arrebatadoras que yo recordaba, y todo se me oscureció, como si mi asquerosa naturaleza no fuera digna de contener tales hermosuras, en cuanto la mano de la señora me sacó de aquella inmundicia, volvieron a mi mente Castelar y su elocuencia sublime, y ya lo tengo otra vez en mí... Es mi Sol, mi oxígeno, y el alma de mi alma.

—Cállese ya —dijo Teresa un poco sofocada de la emoción—. ¿Pues no me ha hecho llorar con esa cantinela? Vea, vea mis ojos... No me gusta llorar, no quiero afligirme por nada. En el mundo no estamos para eso.»

Levantose Santiuste, creyendo sin duda que permanecía demasiado tiempo en la visita, y recogiendo los líos y paquete que había de llevarse, soltó así la vena de su facundia: «Anoche, el contento de verme redimido, por esa divina mano, de la esclavitud de esta pobreza embrutecedora, hizo renacer en mi alma toda la poesía castelarina, soberano monumento oratorio de la Democracia triunfante, de la Libertad iluminada por la idea cristiana. Mientras lavaba y fregoteaba, primero mi rostro, después mi camisa, yo, como todo el que está muy alegre, cantaba y rezaba, que rezo y canto era todo lo que salía de mi boca... Recitaba con amor y fe aquel pasaje del advenimiento del Redentor: «El que había de venir, viene; el que había de llegar, llega; pero no viene ni en el seno de la sonrosada nube ni en el de las estrellas, sino manso y humilde en el seno de la pobreza y de la desgracia. No viene acompañado de numeroso ejército, sino de su bendita palabra y de su eterno amor; no viene seguido de esclavos, sino ansioso de acabar con toda esclavitud; no viene blandiendo la espada del tirano, sino pronto a quebrantar todas las tiranías; no viene a levantar un pueblo sobre otro pueblo, ni una raza sobre los huesos de otra raza, sino a estrechar contra su pecho y a bendecir con el infinito amor de su corazón todos los pueblos y todas las razas...»

—Basta, basta, Juanito —le dijo Teresa interrumpiéndole y casi echándole con un gesto—. ¿No ve que se me saltan las lágrimas?... Retírese ya... ¡No quiero lágrimas, no las quiero, ea!... Adiós, adiós...»

Y el gran Tuste traspasó la puerta y descendió los pocos escalones que conducían al portal, cantando más que repitiendo con briosa voz el final de aquella sonora melopea: «Dios de paz y de amor, que después de haber extendido los inmensos cielos azules y haber derramado en los cielos, como una lluvia de luz, las estrellas, y haber hecho salir del oscuro seno del caos la tierra coronada de flores, ¡él! causa de toda vida, autor de toda existencia, se despoja de su vida, de su existencia, por la salud y la libertad de los hombres en el altar sublime del Calvario.»

XXV

Vivía Teresa en la calle del Amor de Dios, piso bajo. La casa era hermosa y desahogada, de altos techos. Cuatro ventanas con rejas le daban luz por la calle; por el interior, los huecos abiertos a un patio anchuroso y limpio. El día en que Tuste recibió los cuatro napoleones para unas botas, Teresa le dijo: «Quiero yo enterarme de que usted no se gasta el dinero en otra cosa que el calzado. No venga usted a casa; pero pásese por la calle... yo estaré en la ventana. La mejor hora es por la tarde, de tres a cuatro.» Obediente y puntual, hizo el hombre su aparición, y al tercer recorrido por la acera de enfrente, vio a Felisa en la enrejada ventana. A poco apareció Teresa, y ambas sonriendo le llamaron. Acercose Juan, y oyó de labios de su bienhechora estas dulces palabras: «Bien, señor Tuste: así se portan los caballeros. ¡Y qué bien le van las botitas!... ¡Lástima que el traje no corresponda!... En fin, retírese ya, y diga usted a Jerónima que esta, Felisa, le llevará el socorro para la semana.» Saludó el hombre, y respetuoso se alejó con la cabeza baja, el andar lento.

Dos días después, asomada casualmente Teresa, le vio aparecer doblando la esquina de la calle de Santa María. Aguardó un poco, le llamó con gracioso gesto, y cuando le tuvo debajo de la reja, le dijo: «Pobrecito, tú has salido hoy a pedir limosna. ¿Quieres que te eche dos cuartos?

—No vengo a pedir limosna, señora —respondió Juan doblando el pescuezo, como para mirar al cenit—; vengo porque no hay día que no pase yo por esta calle... Esta calle es mi religión.

—No te entiendo, bobito —dijo Teresa, sin darse cuenta de que por primera vez le tuteaba.

—Me entiendo yo.

—Te echaré los dos cuartos, para que no se te olvide que eres pobre. Aguárdate un instante, que no tengo aquí calderilla.»

Volvió al poco rato, y sacando la mano fuera de la reja en ademán de arrojar algo, dijo al que parecía mendigo bien calzado: «Pon tu gorra más acá... A plomo de mi mano... No se caigan los dos cuartos a la calle.»

Puso Tuste la gorra como se le mandaba; tomó bien la puntería Teresa, y la moneda cayó dentro de aquel casquete asqueroso de forma indefinible... Brilló en el aire la moneda, y antes de que cayera vio Santiuste que era un doblón de a cuatro. No pudo hacer ninguna observación, porque Teresa desapareció de la reja cerrando los cristales. Minutos después, sonaba la campanilla de la puerta; abrió Felisa, y se encaró con el pobre, que le dijo: «Quiero ver a la señora para devolverle una cosa que se le ha caído a la calle.» No había concluido la frase, cuando apareció Teresa en el recibimiento, risueña, y replicó al joven con esta graciosa burla: «Es verdad: me equivoqué. Eché oro en vez de cobre. Venga mi monedita... Gracias... Eres un mendigo honrado... Dios te lo premie.

—Es que —murmuró Juan— me dio vergüenza de... De eso, de que el oro fuese para mí. Bastante ha hecho la señora por este infeliz... Si yo abusara sería un malvado; empañaría el resplandor de la bendita caridad, hija del Cielo, con el aliento de mi egoísmo... La caridad obliga al que la recibe a ser tan bueno como el que la hace.

—Echa más poesía, hijo...

—Esto no es poesía... Es mi corazón, que habla con el lenguaje de su delicadeza, de su gratitud...

—Pues has de saber que yo soy muy prosaica, Juan, y no gusto de verte con esos andrajos tan... poéticos —dijo Teresa echando mano al bolsillo—. Mira, mira toda la calderilla que aquí tenía yo guardada para vestirte de prosa... ¿No has querido un doblón? Pues mira, cuenta: dos, tres, cuatro, cinco. Voy entendiendo que te gusta ser muy cochino, muy zarrapastroso y muy nauseabundo, para que te tengamos lástima... Yo te pregunto: si así te viese tu ídolo Castelar, ¿qué diría?... Ves tu ropa como una vestidura poética, que te hace muy interesante... Te las das de anacoreta o de santo. Pues esos moños te los voy yo a quitar.»

Atónito, asaltado de diferentes emociones, Santiuste no sabía si reír o llorar. Mayor fue su turbación cuando oyó estas palabras de Teresa: «Coges ahora mismo estos doblones; vas a una tienda de ropas hechas de la calle de la Cruz o de cualquier calle, y te compras un terno, pantalón, chaqueta, chaleco, todo modestito; no vayas a creerte de la Unión Liberal y a vestirte a lo grande... Añades corbata... Añades un sombrero, mejor gorra... No es tiempo todavía de que te emperifolles demasiado. Con que...»

No hizo ademán de tomar las monedas. Su inmovilidad era la de una estatua; su hermoso rostro, su mirar perdido revelaban los efectos de la fascinación de imágenes lejanas. Díjole Teresa que abandonara los espacios poéticos a que miraba y descendiese al mundo. Bajó Tuste, protestando de la nueva limosna con expresiones balbucientes; Teresa sacó las uñas, sacó su autoridad: «O me obedeces, Juanito, en todo lo que te mando, o no vuelvas a mirar esta cara mía... Te digo que si tú me miras, yo doy un giro rápido a todo el cuerpo ¿ves?, para decirte sin palabras: «Quítate de mi vista, *democrático*... poético y castelareño... Vete con tus músicas a otra parte.» Aplacados con esta amenaza los escrúpulos del hombre mísero, tomó el dinero, y con paso lento, con visajes de asombro y algún gesto que revelaba su esclava sumisión a la bienhechora traspasó la puerta. Antes de que Felisa cerrase tras él, volvió Juan presuroso diciendo: «Señora, señora, ¿cuando compre la ropa y me la ponga, he de pasar por aquí? ¿Quiere la señora verme?...

—No —dijo Teresa—, no es preciso. Ni vengas a casa, ni pases por la calle. Haz lo que te mando, Juan.» Afirmaba él con la cabeza; salió suspirando...

Por aquellos días, que eran los que precedieron a las elecciones, el feliz poseedor de Teresita, Facundo Risueño, andaba muy metido en enredos electorales, pues como hombre de gran propiedad en una comarca de Andalucía y de no poca influencia, le bailaban el agua don José Posada Herrera y el marqués de Beramendi, candidato cunero designado para representar en Cortes aquel distrito. Tras un sinfín de pláticas con el cunero y con el ministro, dio gallardamente todo su apoyo el buen Risueño, ofreciendo que sin necesidad de trasladarse a Andalucía, y solo con escribir cartas imperativas a diferentes personas de allá, se aseguraba la elección. Así lo hizo, y al hombre se le cansó la mano de tanto plumear, atarugando diariamente el correo con el fárrago de su correspondencia. Por todo ello y por su activo proceder, estaba Fajardo muy agradecido al andaluz, y quedaron uno y otro enlazados en sincera amistad. Vivía Risueño con un hermano suyo, rico también, establecido aquí desde el año 50 en negocio de aceites. Llamamos vivir al tener allí un cuarto bien provisto y arreglado, en el cual rara vez dormía. Sus comidas eran siempre fuera de casa, bien en los colmados y fondas, o bien en casa de Teresita, que algunos días veía en torno de su mesa, con cierto tapadillo, a personajes políticos de viso, y a caballeros aristócratas, aficionados a caballos o a toros. La asiduidad de Facundo en la vivienda de su linda coima aflojó un poco en los días del trajín electoral; pero una vez llenas las urnas con el nombre de Beramendi, y proclamado su triunfo, restableció el andaluz la normalidad de sus costumbres, y el primer convite que organizó en casa de Teresa fue para obsequiar al nuevo diputado y a otros amigos, auxiliares en la electoral batalla.

La novedad de aquel banquete fue que Teresa contó su aventura de caridad en la calle de Ministriles, y el descubrimiento que había hecho de un horripilante caso de la miseria humana. Cautivaban estas historias al buen Beramendi, que era muy amante del pueblo, y sabía, como nadie, condolerse de sus desdichas. Dio a entender Teresa que si el *contratista* la dejaba explayarse en sus aficiones benéficas, trataría de restaurar a los hambrientos de la calle de Ministriles en la situación o estado que tuvieron antes de su desgracia; restablecería la casa de huéspedes, en la cual sería primer punto el hombre raro, el hombre poético, que hablaba como Castelar. Más vanidoso que caritativo, Facundo Risueño la autorizó, delante de los amigos, para que aplicase a socorrer al prójimo parte de la *guita* que él le daba para alfileres.

Así lo hizo Teresa, y apenas entrado diciembre, tenía Jerónima su casa de pupilos en la calle de Juanelo, amuebladita con modestia y provista de todo; las niñas iban a un colegio, y el famoso Tuste hallábase en el pleno goce de un cuartito decente en la casa, y de algunas prendas de ropa para salir decorosamente en busca de colocación o trabajo. De vez en cuando iba Teresa a contemplar su obra y a oír las alabanzas y bendiciones de los favorecidos. A Santiuste le encontraba como en éxtasis, mirándose en su ropa, satisfecho y un tanto presumido; cuidándose el rostro y el pelo, que ya llevaba cortado y a la moda; esmerándose en el aseo y corrección de la persona. A su bienhechora mostraba un respeto que rayaba en devoción fanática. En la casa expresaba su culto con retóricas de un espiritualismo sutil, y declamaciones hiperbólicas, parafrásticas, imitadas del gran modelo de oratoria; en la calle, alguna vez que se encontraban casualmente, saliendo Teresa de la casa de Jerónima, no se atrevía el buen Tuste a darle convoy, temeroso de que la compañía de un hombre humildísimo mermara el decoro de tan gran señora; y a propósito de esto tuvieron en cierta ocasión unas palabras que merecen transcribirse.

«Déjate de pamplinas, Tuste —le dijo Teresa, entrando los dos en la Plaza del Progreso—, y no me llames a mí gran señora ni nada de eso, pues soy la menor cantidad de señora que se puede imaginar. O eres un inocente que no conoce el mundo, o crees que yo me pago de nombres vanos y de palabras sin sentido.

—No será usted gran señora para los demás —dijo Tuste con efusión caballeresca—; para mí lo es, y yo hablo por mí, no por el mundo que me condenó a la miseria... y en la miseria estuve hasta que me sacó un ángel del Cielo.

—Pamplinas, vuelvo a decir, recomendándote por milésima vez, pobre Tuste, que no seas pamplinoso, y que todas las faramallas bonitas que has aprendido de Castelar las guardes para pasar el rato. En la vida real, eso no sirve para nada. Yo no soy señora, aunque como las señoras me visto; yo, para decirlo de una vez, soy una mujer mala, una... que se ha dejado poner en la frente el letrero de mujer mala... Llevo ese letrero, que leen todos los que me conocen... No conviene que me vean contigo por la calle; pero no es porque yo me avergüence de ti, ni porque tu compañía me deshonre, sino porque en mi condición de mujer mala, si me ven contigo creerán lo que no es... El hombre con quien ahora estoy, Facundo, ya sabes... Es bueno y no repara en que yo gaste lo que quiera... pero tiene la contra de que es algo celoso, y por cualquier cuento, por cualquier chismajo que le lleve un adulón o un mal intencionado, se pone insufrible... Con que... Da media vuelta, Tustito, y déjame sola... Las señoras de mi *categoría* van mejor solas que bien acompañadas. Abur.»

Esto pasó y esto se dijeron. Santiuste buscaba la soledad para dar libre rienda a su espiritualismo vaporoso; Teresa, si no podía recrearse en la meditación solitaria, dejaba libre el pensamiento en las ocasiones en que era más esclava, y hablando con este y con el otro se recogía en el sagrado de su alma para mirarse en ella... Dice la Historia psicológica que la guapa moza cayó en grandes tristezas por aquellos días de diciembre del 58; que sus esfuerzos para disimular las murrias que la devoraban casi le costaron una enfermedad. En las fiestas de Navidad, el bullicio y alegría de la gente la mortificaban; las personas que a su lado veía constantemente, *el contratista* sobre todo, éranle odiosas. Para aislarse, exageró sus leves indisposiciones, quedándose en cama no pocos días. Risueño no abandonaba por acompañarla su sociedad de caballistas, ni el recreo de las innumerables amistades que endulzaban su existencia. Cuenta también la Historia íntima que una tarde que Facundo tenía gran cuchipanda con sus amigos en la Alameda de Osuna, Teresa se echó a la calle, de trapillo, y se fue a casa de Jerónima, donde le dijeron que Tuste no iba más que a comer y a dormir; que aún no había encontrado colocación; pero que en tanto, se había puesto a aprender el oficio de armero en el taller de un amigo. ¿Dónde? En las Vistillas. Allá se fue Teresa, movida de un irresistible anhelo de hablar con Tuste, de oírle sus poéticos disparates y de contarle ella sus intensísimas tristezas, que sin duda tenían por causa un error grande de la vida: el haber equivocado los caminos de la felicidad. No le había dado Jerónima, por ignorarla, la dirección exacta del taller donde Tuste trabajaba; pero ya lo encontraría preguntando, y al entrar en las Vistillas puso atención a los ruidos del barrio, esperando escuchar el son vibrante de los martillos sobre el yunque, o los chirridos de las limas raspando el metal. Nada de esto oyó. Viendo al fin en una tienda negrura y aparatos de ferrería, pero ningún hombre que trabajase, interrogó a una mujer que sentada en la puerta estaba. «Sí, señora, es aquí: pero el maestro armero y el aprendiz no están; se han ido a la compostura de unas máquinas. Si quiere la señora saber cuándo vendrán, pregúntele a la maestra... ¿Ve aquella mujer que está sentadita en un sillar dando de mamar a su niño? Pues es la maestra.»

Vio Teresa desde lejos a la mujer señalada: se distinguía de las otras dos, que en el mismo sillar se sentaban, por ser más joven y tener chiquillo en brazos. Fuese allí derecha. Al verla llegar, las tres se sobrecogieron y se levantaron, pues aunque Teresa iba vestida con la mayor sencillez, su aire señoril en nada se desmentía. A la urbanidad de las pobres mujeres correspondió la Villaescusa con amable sonrisa, mandándolas sentar; y poniendo su mano cariñosa en el hombro de la que amamantaba, le preguntó... La pregunta no llegó a ser formulada, porque Teresa quedó suspensa a la mitad de la frase; miró a la mujer, se apartó un poco, acercose luego como si quisiera besarla... Dudó... volvió a creer... Al fin no había duda... «¡Virginia!... ¡Usted es Virginia!

—Sí, señora —dijo la otra, mirando y poniendo en su mirada toda la memoria—, y usted es... Conozco la cara; la cara no se me escapa... pero el nombre...

—Soy Teresa Villaescusa. ¿No se acuerda usted? Éramos amigas... De esto hace algunos años... No digo que tuviéramos gran intimidad; pero nos conocíamos... Nos hablábamos...

—Sí, sí... Era usted más joven que nosotras... Me acuerdo bien... ¡Oh, Teresa! era usted entonces muy linda, y hoy... hoy más. ¿Quiere usted que subamos a mi casa?... Es una pobre casa...

—No importa: vamos.»

XXVI

En el templo más hermoso y venerado no entraría Teresa con más respeto que entró en la humilde casa de Virginia. Desnudas paredes vio, muebles viejos en buen uso, cama, cómoda, cuna, en todo una pobreza decorosamente conllevada, y un vivir modesto y sin afanes. Allí no había nada bello ni superfluo; nada tampoco que indicase la penuria angustiosa, la inquietud del día siguiente. La mano hacendosa se veía en todas partes, y cierta entonación alegre de las cosas, en conformidad con la claridad de la estancia.

Virginia, después de mostrar el chiquillo a Teresa, dormido ya, y de dársele a besar, le acostó en la cuna. En un sofá de Vitoria con colchoneta de percal encarnado, se sentaron las dos. El Sol penetraba en el aposento, dando a los objetos vigoroso colorido. «Mi casa es pobre —fue lo primero que dijo Virginia—; ¿pero verdad que es alegre, muy alegre?

—Ya lo creo: más que la mía... —afirmó Teresa, espaciando su vista por todo.

—¿Cómo ha de ser este tabuco más alegre que su casa de usted... que será un palacio?

—No, hija, no... —dijo la señora echándose a reír—. No es palacio... ¡quia!

—¿No tiene usted niños?

—No...»

La pregunta referente a los niños envolvía en el espíritu de Virginia la persuasión de que Teresa era casada. No podía ser de otro modo. Ninguna soltera sale sola, y toda señora de aquel empaque tenía forzosamente marido por la Iglesia. Debe decirse que las ideas de cada una frente a la otra eran totalmente distintas. Teresa conocía perfectamente la historia de *Mita* y *Ley*, y hasta los trabajos de Beramendi con los Socobios para negociar las paces. En cambio, Virginia no sabía nada de Teresa: entre la señorita que había visto y tratado en tiempos remotos en alguna reunión, y la señora que tenía delante, había un enorme vacío de conocimientos. Dígase también que Virginia, en su vida salvaje, y después en aquel vivir apartado del trato de personas de viso, había perdido toda la picardía mundana, quedándose en una ingenuidad enteramente pastoril. Con sencillez digna de la Arcadia, preguntó a la otra si era marquesa.

«¡Marquesa yo! No, hija mía.

—Dispénseme: me he vuelto muy bruta. Lo he preguntado porque... Verá: alguna vez hablamos Pepe Fajardo y yo de la sociedad de mis tiempos de soltera. Yo le pregunto: "¿Y Fulana... y Zutana...?". Y él casi siempre me responde: "Es marquesa". Resulta que de poco tiempo acá, todos los que tienen algún dinero son Marqueses, condes o algo así... Por eso yo pensé... Dispénseme.

—Sí, hija mía: la pregunta es de lo más natural... Hay, en efecto, sin fin de títulos de nuevo cuño, unos con dinero, otros buscándolo...

—Marquesa o no —dijo Virginia echando fuera toda su ingenuidad—, usted es de esas damas de la Beneficencia que vienen a estos barrios pobres a ver dónde hay miseria, para remediarla.

—Sí, soy benéfica —replicó Teresa confusa—. En otros barrios he socorrido yo a muchos pobres...

—Pues en este los hay también. Yo podré decir a usted dónde encontraría grandes desdichas... ¡y qué desdichas!

—Sí, sí... pero no he venido a eso...»

Al pronunciar esta frase, contúvose Teresa bruscamente, invadida de un sentimiento que participaba de la vergüenza y el temor. ¿Cómo decir que su presencia en aquel barrio y en aquella casa no tenía otro móvil que buscar a un hombre? ¡Ella, que despreciaba la moral corriente, como desprecia el gran artista las formas comunes del amaneramiento, sentíase cohibida, vergonzosa ante la pobre Virginia, que era sin duda la primera de las inmorales! Habíala tomado Virginia por gran señora. ¿Qué pensaría cuando la gran señora le dijese: «Vengo tras del aprendiz de armero que está en tu casa»? Esta idea caldeó el rostro de Teresa, y la puso en gran turbación. De alguna manera tenía que justificar su visita. ¿Qué diría, Señor? Afortunadamente para Teresa, la desbordada ingenuidad de Virginia la sacó de tan embarazosa perplejidad, señalándole este camino: «Ahora recuerdo... Me dijo Pepe no hace muchos días que algunas señoras de la mejor sociedad se interesaban por mí en la cuestión que traemos ahora mis padres y yo... Mis padres quieren tenerme a su lado; yo también lo deseo; pero exigen que sacrifique a...

—Ya sé... Estoy bien enterada... Y ese sacrificio es imposible —afirmó Teresa, gustosa del pie que le daba la otra para fundamentar racionalmente su visita—. En mí tiene usted una partidaria acérrima... Buena es la ley; pero cuídese mucho la ley, digo yo, de no pisotear los corazones.

—¡Ay... también yo digo eso! —exclamó Virginia suspirando fuerte—. Los corazones por encima de todo... No me engañaba el mío cuando la vi llegar a usted. Usted no me conocía... preguntaba por mí a las vecinas... quería informarse...

—Informarme, sí, Virginia. Yo he dicho a Pepe que dada la testarudez de los señores de Socobio, no hay más que una solución... Solución propiamente no es... Yo le indiqué a Beramendi, y convino en ello conmigo, que a falta de solución se arreglaría un... Ya no me acuerdo cómo se llama eso... Es un término en latín... *Modus vivendi*... O cosa tal...»

En aquel momento, dos jilgueros aprisionados que formaban parte de la familia, y habían sido puestos al Sol, jaula sobre jaula, en el batiente de uno de los balcones, rompieron a cantar con tal algarabía de trinos, que las mujeres tenían que alzar la voz para entenderse. Gustaba Teresa de aquella música, que cubría su propio acento, permitiéndole ser poco explícita en lo que hablaba. La idea del *modus vivendi* no era invención suya para salir del paso. Del asunto de Virginia se habló días antes en su casa, de sobremesa; pero no recordaba bien Teresa lo que Pepe Fajardo había dicho de la solución o arreglo provisional que pensaba proponer a los Socobios; mas obligada, por su equívoca situación en la visita, a manifestar algo concreto sobre aquel punto, apeló a su imaginación, y entre el estruendoso cantar de los pájaros, como otro pájaro que también cantaba, salió, a su parecer airosamente, por este registro: «El arreglo consiste en que sus padres le señalen a usted una cantidad para alimentos, que por el pronto debe ser corta, lo preciso y nada más. Irán ustedes a vivir a casa del marqués de Beramendi, en un pisito que tiene arriba, y que ahora está desocupado, pues la servidumbre vive casi toda en el principal. La respetabilidad de la casa será el mejor ambiente para la reconciliación que deseamos. Allí podrán los señores de Socobio visitar a su hija, que ya parece que pierde gran parte de culpa poniéndose bajo el techo de los Emparanes. Hay que ir poquito a poco, amiga mía. Al principio, recibirá usted la visita de su padres cuando no esté Leoncio en casa... Será preciso para esto fijar horas determinadas. Los papás se volverán locos de alegría con el chiquillo, con su nieto... Le devolverán a usted su cariño, y así, día tras día... podrá llegar el de la completa benignidad de esos señores con toda la familia, con el propio Leoncio...» Dijo esto Teresa, y al concluir su inventada solución o *modus vivendi*, vio que la obra era buena, y descansó como Dios después de haber hecho el mundo.

Oyó Virginia la donosa mentira, con intensa curiosidad primero, con arrobamiento y grande admiración al fin, y acogió la propuesta de Teresa como uno de esos maravillosos descubrimientos que después de conocidos nos asombran por su sencillez... «Pues sí que es un arreglo magnífico, una idea preciosa... —dijo cruzando las manos y descruzándolas luego para coger una de las de Teresa y besarla—. ¿Y esto se le ha ocurrido a usted? Verdaderamente se interesa por nosotros... ¡Y ha venido a enterarme del arreglo...! ¡Qué idea!... Es la mejor, la única... ¿Lo sabe ya Pepe? ¿Se lo ha dicho usted a Pepe...?»

Teresa, creyendo que no podía menos de afirmar, afirmó ligeramente con la cabeza. Los pájaros cantaban ya con frenesí, alzando tanto sus agudas voces, que Teresa no habría podido hacerse entender si algo dijese. Así era mejor... En aquel momento el chiquillo remuzgó en su cuna. Acudió Virginia diciendo: «Estos diablos de pájaros me le han despertado con su música... Y creo yo que lo hacen adrede. El niño es su amiguito, se vuelve loco con ellos, y cuando se me duerme ellos le llaman, le dicen: «Ven, ven, rico; te estamos cantando, y no nos haces caso...» Cogió en brazos al niño, que malhumorado se restregaba los ojos con los puños, y prosiguió hablándole así: «Te han despertado estos parlanchines... Es que quieren charlar contigo, mi Sol. Ven, ven, y diles tú cosas; diles cosas...»

Cogió Teresa el chiquillo, que no la extrañó; antes bien, se dejó zarandear por ella frente a los pájaros, desarrugando el tierno ceño, y con sus manos gordezuelas quería tocar las jaulas en que sus amiguitos trinaban desaforadamente. Virginia, en tanto, mirando a su hijo en brazos de Teresa, y a ésta gozosa, apuntándole al niño lo que tenía que decir a los jilgueros en contestación a sus amantes clamores, entretuvo algunos segundos con este ingenuo monólogo: «Buena señora es Teresa Villaescusa... Viene a verme y a contarme el arreglo que ha inventado... ¡Famosa idea!... Pero yo digo: Teresa Villaescusa, ¿quién es ahora? ¿Será la Navalcarazo, esa de quien tanto se habla? ¿Será la Cardeña, esa de quien también se habla mucho? No, no es ninguna de estas, porque me ha dicho que no es marquesa. Será entonces mujer de algún banquero, sin título ni corona. ¿Y qué clase de amistad tiene con Pepe? ¡Oh, quién lo sabe!... ¡Vaya, que no saber yo con quién casó Teresita Villaescusa!... Me da en la nariz que es una de estas casadas ricas, a quienes Pepe corteja... porque es tremendo ese hombre... El venir ella aquí a decirme lo que ha discurrido, revela dos cosas: un gran interés por mí, una confianza grande con Pepito...»

El chiquillo, distraído un momento con los jilgueros, volvió los brazos y el rostro hacia su madre, poniendo en sus lindas facciones un mohín displicente. «Ahora pide teta —dijo Teresa—. Désela pronto... que si no, se va a incomodar con usted y conmigo.

—Ven acá, Sol... Es de lo más malo que usted puede figurarse... Mire, mire las carantoñas que me hace para que le dé lo que tanto le gusta... ¡Si será pillo...! Me pasa la mano por la cara, me mete los deditos en la boca... y luego, véale usted... va derecho a sacar lo suyo... ¡Ah, ladrón...!»

En esto, ruidos que venían del piso bajo, voces confusas de personas y chocar de hierros, anunciaban que habían llegado el maestro y el aprendiz. Al entenderlo así, sacó Teresa de su cacumen otra donosa invención, que debía cubrirle la retirada y permitirle realizar el propósito que la llevó a las Vistillas. «Yo me voy —dijo, afectado la inquietud de las graves ocupaciones olvidadas—. Esta casita humilde; usted, Virginia, y su niño precioso, me han encantado... El tiempo se me ha ido sin sentirlo... Ya no puedo entretenerme más. Presénteme usted a Leoncio; quiero conocerle...

—Le llamaré, le mandaré que suba.»

Antes que la maestra llamara, detúvola Teresa: «No, no. Le saludaré abajo, al salir... No le llame usted... Él tendrá que hacer, y yo me voy corriendo, corriendito... ¡Dios mío, qué tarde! Pues ahora tengo que ir a la calle de la Solana, que ni siquiera sé dónde está.» Dijo Virginia que Leoncio la acompañaría, y ella, con rápida visión de su plan estratégico: «No, hija... Que venga conmigo el chiquillo, el aprendiz.

—No es chiquillo, es un hombre.

—Lo mismo da. Bastará con que me indique el camino...»

Bajaron... Leoncio y Juan, ambos en traje de mecánica, con blusa azul, la cabeza al aire, se quedaron como quien ve visiones ante la mujer que iluminó el taller con su hermosura. Presentó Virginia al que llamaba su marido, que invalidado por la cortedad no supo qué decir, ni qué hacer con el cañón de escopeta que en la mano tenía: al fin lo dejó sobre el banco. Palideció el aprendiz al ver la *celeste aparición*, y luego se puso muy colorado, permaneciendo en perfecta inmovilidad, tan mudo como las tenazas que en la mano tenía... Al fin vio Teresa cumplido su estratégico plan de retirada tal y como lo imaginara en rápida concepción. No había tenido poca suerte; que si se empeña Leoncio en acompañarla, de nada le hubiera valido su ingeniosa mentira. Cogió su manguito, despidiose afectuosamente del matrimonio libre o liberal, llevándose al aprendiz para que en el laberinto de las calles la guiase. ¡No era ella mal laberinto! El aprendiz la siguió callado y respetuoso, y *Mita* y *Ley* quedáronse comentando la visita, que tenían por venturosa, sin poder discernir quién era, en la sociedad del 59, la que de soltera fue Teresita Villaescusa. Casada y rica debía de ser; marquesa no; amiga de Beramendi sí.

Hasta que entró con su guía en la calle de los Santos, no rompió el silencio Teresa. Comprendiendo Tuste que su deidad tutelar quería hablarle a solas, la desvió hacia la calle de San Bernabé. Tomó Teresa un tonillo algo displicente para decirle: «Quiero saber por qué te has metido en este oficio de armero sin decirme una palabra. ¿Acaso no soy nadie para ti? ¿No merezco ya que me consultes todo lo que piensas?

—Usted lo merece todo, Teresa —replicó Juan—. Pero ¿cómo había yo de consultar a mi bienhechora, si no la he visto en dos semanas?

—Estuve enferma. Ni siquiera has tenido la atención de ir a preguntar por mí.

—Usted me prohibió que fuera a su casa y hasta que pasara por la calle.

—Es verdad; pero ya debiste comprender... En fin, Tuste, ¿por qué te has metido en ese oficio sin decirme nada?... Yo te hablé de conseguirte un destino... ¡Bonitas se te están poniendo las manos!...

—Pues yo... —balbució Tuste, no sabiendo cómo aplacar aquel enojo que no comprendía—. Verá usted... Pensé que de este modo sería más grato a la señora...»

Teresa se plantó en medio de la calle, y con súbita energía le echó sus dos manos a los hombros, diciéndole en un tono que lo mismo podía ser de reconvención que de súplica: «Juan, la última vez que te vi te mandé que no me llamases señora; yo no soy señora... Soy una mujer y nada más que una mujer. Sigamos, y hablaremos andando... Suprime lo del señorío, vuelvo a decirte.» Antes de que Tuste pudiera formular sus protestas de obediencia incondicional, volvió a plantarse Teresa, y con el mismo tono que revelaba la firmeza de su voluntad, le dijo: «Tuste, hasta me incomoda que me trates de usted... Es ridículo que hablemos tú y yo como se habla en las visitas. Tutéame...

—¡Yo... Teresa!

—Que me tutees, digo... Yo lo quiero, yo lo mando.»

XXVII

«Bueno —dijo Tuste, guiándola hacia Gilimón—. Al llamarte de *tú*, me entra en el alma una frescura deliciosa... que... No sé cómo expresarlo... Tratándote de *tú*, soy otro, crezco, me agiganto... Me siento capaz de las acciones más hermosas, y hasta me parece que mi inteligencia levanta el vuelo... Teresa, ¿qué ideal sublime se encarna en ti?

—Tuste, dime, dime esas cosas, aunque sean mentira, y bien sé que lo son... Antes me daba de cara la poesía, y ahora no.

—Pues déjame que te cuente cómo me metí en este aprendizaje sin consultar contigo. Pasados dos o tres días desde la última vez que te vi, me encontré a Leoncio, que es amigo mío: le conocí cuando Jerónima tenía la casa en Mesón de Paredes... Me dijo: "Si quieres aprender el oficio de armero, yo te enseñaré". Le respondí que lo pensaría... Pues aquella noche soñé contigo, Teresa, como todas las noches... Te me apareciste coronada de rosas, vestida de un blanco traje que relucía como plata, los pies con zapatos azules...

—Estaría bonita...

—Alargaste un pie y me dijiste que te descalzara... Así lo hice.

—Pues eso podía significar que aprendieras el oficio de zapatero.

—No, porque andando descalza en derredor de mí, me dijiste: "Vete con tu amigo y que te enseñe a construir las bonitas armas... Armas con que matar a los egoístas, a los perversos...". Teresa, me puedes creer que vi y oí todo esto como si fuera la misma realidad... Al siguiente día tuvo tal fuerza en mí la idea de ponerme a trabajar con Leoncio, que no vacilé un momento más. Tú me lo dijiste, me lo mandaste. Yo te veía como te estoy viendo ahora, puedes creerlo...

—¿Y en las noches siguientes no me viste también?

—Sí... venías a mi lado, tal como estás ahora... Yo callaba; tú me decías: "Juan, abandona la idea de seguir estudiando Filosofía y otras garambainas que nunca te sacarán de pobre. No pienses en destinos del Gobierno, que no son más que pan para hoy y hambre para mañana... Métete en el comercio; compra y vende patatas, fruta, madera, cal, huevos, cualquier cosa; aprende un oficio; ponte a hacer cosas, a fabricar algo, jabón, ladrillos, clavos, peines, velas, relojes o demonios coronados... El cuento es que ganes dinero...".

—¿Eso te decía? ¿Pues sabes que esas noches estaba yo muy prosaica, después de aquella otra noche en que me llegué a ti con zapatos azules?

—Prosaica estuviste, y yo, que siempre fui rebelde al prosaísmo, me sentí tocado del tuyo. ¿Por ventura, digo yo, tus consejos prosaicos no eran la quinta esencia de la poesía?

—Es fácil que sí, Juan... Dime: ¿y cuando te aconsejaba que comerciaras o aprendieras un oficio, cómo iba yo calzada?

—De ninguna manera, porque venías a mí con los pies desnudos.

—¡Ay, Juan! eres un soñador tremendo... Ten cuidado...

—¿Cómo no soñar estando a veces cerca de ti, a veces tan lejos como lo estoy de las estrellas? Teresa, si después de lo que te he dicho, encuentras mal que yo aprenda el oficio de armero, lo dejaré... Tú mandas.

—No, Juan, no: si hace un rato te reñí por esto, fue... qué sé yo... Tenía yo ganas de pelearme contigo... El motivo importaba poco... la cuestión era decirte cosas... que tú me las dijeras a mí... Ya no te riño por lo que has hecho. Déjate llevar de tu inspiración. Puede que esto sea el principio de una gran fortuna para ti... Juan, busca donde nos sentemos, que yo estoy tan cansada como si hubiera andado leguas... Allí veo una piedra grande que es como un banco. Vamos allá.

—Vamos... Siéntate... Estoy pensando una cosa: Leoncio y Virginia dirán que tardo mucho en llevarte a la calle de la Solana; ¿pero qué nos importa?

—Dices bien: ¿qué nos importa?... Has medido el tiempo que debías tardar en volver a tu taller, y en eso, Juan, demuestras ser más prosaico que yo, que de tal cosa no me acordaba.

164

—Pero medí ese tiempo, Teresa, sin que se me diera cuidado de que fuera largo. Obedeciendo a mi corazón, yo entraría en casa de Leoncio diciendo: "Esa mujer es para mí más hermosa que los ángeles, más alta que las estrellas, y más benigna y generosa que la propia Caridad que Dios envió al mundo...".

—¡Ay, ay, ay, Juanito...! ¡Cómo se reirían de ti Leoncio y su mujer si entraras diciendo eso...! Esos disparates no debes decirlos más que a mí. Aun sabiendo lo mentirosos que son tus dichos, me gusta oírlos, Juan. Hoy es día de libertad, casi casi de embriaguez. Sigue, Juan, sigue. Las almas cogen un día cualquiera y hacen en él su carnaval.

—No son mis dichos mentirosos, sino la verdad misma —afirmó Tuste fundiendo su mirada en la mirada de ella—, sino la misma verdad. Cosas y personas no son lo que ellas creen ser, sino lo que son en el alma del que las mira y las siente.

—Quiere decir eso que yo puedo ser para los demás lo que quieran; pero que para ti siempre seré como debo ser... No sé si lo entiendo bien, ni cómo se ha de explicar esto.

—Para mí, las denominaciones de señora y caballero son motes que este y el otro gustan de ponerse en un juego social parecido al de las cuatro esquinas... Yo no pongo motes; no clavo tampoco letreros infamantes en la frente de ningún ser humano. Cristo me ha enseñado el perdón; la Democracia me ha enseñado la sencillez, la igualdad... Yo miro al alma, no miro a la ropa.»

Dicho esto por Tuste, ambos callaron. Había Teresa encontrado en el banco unas briznas secas, despojo de un árbol plantado no lejos de allí. El árbol, nada robusto y con su ramaje en completa desnudez, daba sombra al banco en estío; en invierno soltaba sobre él y sobre el suelo próximo los residuos muertos de su verdor pasado, para dar lugar a los nuevos brotes. Cogió Teresa dos, tres o más de aquellas briznas y se las llevó a la boca: eran amargas, pero el amargor no la desagradaba. La pausa que hicieron Teresa y Juan en su diálogo fue larguísima: él, apoyando en las rodillas los codos, miraba al suelo; ella, teniéndolo a su izquierda, volvió su rostro hacia el opuesto lado, y clavaba sus miradas en una larguísima y fea pared que como a veinte pasos se extendía, triste superficie con letreros pintados anunciando alguna industria, y otros escritos debajo con carbón por mano inexperta... Sobre aquellas letras y garabatos dejaba correr sus ojos Teresa sin ver nada, sin darse cuenta de lo que allí estaba escrito... El lugar o fondo de la escena no podía ser más prosaico; el suelo era todo polvo. La pared escrita limitaba el espacio por esta parte; por aquella, a distancia de pedrada corta, una fila de casas pobrísimas... Como seres vivos, daban animación a tan feo lugar perros flacos, chiquillos sucios y mujeres desmedradas.

De improviso volvió Teresa el rostro chocando su mirada con la de Tuste, y mordiendo los amargos palitos le dijo: «Según eso, Juan, podrás tú quererme a mí, sin llamarme ángel, ni diosa, ni nada de eso, queriéndome con todo lo que tengas en tu alma, sin acordarte para nada de lo que fui ni de lo que soy...»

Abrumado Tuste por la gravedad de esta proposición, que le cogió algo desprevenido y despertó en su alma un furioso tumulto, no tuvo arrestos para resistir la mirada de Teresa; bajó los ojos, y pasando el dedo por la superficie áspera y polvorosa del sillar en que se sentaban, iba soltando con lentitud la respuesta, como si anotara las palabras, o si leyera lo que escribía. Fue así: «¡Quererte yo, Teresa! ¡Si desde que te vi y me socorriste, te estoy queriendo, más que con amor, con adoración! Yo no veo en ti señora, ni veo la que otros hombres llamaron o llaman suya. Para mí, tú no eres de nadie, no puedes ser de nadie... Yo no he mirado a tu cuerpo tanto como a tu espíritu. ¿Por qué te he llamado ángel? Porque he visto en ti el corazón generoso, la frente noble, y las alas para subir a donde no subió ninguna mujer... Cuando supe tu pasado y la vida que hacías, lloré y rabié lo que no puedes figurarte... Pero luego mis ideas separaron tu espíritu de toda la broza material, y limpia y purificada te guardé en el sagrario de mi corazón, donde te doy culto con el espíritu mío. ¡Que si te quiero, Teresa! El amor mío por ti es grande, como todo amor que ha nacido y crecido sin esperanza... El no esperar nada, aviva el fuego de amor. Si me despreciaras, te querría lo mismo... Queriéndome tú, lo mismo que si no me quisieras... ¡Vivir, amar, morir!... términos absolutos...

—¿Me amarás de veras? —dijo Teresa en lenguaje llano—. ¿Como yo a ti?

—No me lo preguntes con palabras, sino con la imposición de algún sacrificio, o sometiéndome a la prueba más terrible. ¿Que es preciso morir por ti? Dímelo, y verás qué pronto...»

Siempre que Tuste hablaba este lenguaje de vaporosa espiritualidad, Teresa se conmovía y se le aguaban los ojos. Aun en los casos en que las declamaciones de su amigo la movían a risa, no dejaba de sentir emoción, y confundía la risa con el llanto. Aquella tarde hubo de extremar el esfuerzo de su voluntad para contener las lágrimas. «Oye, Juan —dijo después de una corta pausa—: vete a tu maestro y a tu maestra, diles... Cuéntales esto. ¿Sabes cómo se nombran en la intimidad Leoncio y Virginia? *Mita y Ley*. Pues diles que te quiero y me quieres. No se asombrarán poco, y... ¡quién sabe! puede que no se asombren nada.

—Virginia y Leoncio se quieren y hacen de sus dos almas un alma sola.

—Pregúntales por su vida salvaje... que te cuenten cómo fueron a esa vida, y la felicidad que tuvieron en ella.

—No están unidos más que por la ley de sus corazones.

—Sus corazones fueron la ley... Pregúntales cómo han vivido, cómo han soportado las penas...»

El recuerdo de *Mita* y *Ley* determinó repentinamente en Teresa un estado de espíritu semejante al que tuvo en la entrevista con Virginia. Sintió vergüenza y miedo. ¿Qué pensaría Virginia si supiera que había sacado del taller con engaño al aprendiz para irse con él de bureo por las calles? Esto era incorrectísimo. ¿Por quién la tomaría Virginia, después de haberla tomado por señora y hasta por marquesa? No, no podía soportar los juicios desfavorables de *Mita*... Veía en ella, ¡qué cosa tan rara! la cifra y compendio de la moralidad. La salvaje había venido a ser como una personificación de toda la virtud humana.

«Tuste —le dijo levantándose resueltamente, llena su alma de un sentimiento de pudor—, no quiero que *Mita* y *Ley* piensen mal de nosotros... No está bien que les engañemos. Dirán que para enseñarme dónde está esa calle has empleado mucho tiempo.

—Sí: pensarán mal... y no quiero yo eso.

—Pues vete pronto, Juan, vete. Si te riñen por la tardanza, cuéntales la verdad... les dirás quién soy: ¡qué vergüenza!... Pero sí, deben saberlo... Anda, no tardes. Yo también me entretengo demasiado. Todavía no soy libre.

—Les diré la verdad, la verdad. Quizás me conozcan en la cara que tú me quieres, y nada tendré que decir.

—Quizás, Juan... ¿Y a mí me lo conocerán también en la cara? No: yo sé disimular... Es preciso que nos separemos.

—Se separan nuestras personas, como dos sombras que han estado confundidas en una; pero tu espíritu y el mío permanecen juntos, juntos como un solo espíritu.

—Como un solo espíritu...

—Adiós. Déjame esas briznas que llevas en tu boca.

—Tómalas. Máscalas un poco, y las guardas luego.

—Son amargas. Toda la vida es amarga; pero contigo el amargor es dulzura. Teresa, déjame besar tu mano... Así... Déjame ahora que meta mi mano en tu manguito para que se me pegue el calor de las tuyas.

—Así... Deja tu mano metida aquí un ratito, para que te lleves el calor... Vaya, no más.

—No más. Adiós... yo me voy por aquí.

—Yo por aquí... Adiós.»

Desde lejos, embocando diferentes calles, uno y otra se pararon para saludarse. Alzaba ella la mano en que tenía el manguito, él la suya sin nada. No llevaba bastón ni sombrero. Por fin, cada calle se llevó lo suyo, y entre los dos aumentaba el oleaje de calles, de transeúntes...

Fue Teresa por todo el camino hasta su casa en completa abstracción de cuanto pudiera apreciar por los sentidos. Toda su compañía la llevaba dentro. Al llegar a su casa, ya de noche, la primera pregunta que hizo a Felisa fue: «¿Ha venido *ese*?...» Diciendo *ese* chocó con la realidad... Se sentía fatigadísima; le dolían los pies de andar por calles empedradas con guijarros puntiagudos. Despojada de mantilla y zapatos, se tendió en un sofá, y a solas, recordando y pensando, su cerebro entró en blanda sedación. De la calle traía, para decirlo claro, una borrachera de espiritualidad. ¿Pero todo lo ocurrido en aquella tarde, la excursión a las Vistillas, la entrevista con Virginia, la conversación con Tuste, era verdad? ¿Estaba ella en su cabal sentido cuando dijo al aprendiz lo que aún recordaba, pues cada palabra suya, cada palabra de él, estampadas permanecían en su mente?... ¿No se había excedido un poco en el abandono de su voluntad, comprometiéndose a más de lo que debiera?... En estos pensamientos se mecía y aun se adormecía, cuando un fuerte ruido de voces y de pisadas en la escalera le anunció que volvía Risueño con los expedicionarios de la Alameda de Osuna. No sintió Teresa que Facundo viniese acompañado, trayendo a cenar a dos o más amigos, pues cuando venía solo eran más difíciles de conllevar las brusquedades e impertinencias del *contratista*.

Entraron en la casa con alegre vocerío Risueño y otro señor, luciendo el empaque andaluz de marsellés y calañés, y dos más en traje corriente de caballeros que van de campo. Estos eran el marqués de Beramendi y José Luis Albareda, el más arrogante, salado y ceceoso de los señoritos andaluces que por entonces se abrían camino en la política. Dirigía *El Contemporáneo*, órgano de los conservadores que llamaban *de guante blanco*, los más atildados y conspicuos, chapados a la inglesa, que era *la dernière* en punto a política y arte parlamentario.

Hubo Teresa de violentarse para sonreír a toda la cuadrilla, y disertar con ella de asuntos que no la interesaban. Allí estuvieron hasta media noche, charlando, contando cuentos andaluces, consumiendo la manzanilla y otras bebidas de que tenía Risueño grande acopio en aquella casa. Resistiéronse a cenar: tan repletos venían del comistraje en la Alameda; pero bebían, algunos moderadamente, otros empinando de lo lindo, sin embriagarse o solo poniéndose alegres y decidores. Risueño cogió la guitarra, y tras un preludio de ayes y jipidos lastimosos, se arrancó el hombre con playeras. No lo hacía mal: alguno le jaleaba con palmaditas; Beramendi tenía más sueño que ganas de música. Las doce serían cuando desfilaron dos, quedando solos Facundo y el compañero que, como él, traía ropa y sombrero al estilo de la tierra de María Santísima. Era un caballero joven a quien las aficiones a la jácara y a las cañitas no privaban de la exquisita distinción en sociedad. A todo hacía, mostrando igual superioridad en ambos papeles; era el primero en las zambras andaluzas, el primero en la cortesanía que podremos llamar europea, terreno común de la civilización. Disputaron un rato Risueño y Manolo Tarfe (que tal era el nombre del caballero), sobre si braceaban los potros cordobeses mejor que los jerezanos o viceversa; pero ello quedó en las primeras escaramuzas, porque Risueño fue bruscamente acometido de tan intensa modorra, que con media palabra entre los labios, dejó caer al suelo la guitarra, y su cuerpo se estiró en el sofá, convirtiéndose en plomo. Tarfe le llamó con fuertes gritos, como podría llamarle si se hubiera caído en un pozo... «¡Pobrecito! —dijo Teresa, gozosa de ver anulada la personalidad de su *contratista*—, hay que dejarle dormir la manzanilla.» Entre ella y Felisa le sacaron con no poca dificultad las botas... El marsellés no pudieron quitárselo, por la extraordinaria pesadumbre del cuerpo de Risueño.

Cogió en esto el caballero Tarfe su calañés para retirarse, y haciendo ademán de poner el gracioso sombrero andaluz en la cabeza de Teresita, le dijo: «Ahí te dejo con ese fardo... Mejor para ti que se haya convertido en lo que ves, en un saco de patatas...»

Solía tutear a Teresa, viéndola sola, por arranque nativo de su temperamento, y por expresarle mejor sus atrevidas pretensiones. Tiempo hacía que la enamoraba con disimulo, aprovechando toda buena coyuntura para convencerla de que debía entenderse con él, rescindiendo la contrata con Risueño. Pero Teresa, blasonando de virtud relativa, no daba oídos a la sugestión del caballero, y se mantenía leal a su compromiso. Sin esperanza de ser más afortunado aquella noche, Tarfe, cuando Teresa salió a despedirle hasta la sala, dejando en el gabinete el inanimado cuerpo de Facundo, que más bien cadáver parecía, le soltó la milésima declaración y propuesta de amores. Echose a reír la guapa moza; pero más benigna que otras veces, deslizó una frase de esperanza.

«Manolito, tenga paciencia...

—¿Te decides a despachar al fardo?

—Paciencia, Manolo.

—Di una palabra... ¿Quieres que hablemos...?

—Sí: algo tengo que decir a usted.

—¿Dónde podríamos...? Teresa, no me engañes. Has dicho que tienes algo que decirme... Pues aquí mismo... Cuenta que Facundo es una pared.

—Las paredes oyen... Aquí no puede ser.

—¿Pues dónde, cuándo? ¿Me citarás?

—Sí: para ponerle a usted banderillas.

—No bromees. ¿Me citarás?...

—Que sí... Y basta. Tome el olivo pronto.

—Bueno: me voy. Pero quedamos en que me citas, Teresa.

—Para que hablemos...

—Eso, para que hablemos. ¡Si es lo que deseo: hablar contigo! Adiós, gracia del mundo.»

XXVIII

Se ignora el día, el mes no es seguro... Ello pudo ser en febrero, en marzo del 59, cuando en todo su apogeo lucía su espléndido plumaje nuevo la Unión Liberal, empollada por el gran O'Donnell. La indecisión de la fecha no quita valor histórico a la comida con que los Marqueses de Villares de Tajo obsequiaron a sus amigos. Estos eran cuatro: el marqués de Beramendi, Manolo Tarfe, Nocedal y el pomposo Riva Guisando, *la première fourchette de Madrid*. Asistían también a la comida don Serafín del Socobio y su hija Valeria; pero como el pobre señor estaba medio paralítico, no gustaba de sentarse a la mesa grande, temiendo el desagradable espectáculo que a los convidados daba con su torpeza para el manejo de cuchillo y tenedor. En una estancia próxima le habían puesto una mesita, donde Valeria le acompañaba, le partía la comida cuando era menester, y se la iba metiendo en la boca con tenedor o cuchara.

Bromeaba Eufrasia graciosamente con Guisando, diciéndole que su patriotismo le ordenaba la proscripción de todo estilo francés en su cocina. Mal día le esperaba al *gourmet*. Afirmaba Guisando que él era internacional, y que adoraba los buenos platos españoles condimentados *secundum artem*. Dejándose llevar de su galantería, llegó a decir que mantenidos en España los buenos principios gastronómicos de la raza, él sería el primer enemigo de la invasión, y pondría en todas las cocinas una copia en pastaflora del grupo de Daoiz y Velarde. Don Saturno del Socobio, que estaba ya casi lelo, no decía más que: «España es la primera nación del mundo por el valor y por la sobriedad. ¿Qué mayor gloria para un país que vivir sin comer? Los españoles han hecho en ayunas su brillante historia.» Apoyó esto Nocedal, diciendo que España no había cultivado nunca las artes que no eran espirituales, y que entre todas las filosofías había preferido el ascetismo, que resuelve de plano y sin quebraderos de cabeza la cuestión de subsistencias. La Economía Política que a la sazón estaba tan en boga, era desconocida de los españoles del gran siglo... La decadencia empezó cuando entraron las ideas económicas... La vida española es, por naturaleza, vida de inspiración,

vida de hazañas en la esfera humana, y de milagros en la esfera religiosa...
Es España la cristalización del milagro: vivir sin trabajar, trabajar sin comer,
comer sin arte y hacer una historia que así revela el poder de las voluntades
como el vacío de los estómagos... Con estas paradojas a los comensales
entretenía, y corroboraba su fama de decidor agudo.

Beramendi preguntaba si había noticia histórica de cómo se alimentaban
el Cid, Nuño Rasura y Laín Calvo, y Guisando afirmó que estos caballeros
no comían más que pan y sus derivados; migas o sopas de ajo, caza y
cotufas, con lo que se podía componer un excelente *Timbale de perdreaux
aux truffes*... Don Saturno, reiterando su patriotismo, sostuvo que la cocina
francesa era una alquimia indecente y una botiquería repugnante, y Tarfe se
declaró internacional como Guisando, preconizando la concordia y armonía
entre los dos sistemas culinarios, tomando lo bueno de uno y otro para
formar lo excelente y superior; vamos, una verdadera Unión Liberal del
comer.

¡Unión Liberal! Estas mágicas palabras llevaron la conversación a la comidilla política, que era la más incitante y sabrosa.

«Tiene razón Tarfe —dijo Eufrasia—. ¿Qué es la Unión Liberal más que una
mixtura de sistemas gastronómicos?

—Trátase de un sistema político —apuntó Nocedal—, que no tiene más
que un dogma, o si se quiere, tres dogmas: comer, comer, comer.

—Trátase, señor don Cándido Nocedal —dijo Tarfe, el más convencido y
frenético de los unionistas—, de traer a España la vida nueva y grande, la
vida del progreso, de la cultura, y poner fin a la política sectaria y facciosa.»

Apoyado por Beramendi, hizo Manolo Tarfe el ardiente panegírico de la
Unión y de su creador y jefe don Leopoldo O'Donnell. Con ser profunda la
fe del caballero en las excelencias del nuevo partido y en las venturas que al
país traería, más que la fe en las ideas le alentaba su amor y respeto al conde
de Lucena y a toda su familia. Por el general tenía verdadera adoración;
con tal vehemencia ponderaba su valor, su talento y su sencillez y bondad,
que en el Casino solían llamarle *O'Donnell el Chico*. Provenía más bien este
apodo de su estatura, harto menguada en comparación con la de su ídolo, y
de su semejanza fisonómica con personas de la familia del general. Era rubio,
de azules ojos, simpático, y de hablar expedito y donoso. Rico por su casa,

Tarfe quería lucir en el terreno político, y no carecía de bien fundadas ambiciones. Ya era diputado, y con la protección de O'Donnell sería todo lo que quisiese. Su frivolidad y los hábitos de ocio elegante en los altos círculos, o en los pasatiempos y deportes andaluces (pues esta doble naturaleza era en él característica), se iban corrigiendo con el trato de personas graves y con la constante proyección de la seriedad de O'Donnell sobre su espíritu. No era un derrochador como Aransis, ni había llegado al reposo y madurez de juicio del gran Beramendi. Algunos le tenían por *cuco*, y veían en sus jactanciosas actitudes, dentro de las dos naturalezas, un medio de hacerse hombre y de abrirse camino en la política.

Ameno y fácil hablador, *O'Donnell el Chico* se disparaba en la conversación, estimulado por su propia facundia y por el agrado con que le oían. Decía la Villares de Tajo que no había caja de música más bonita y menos cansada que Manolo Tarfe, y siempre que a su mesa le tenía, dábale cuerda, variándole al propio tiempo la tocata. Todas las de *O'Donnell el Chico* iban a parar siempre a la exaltación y apoteosis de la Unión Liberal. Nocedal y don Saturno creyeron que Tarfe deliraba o se ponía peneque cuando le oyeron decir: «Don Leopoldo es el primer revolucionario, porque al par de los derechos políticos para todos los españoles, trae los derechos alimenticios. Viene a destruir la mayor de las tiranías, que es la pobreza. Su política es la regeneración de los estómagos, de donde vendrá la regeneración de la raza. Sin buenos estómagos, no hay buenas voluntades ni cerebros firmes. De Mendizábal acá, nadie ha pensado en que España es un pobre riquísimo, un vejete haraposo, que debajo de las baldosas del tugurio en que vive tiene escondidos inmensos tesoros... Pues O'Donnell levantará las baldosas, sacará las ollas repletas de oro, y con ese oro, que es a más de riqueza talismán, le dará al vejete unos pases por todo el cuerpo, a manera de friegas, devolviéndole la juventud, la fuerza física y mental.»

Tronó don Saturno contra esto; Eufrasia y Beramendi rieron; Nocedal, más desdeñoso que indignado, dijo que la figura podía pasar, pero que la idea era detestable y masónica. La palabra Desamortización corrió de boca en boca, y en la de Riva Guisando provocó esta opinión escéptica: «Hágase la prueba... Sáquese del subsuelo un poco de pasta, dénsele las friegas al vejete... véase qué cara pone, y si le entusiasma la idea de recobrar la juventud... Porque si después de desamortizar salimos con que el viejo requiere sus andrajos y clama por que no le quiten de la cara sus benditas arrugas, no hemos hecho nada...»

Y tal alboroto levantaron las ideas de Tarfe, que hasta la salita donde comía don Serafín llegó el eco de los apóstrofes, réplicas duras y burlonas risas. El pobre señor se afligió enormemente cuando Valeria le dijo que hablaban de Mendizábal y de la Mano Muerta, y con la suya, que no estaba muy viva, dio sobre la mesa no pocos golpes, diciendo: «Tarfe masón... Perdónele Dios.» Tan excitado se puso, que Valeria pasó al comedor para rogar que se variase la tocata.

«¿Qué hay, hija mía?

—Papá está furioso por lo que dice Manolito Tarfe. Manolito, haga el favor de no ser aquí tan masónico.

—¿Qué ha dicho mi buen amigo don Serafín?

—Que toda política que va contra Dios, es una política infernal.

—No he dicho nada... Valeria, aunque venga usted en clase de inquisidora, nos alegramos de verla.

—No nos abandone, Valeria. Está usted monísima; nos embelesa su rostro; su mirada y su sonrisa nos encantan, aunque vengan cargadas de anatemas y excomuniones.»

Halagada en su vanidad por tales piropos, dijo Valeria que no podía separarse de su papá, pero que aprovecharía cualquier ocasión para dar un saltito al comedor y echar un palique con los buenos amigos, siempre que estos prometieran ser muy poquito herejes y muy poquito masónicos. La ocasión para zafarse del cuidado de don Serafín, y campar un rato a sus anchas en el comedor, la determinó Fajardo, que cuando servían el café se fue a tomarlo en compañía del paralítico, relevando a Valeria. Esta voló al comedor, y solos el marqués y don Serafín, ofrecieron a la Historia una memorable conversación: «Mi noble amigo, de hoy no pasa que usted me dé su conformidad con el plan que le he propuesto para el perdón de Virginia...

—¡Oh, Virginia, hija del alma! —exclamó Socobio lloriqueando, pues en cuanto aquel tema se tocaba, sus ojos eran fuentes.

—¡Hija del alma, dice usted, y no le abre sus brazos!... ¡Hija del alma, y le niega su cariño, le niega el pan!...

—El pan no... Todo el sobrante que hay en casa, que no es poco, será para ella... ¡Hija mía... tan pobre y lactando!... Yo le aseguro a usted que si Virginia criara dentro del santo matrimonio, yo pagaría con gusto las mejores amas asturianas y pasiegas... Pero ella lo ha querido, ella rompió todos los lazos y pisoteó todas las leyes... Castigo de Dios: darás el pecho a tus hijos, porque no tendrás dinero para pagar ama...

—Virginia goza de buena salud, y no necesita alquilar la leche para su hijo. Virginia es la mujer fuerte, la mujer que va derecha por el camino de la vida.

—¡Ay! no, no, Pepe... No me aflija usted más de lo que estoy... Vea, vea cómo corren mis lágrimas... Ya tengo este pañuelo que se puede torcer... Pero traigo otro... y otro. Siempre que salgo de mi casa llevo tres pañuelos, porque me aflijo por la menor cosa y... ya ve usted... Hágame el favor, Pepito, de no disculpar a Virginia ni llamarla mujer fuerte. Podré perdonarla; pero disculparla nunca... Es la mujer débil, la mujer extraviada... Póngame usted más azúcar... Me agrada el café dulcesito... Pues no ensalce usted a Virginia, pecadora y adúltera; no la comparemos con este ángel, con mi Valeria, la hija fiel, la hija discreta que ha preferido las asperezas del deber a los deleites de la libertad... Ahí la tiene usted, casada honesta y viuda honestísima, que viudez efectiva, aunque pasajera, es el alejamiento de su marido... Ahí está, firme en sus deberes, intachable en la virtud, ajustando estrictamente su conducta a lo que dice San Dionisio Areopagita acerca de la forma y manera con que han de guardar su recato las viudas. ¿Lo ha leído usted?

—No, señor... Pero sin leer nada de eso, reconozco que Valeria es un modelo de viudas ocasionales y de amantes hijas.

—No tiene más que un defecto, que es su loco devaneo por los muebles elegantes y las cortinas de última novedad... Pero este defecto no atañe a la virtud propiamente, ni la menoscaba. ¡Oh, qué diera yo por que a Virginia no se le pudiera echar en cara otro pecado que el mueblaje suntuoso y el gusto exagerado del vestir a la moda!... Los pecados de Virginia van contra Dios, son la negación de Dios y de su maravillosa obra en la humanidad... Yo lloro esos pecados, querido Pepe; los lloro por ella, y los estaré llorando mientras viva...

—Serénese un poco, don Serafín; tómese su cafetito, que está muy bueno, y sin lloriqueos ni suspiros, deme su conformidad con el proyecto de reconciliación... ¿Quiere que le recuerde las bases? Usted señalará a su hija pensión de alimentos, cantidad razonable, la que le correspondería si no existieran estas discordias... Virginia y su familia vivirán en mi casa; podrán visitarla usted y doña Encarnación a la hora que se determine para encontrarla sola con el chiquillo... ¿No es esto lo tratado?

—Eso es... Déjeme que llore... Eso y algo más. Viéndome ya tan caduco y de tan torpe andadura, propongo que puedan venir a mi casa Virginia y su nene; pero nunca pretender vivir con nosotros... De su casa de usted vendrán a la mía, y de la mía volverán allá, sin que el hombre en ningún caso les acompañe por la calle...

—Muy bien. Mi mujer o yo nos encargaremos de la traslación... Todo irá bien. Yo he hablado con Ernestito... ya se lo dije a usted ayer. El dulce *Anacarsis* está en la disposición más conciliadora, y no le importa ni poco ni mucho su mujer. Se hace la cuenta de que Virginia no existe, de que está viudo, situación que le agrada en extremo. No echa de menos el matrimonio, ni tampoco el divorcio, porque si lo hubiera y él recobrara por la ley la facultad de volver a casarse, no lo haría... Con que todo va como una seda, mi querido Socobio, y solo falta que pongamos en ejecución nuestro convenio lo más pronto posible...

—Sí, pronto... De pensar que veré a Virginia soy un río de lágrimas... ¿Dice usted, Beramendi, que el chiquillo es lindo? Bien podrá ser que haya sacado toda mi cara, mi expresión...

—Paréceme que sí... Usted le verá...

—Y es una bendición que no hable todavía... Me sabría muy mal oírle nombrar a su padre... No sé quién me dijo que el padre es guapo, y yo me resistí a creerlo... Ya sabe usted lo que dice Santo Tomás...

—No me acuerdo.

—Pues dice que nada puede ser bello si no es bueno.

—Hay excepciones... Pero, en fin, dejemos eso...

—Dejémoslo... que, en último caso, la belleza física poco importa y poco vale... La belleza moral es reflejo de la Divinidad... Vea usted reunidas las dos bellezas, la moral y la física, en esta angelical Valeria, ¡ay!... que sería la perfección misma sin esa flaqueza por la futilidad de las consolas, por la absoluta vanidad de los entredoses, y por la frágil opulencia de las porcelanas... Déjeme usted que llore, mi querido Beramendi... Mi llanto es una mezcla de alegría y de pena, porque veré junto a mí a mis dos hijitas, la buena y mala, y a ratos, a ratos... Me forjaré la ilusión de que las dos son buenas, piadosas, y las querré a las dos lo mismo, lo mismo; y el chiquitín de Virginia me figuraré que es de Valeria, y creeré, como creen los niños, que no lo engendró varón, sino que lo han traído de París... De París, Pepito, para recreo de mis dos hijas y mío. Jugarán ellas, jugaremos todos con él... De París ha venido en una caja con mucho papel picado, como las que recibía Valeria con aquellas lámparas elegantísimas y aquella loza de Sevres, que me costaban un dineral... De París ha venido el niño, sí, sí, y yo estoy muy contento, yo lloro de contento... y le estoy a usted muy agradecido... Beramendi, deme usted un abrazo fuerte, fuerte... y de mi parte este para María Ignacia... Déselo usted bien fuerte, bien fuerte... ¡ay, ay, ay!»

XXIX

Salvó a Beramendi de aquel sofoco Cándido Nocedal, que fue a dar sus plácemes a don Serafín por la feliz aprobación del convenio de paces, y tuvo que aguantar los abrazos con salpicadura de lágrimas efusivas. El ex-ministro reaccionario no había contribuido poco a domar la testarudez socobiana, desmintiendo en aquel caso, como en otros de la vida privada, el rigor de sus principios dogmáticos. En el comedor, todo era luz, animación y alegre bullicio. Valeria se derretía con los finos galanteos de Manolo Tarfe, y afectaba sorpresa burlona cuando el caballero hacía descaradas alusiones a los flamantes amoríos de ella con Pepe Armada... Beramendi cogió al vuelo estas frases. «¡Qué tonto, qué malo!... Con usted no hay reputación segura.» Y en el otro corrillo oyó a don Saturno: «Querido Guisando: eso que usted dice es un insulto a la Divina Providencia, y una burla de los designios del Altísimo. Porque el Altísimo permite que haya pobres, y los pobres y miserables lo son porque así les conviene... Permite también que haya ricos que no necesitan trabajar... Naturalmente, les conviene la ociosidad en medio de la abundancia; pero el Hacedor, al permitir estas desigualdades por conveniencia de unos y otros, no consiente que los ricos inventen manjares absurdos por lo costosos. Eso es ya sibaritismo, y el sibaritismo es pecado.

—El desenfreno de la gula —dijo Eufrasia—, llevará a los infiernos a nuestro simpático *gourmet.*»

Riva Guisando, encendido de satisfacción el rostro, respondió con sonrisa olímpica que él no era más que un experimentador, un espíritu teórico que ponía sus conocimientos al servicio de la Humanidad. «Repetiré lo que ha escandalizado a esta señora —dijo—, para que se enteren Beramendi y Tarfe. Yo sé hacer un caldo tan superior, que cada taza sale por diez duros... Cinco tazas cincuenta duros, y no rebajo ni un maravedí.» Grande escándalo y risotadas de incredulidad. «¿Pero qué demonios echa usted en ese caldo?...» «Será que, en vez de carbón, emplea usted billetes de Banco...» «Lo hará con alones de ángel, o con huesecitos de santos milagrosos...» «Cuando uno tome ese caldo, verá desde aquí el rostro del Padre eterno.» Fiando a la comprobación real su problema gastronómico, Guisando emplazó y convidó a los presentes para la prueba. Él haría su caldo en casa de Farruggia. Luego que los amigos cataran y saborearan tan extraordinario condumio, él les daría exacta cuenta de las carnes, especias y demás ingredientes que habían entrado en la composición... y se vería si era o no razonable calcular en diez duros el coste de cada taza.

Aceptaron todos el extraño convite. En opinión de don Saturno, Guisando tenía que pedir pagas adelantadas, vender sus camisas y empeñar toda su ropa, si daba en regalarse a menudo con su famosa invención. «Pues sí —dijo Eufrasia—, quiero probar ese caldo y saber cómo se hace... para no hacerlo en mi vida, y declarar loco a su inventor.» Con esto se puso fin a la reunión, que en aquella casa venerable terminaba siempre temprano. Salió el primero don Serafín, acompañado de su hija, y luego los demás convidados, agradecidísimos a las atenciones de los Marqueses. Nocedal y Beramendi se fueron a sus casas, y Tarfe y Guisando al Casino.

No se le cocía el pan a Manolito hasta no avistarse con Teresa, y a la mañana siguiente se fue a su casa, esperando verla ya en completa liberación del fardo. Aunque el rompimiento era seguro, aún no había dicho Risueño la última palabra, según contó a su amigo la moza, inquieta y malhumorada. «Hemos tenido más de un arrechucho. Está el hombre imposible... Ni él puede aguantarme a mí, ni yo a él. A decir verdad, no ha estado muy violento... lo que significa que no me tiene ninguna estimación. Yo a él tampoco le estimo desde que sé que quiere proteger a una tal Genara, alias *la Zorrera*, que estuvo con Pucheta... y es de lo último de la calle... Lo que más me carga de Facundo es su gusto pésimo y su ordinariez... Veo que me despedirá como se despide a una criada que no guisa con aseo. Ayer me dijo: "Sé que tomas varas de un chico, aprendiz de armero, que pedía limosna... Ya veo que tus caridades no son más que una tapadera indecente". Yo le contesté con medias palabras, de las que ni afirman ni niegan... Siempre con dignidad. Sé tener dignidad; él no... Vaya con Dios... No me importa: ya lo deseo.»

Reiteró Tarfe su proposición de recoger la herencia de Risueño, y la guapa mujer, agraciándole con sonrisas y seductores melindres, le ordenó que tuviese paciencia, y escuchase lo que a decirle iba. Sacó del bolsillo un mal escrito papel, sentose frente a *O'Donnell el Chico*, y le dijo mostrando sus garabatos: «Estas notas, Manolo, escritas por mí, que no estoy fuerte en ortografía, las pondrá usted en limpio. Tome, entérese. Verá tres nombres de personas, y otros tantos destinos, que quiero, Manolo, que necesito... Lo hago cuestión de gabinete: o me trae usted las tres credenciales, o no se presente más delante de mí. Usted es poderoso; el general O'Donnell no le niega nada. En todos los Ministerios tiene usted gran metimiento. Se va usted a Posada Herrera, o a Calderón Collantes, o a Salaverría... Si no prefiere irse a la cabeza, a su padrino don Leopoldo, diciéndole: "Padrino, esto quiero... Mis compromisos políticos me exigen, me..." En fin, usted sabrá lo que tiene que decirle.»

Leyó Manolito la nota, y suspirando dijo que lo haría, lo intentaría, sin asegurar que lo consiguiese, pues había pedido ya y obtenido de don Leopoldo y de los demás ministros excesivo número de credenciales. Pero, en fin, él lo tomaría con gran empeño, presentando los tres casos como graves compromisos políticos, de los ineludibles y que no admiten espera. Pedía Teresa para su tío don Mariano plaza de jefe de Administración, que era el ascenso que le correspondía, si era posible en Estado, y si no en cualquier parte. Para Leovigildo Rodríguez pidió plaza de la misma categoría que tuvo en Hacienda, y otra igual para don Segundo Cuadrado. Tragose la nota el buen Tarfe, viendo que con Teresa no valían palabritas engañosas, y se fue dispuesto a marear a medio Ministerio y a su cabeza visible hasta lograr las tres plazas. Cosas más difíciles había en este mundo. Él de nada se asustaba, fiado en su buena estrella y en su ángel. Era el niño mimado de la Unión. Adelante, pues, y a trabajar por Teresa, por aquel París que bien valía una misa, y aun tres misas.

Mientras andaba *O'Donnell el Chico* en la campaña que había de producir el remedio de tres cesantes infelices, Teresa no mantenía ociosa su mano liberal. Creía llegado el caso de repartir todos los bienes que a ella le sobraban. Su idea desamortizadora y de distribución del bienestar nunca brilló en su mente con luz tan viva. A su madre dio dos trajes muy buenos para que los arreglara, y dos miriñaques; a Mercedes Villaescusa, una bata, camisas, enaguas, zapatos; a doña Celia envió macetas con las mejores plantas que entonces se conocían en Madrid, y además loza de vajillas descabaladas, un par de cortinas, cuatro botellas de manzanilla, un calentador para los pies, tabaco y otras menudencias; a Jerónima, provisiones de boca, galletas finas y un jamón, amén de unos visillos para las ventanas... Y entre otros pobres que en sus excursiones por los barrios del Sur había encontrado, repartió diferentes especies de ropa y comestibles, y algún dinero. En esta caritativa ocupación la sorprendió el *ultimatum* de Risueño, que se despidió de ella con una carta muy mal escrita, concediéndole la propiedad de todo lo existente en la casa, y enviándole mil reales de *plus*... Alegrose Teresa de que la madeja de aquel lío se desenredase tan suavemente, y dio por buena la mezquindad del socorro final, perdonando el coscorrón por el bollo. Nunca le fue tan grata la libertad; nunca tan a sus anchas respiró, a pesar del alarmante vacío de sus arcas. Ya vendría dinero de alguna parte; vendría tal vez la franca resolución de despreciarlo, y el recurso supremo de no ver su necesidad. Hallábase después de la carta de Risueño en gran perplejidad, cavilosa, echando ahora su alma por un camino, ahora por otro. Pocos días después de encontrarse libre, recibió la visita de una señora, o con apariencias de tal, que alguna vez se personaba en su casa; mujer de peso, de historia y de mucha labia, de estas que vienen a menos por desgracias de familia, o por picardías de hijos desnaturalizados. Había sido famosa *cuca*; vestía decentemente, sin borrar de sí la inveterada *traza celestinoide*.

Secretearon las dos algo que merece referirse. Con extremados encarecimientos habló Serafina, que así la tal se llamaba, de un opulento señor, en buena edad, que por la calle había visto a Teresa y deseaba obsequiarla en alguna forma delicada... «Usted se habrá fijado tal vez... y ya comprende a quién me refiero... Solo le diré, por si lo ignora, que ese señor tiene la contrata de todo el tabaco que en España se consume, y que no sabe qué hacer del dinero... Pero sí sabe, sí. ¿Ve usted la Puerta del Sol, con todas las casas derribadas para hacerlas de nuevo, ensanchando la plaza? Pues dicen que él levantará todas las casas nuevas. Imagine usted qué fincas... Es de estos hombres que de chicos se van descalzos a La Habana y vuelven con las botas puestas... Pero este no trabajó en calzado, sino en sombreros, con más suerte que mi difunto esposo, que después de ganar en Cuba muchísimo dinero, allá se dejó las onzas y la pelleja... Pues como le digo, es persona sentada, tan limpio que da gloria verle; la cara bonachona, los cabellos entrecanos... Figura hermosa en sus años maduros...

—Le conozco de vista —dijo Teresa poco interesada en el asunto—, y algo me han contado de la facilidad con que gana el dinero. Yo, si he de decirle la verdad, Serafina, estoy cansada de esta vida... ¿Sabe usted lo que pienso de algunos días acá? Se va usted a reír... Ríase lo que quiera. Pues se me ha metido en la cabeza dedicarme a la honradez pobre, o a la pobreza honrada... que es lo mismo... ¿Qué le parece?

—¡Ay, hija mía: si es cuestión de conciencia, yo nada digo; no me meto a dar consejos a nadie, mediando la conciencia! ¡Ay, no, no!... ¿Pero de qué le ha dado a usted esa ventolera? ¿Es cierto lo que oí, que le ha salido a usted un obrerito? Hija mía, ándese con cuidado con los obreritos, que esos... A lo mejor la pegan, y salen unos perdularios o unos borrachines. Las clases bajas de la sociedad, me decía Bravo Murillo, son dignas de que se las socorra, de que se las aliente; pero líbrenos Dios de meternos entre ellas... No, no: ni usted ni yo, por nuestra educación, podemos hacernos a la grosería del pueblo.

—Yo no pienso así. Al contrario, se ha fijado en mí la idea de que no hay cosa mejor que no poseer nada, absolutamente nada. ¡Fuera necesidades, fuera obligaciones! Tener una un hombre que la quiera... Casarse con él, vivir con vida sencilla, descuidada... ganando el pedazo de pan necesario para cada día...

—¡Ay, ay, Teresa, qué gracia me hace usted! ¡Salir con eso del bocadito de pan, ahora, ahora, cuando tenemos a la Unión Liberal, que viene con la idea de hacer de España otro país, como quien dice, fomentando, fomentando...! Yo no sé expresarlo bien; pero *este es el momento histórico*... Así me lo ha dicho don Francisco Martínez de la Rosa... *El momento histórico* de multiplicar en España las comodidades y el bienestar de tantos miles de almas... Tendremos más ricos, pudientes muchos, y menos pobres... Vendrá la venta de la Mano Muerta... Saldrán miles de millones... y verá usted a España cubierta de *ferroscarriles*, que traerán a Madrid todo el género de las provincias casi de balde... Así me lo decía esta mañana Salustiano Olózaga, y del mismo parecer es el Infante don Francisco, con quien hablé la semana pasada, y me dijo: "Serafina, mucha riqueza que está guardada veremos salir pronto de debajo de la tierra". ¡Y *en este momento histórico* cambia usted de rumbo, y vuelve su lindo rostro hacia la pobreza!...» La condenada tenía la perversa costumbre de citar personas respetables, que le daban confianzudamente un autorizado parecer, con el cual fortalecía su opinión propia. Teresa, en verdad sea dicho, había tenido con ella poco trato, y este fue casi siempre puramente comercial, por la compra o cambalache de joyas, encajes, abanicos, y otras prendas que cautivan a las señoras. Sin hacer ningún negocio la despidió aquella mañana, y fue tan discreta Serafina que no reiteró su proposición, limitándose a decir: «Volveré, Teresita... quiero verla a usted en su nuevo papel... ¡Compartir la vida pobre con un obrerito! ¡Qué pronto se dice, y qué bonito parece pensado y dicho!... En el hecho ya es otra cosa... Aquí donde usted me ve, yo, en mis quince y en mis veinte, tuve, mejor diré, padecí, ese bello ideal, y... ¡ay!... En fin, no quiero quitarle las ilusiones. Váyase usted, Teresita, a la pobreza honrada, que si es cuestión de conciencia, yo seré la primera que le aconseje ir por ese camino. La conciencia sobre todo: así me lo decía, sin ir más lejos, ayer tarde, el cardenal fray Cirilo de Alameda... Adiós, hija mía.»

XXX

Atacó el buen Tarfe con loco empeño a su protector don Leopoldo, de quien obtuvo una repulsa cariñosa. Ya le dolía la mano de dar a su protegido tantas credenciales. De Posada Herrera, a quien ya tenía frito con sus peticiones, nada sacó en limpio. Más feliz fue con Salaverría y con el marqués de Corbera, que al menos le dieron esperanzas. El hueso más duro de roer era el destino de Centurión, en Estado; y no viendo medios de salir airoso con O'Donnell ni con Calderón Collantes, que se llamaban Andana, dirigió sus tiros contra doña Manuela, que le quería, le mimaba y se divertía con su graciosa cháchara. No la encontró muy propicia, por tener bastante gastada ya su poderosa influencia; pero Tarfe insistió, y para ganar el último reducto de la voluntad de la señora, le llevó folletines nuevos, que ella no conocía: *Isaac Laquedem*, por Alejandro Dumas, y luego *Los Mohicanos de París*, del mismo autor. Esta larga y complicada obra fue muy del agrado de la condesa. Tarfe sacrificaba por las noches sus más agradables ratos de casino y teatros para leerle a doña Manuela pasajes de febril interés. Total: que con esto y sus hábiles carantoñas, y los elogios que hacía del gran mérito administrativo de Centurión (no le conocía ni de vista), logró interesar a la señora, y el buen don Mariano tuvo su destino, no en Estado, sino en Fomento, que para el caso de comer era lo mismo.

Para mayor ventura de Manolo Tarfe, el mismo día que le dieron la credencial de Centurión, entregole Salaverría la de Leovigildo Rodríguez. Solo faltaba la de Cuadrado; pero de esta colocación se encargó Beramendi, gozoso de favorecer al que había sido su desgraciado jefe en la *Gaceta*. Con estas bienandanzas, corrió Tarfe a ver a Teresa. Le llevaba todo lo que le había pedido. Tan contento estaba el hombre de poder satisfacerla en sus deseos generosos, que al darle las credenciales, se dejó decir: «Pide por esa boca, Teresa. A ver si encuentras otro que con tanta diligencia te sirva.» Muy agradecida, y loca también de contento, Teresa no dio al caballero el sí que este anhelaba; difirió su acuerdo para dentro de algunos días. «Estoy ahora en grandes dudas, Manolo, y dispense si no le contesto a lo que desea... Mil y mil gracias, amigo: es usted la flor de la canela para estas cosas. ¡Viva la Unión Liberal! y viva *O'Donnell el Chico*, que es el vicario del grande... Crea usted, Manolo, que le aprecio de veras... Pero estoy en la crisis del alma, en la terrible duda, Manolo. ¿Me voy hacia arriba, o me voy hacia abajo? ¿La felicidad dónde está? ¿En la honradez pobre y sin cuidados, con solo un hombre para toda la vida, o corriendo, arrastrada de muchos hombres, y metiendo mano a los millones de la Desamortización?» Decía esto muy nerviosa, poniéndose la mantilla. Creyó Tarfe que no estaba buena de la cabeza, o que de él donosamente se burlaba. Salió la guapa moza, sin permitir que el caballero la acompañase por la calle. En la esquina de Antón Martín le dejó plantado, corriendo con paso ligero a llevar las buenas nuevas al infortunado Centurión.

Interesantísima fue la escena de la presentación de la credencial a don Mariano, quedándose el buen señor tan absorto y turulato que no daba crédito a lo que veía... Leyó doña Celia; corrió Centurión a sacar del cajón de la mesa unos anteojos de gran fuerza que usaba para leer documentos de letra borrosa... Ni aun leyendo con aquellas potentes gafas se convencía... Ordenó a su mujer que leyese de nuevo... ¡Colocado y con ascenso! No podía ser. «Teresa, o eres tú un demonio, que gasta conmigo bromas harto pesadas, o Dios me confunde por haber hablado mal de don Leopoldo O'Donnell.» Díjole a esto Teresa que el jefe de la Unión Liberal estaba bien al tanto de lo que valía don Mariano, y que de su *motu proprio* había ordenado la reposición... El gozo de ver terminada su horrible cesantía inundó el alma del buen señor; mas por entre los espumarajos del gozo asomó la dignidad adusta diciéndole: «Hombre menguado, aceptas tu felicidad del hombre público más funesto... y por mediación de tu pública sobrina... Lo que no lograron los principios de un varón recto, lo consigue la hermosura de una mujer torcida... ¡En qué manos está el Poder!...» Viendo que doña Celia mostraba su gratitud a Teresilla besándola con ardiente cariño, se escabulló del alma la dignidad de don Mariano. «Será preciso que yo vaya personalmente a dar las gracias al general —dijo paseándose en la habitación con grandes zancajos. Replicó Teresa que no deseaba O'Donnell más que conocerle, y felicitarle por su mérito administrativo.

Una vez derramados los chorros de alegría en aquella casa, corrió Teresa a la de Mercedes Villaescusa. Al darle la credencial añadió estas graves palabras: «Dile a Leovigildo que ahí tiene eso, la mejor prueba de que Teresa

Villaescusa es buena cristiana y sabe devolver bien por mal. Tu marido escribió el anónimo diciéndole a Facundo que yo tenía algo que ver con Santiuste... Es una canallada, de la cual me vengo sacándoos de la miseria... No, no me niegues que tu marido escribió el anónimo. Por mucho que quiso disimular la letra, no logró disimular su infamia... Conocí la mano que escribió el anónimo por el trazo y por dos faltas de ortografía que son suyas... Suyas son... Se me quedaron en la memoria desde que me escribió una carta pidiéndome doscientos reales, que por cierto le di... Pone *berdad* con *b* alta, y *prueva* con *v* baja... No, no le defiendas: mi ortografía es mala; allá se va con la de él... Pero... Convence a tu marido de una cosa: la falta más fea de ortografía es... la ingratitud... Adiós; que lo paséis bien.» No esperó la réplica, y bajó muy terne por la empinada escalera.

Con la satisfacción de haber producido el bien, Teresa no pensó ya más que en frecuentar el trato de *Mita* y *Ley*, a quienes había tomado gran cariño. Mientras vivieron en las Vistillas, a los dos les veía casi diariamente; pero una vez que los esposos libres se trasladaron a la casa de Beramendi, no encontraba en el taller más que a Leoncio y al espiritual Santiuste, ardoroso en el trabajo por instigación constante de la guapa moza. Ya esta no era un enigma para *Mita* y *Ley*, que la conocían por lo que era y lo que había sido, y ambos ponían gran empeño en atraerla mansamente a las vías de la virtud, conforme al sentir general, no al sentir suyo; que no se atrevían a proponer su libertad como modelo de vida. Pero ya se uniesen Juan y Teresa por lo libre, ya por lo religioso, tropezarían con un grave problema: los medios de la vida material. Pensando en esto, *Mita* y *Ley* no veían clara solución, porque con el mezquino jornal que daban a Juan (y más no le daban porque no podían), no era posible sostener una casa por humilde que fuese. Quizás Teresa, pensaban ellos, que tan buenas plazas había obtenido para infelices cesantes, conseguiría para su futuro un buen puesto en la Administración pública, quitándole del oficio. En esto discurrían torpemente Leoncio y Virginia, pues nada más lejos de la fantasía de Teresa que vulgarizar y empequeñecer la personalidad del buen Tuste, confiriéndole la investidura de vago a perpetuidad, sin horizontes ni ninguna esperanza de gloriosos destinos. En la crisis que removía su espíritu, la cual era como si todo su ser hubiese caído en ruinas, y de entre ellas quisiera surgir y sobre ellas edificarse un ser nuevo, extrañas ambiciones al modo de centellas la iluminaban. Por momentos veía que la más hermosa solución era imitar el arranque intrépido de *Mita* y *Ley* cuando se arrojaron solos en brazos de la Naturaleza, sin recursos, con lo puesto, volviendo la espalda a la sociedad y encarándose con la severa grandeza de los bosques inhospitalarios... ¿Serían Teresa y Juan capaces de repetir el paso heroico de sus amigos?

En esto pensaba la Villaescusa sin cesar, desde que se sintió enamorada de Tuste, y miraba con desdén, casi con repugnancia, los ordinarios arbitrios de vida pobre, el jornal, el empleíto, y el encasillado inmundo en un mechinal urbano. En estas ideas fluctuaba cuando ocurrió lo que a continuación se cuenta.

Tan hechos estaban *Mita* y *Ley* al vivir campestre, que no podían pasarse sin salir los domingos a ver grandes espacios luminosos, tierra fecunda o estéril, árboles, siquiera matas o cardos borriqueros, la sierra lejana coronada de nieve, agua corriente o estancada, avecillas, lagartos, insectos, todo, en fin, lo que está fuera y en derredor del encajonado simétrico que llamamos poblaciones. Desde que Tuste entró en el taller, les acompañaba en sus domingueras expansiones, y cuando Teresa cultivó la amistad de los armeros por querencia de Juan, fue también de la partida una vez o dos, y por cierto que se recreó lo indecible, tomando gusto a lo que parecía ensayo de vida suelta. Salían los expedicionarios por diferentes puntos, la Mala de Francia, la Moncloa, las Ventas; pero cuando no querían andar demasiado, y esto ocurría siempre que llevaban a Teresa, incapaz de largas caminatas, preferían un lugar próximo, la llamada *huerta del Pastelero*, grande espacio cercado, en las afueras del Barquillo, junto al camino viejo de Vicálvaro, ni huerta, ni solar, ni campo, ni jardín, aunque algo de todo esto era, y restos quedaban de las diversas granjerías que existieron en aquel vasto terreno. Teníalo arrendado Tiburcio Gamoneda para establecer en él *en grande* las famosas industrias de *obleas*, *lacre* y *fósforos*, que tuvo su padre en la calle de Cuchilleros. Había una casa o almacén que debió de parecer palacio a los que estaban hechos a los chinchales del interior de Madrid; había dos estanques de quietas y limpias aguas, con pececillos; algunos árboles, entre ellos cuatro cipreses magníficos junto a los estanques, que reproducían, vueltas hacia abajo, sus afiladas cimeras de un verde oscuro y triste.

Eran Tiburcio y su mujer hacendosos, y habían compuesto una noria vieja, con la cual podían sostener un fresco plantío de hortalizas. Tenían gallinas y palomas que se albergaban en la casa; un perro y un burro completaban su arca de Noé, amén de un tordo enjaulado.

Pues un sábado de abril, pocos días después de la entrega de credenciales a Centurión y Leovigildo, recibieron *Mita* y *Ley*, a punto que anochecía, la visita de Teresa. Invitáronla para el día inmediato, domingo, en *la huerta*, que así llanamente decían. Aceptó Teresa gozosa. ¿Quería que Tuste fuese a buscarla? No: ella iría sola; bien sabía el camino. No convenía que Juan fuese a buscarla, porque si se enteraba la madre de ella, furiosa enemiga de Juan, podría inventar cualquier enredo para impedir que acudiera a la cita. Fueran los tres temprano, que ella, solita, recalaría por la huerta sobre las diez... Así se convino... Partió Teresa... En Puerta Cerrada tomó un coche para llegar pronto a su casa, y al entrar en ella temerosa, dijo a Felisa: «Si vuelve *O'Donnell el Chico*, le dices que no estoy, que he ido a casa de mi madre... No, no, eso no, que el muy tuno allí se plantaría... Le dices que me he marchado fuera de Madrid... A un pueblo... inventa el pueblo que quieras... y que no volveré hasta pasado mañana... O hasta cuando a ti te parezca.» Adviértase que desde que le dio las credenciales, Tarfe la perseguía sin descanso, y a su puerta llamaba sin conseguir ni una vez sola ser recibido.

XXXI

Se acostó Teresa, y desvelada estuvo gran parte de la noche, sintiendo la voz de Tarfe en la puerta y las mentiras con que Felisa por centésima vez le despachaba. Engañó el insomnio, pesando y midiendo los términos candentes de la resolución que había de tomar el día próximo. Se llaman candentes estos términos, porque le quemaban el cerebro cuando alternativamente o los dos juntos entraban en él. Grave era esto, grave lo otro... tan difícil el sí como el no, y el ser no menos escabroso que el no ser... Levantose temprano, después de un corto sueño; se arregló y vistió; cuando tomaba su chocolate, cayó en la cuenta de que su portamonedas estaba flaquísimo. Solo le quedaban dos napoleones y alguna peseta del dinero que le dejó Facundo. Afortunadamente, tenía innumerables objetos de valor que vender o empeñar... Apartada un momento del estado económico, voló a más alta esfera, y de esta descendió, para pensar que debía ir a ver a su madre. Si no la entretenía y embaucaba con cualquier embuste, Manolita vendría en busca de ella; la perseguiría como a una criminal, si no la encontraba... Hasta era capaz de coger un coche y plantarse en la huerta, que bien sabía dónde estaba. La primera vez que Teresa fue a la merienda, hizo la tontería de contárselo a su madre, y describirle el sitio, y darle cuenta de las personas que la invitaron... Por ser ella tan necia, se veía sin libertad. «No se puede ser libre —pensaba—, sino con sombra de hombre.»

Encaminose a la calle de Cañizares, donde vivía doña Manuela Pez, y tan recelosa iba de que su madre la detuviera birlándole la merienda en el campo, que de la escalera pensó volverse. No se determinó a retroceder. Subió despacio. Manolita, que desde el balcón la había visto entrar, le abrió la puerta, y llevándola con cierto misterio al cuarto más próximo, le dijo: «¿Tienes algo que hacer hoy por la mañana? ¿Has venido con la idea de quedarte a almorzar conmigo?...» «De aquí —replicó Teresa, encontrando con rápida inspiración la mentira—, pensaba ir a casa del tío Mariano. Quiero zambullir mi espíritu en la alegría de aquella casa, nadar en ella. ¡Cómo están los pobres!

—Pues vete al instante —dijo Manolita, con el delicado y sutil acento que empleaba en los casos de gran oficiosidad—. Espero por la mañana la visita de una persona que viene a tratar conmigo de un asunto... No te lo digo... Ya has comprendido que se trata de ti, ¿verdad? Pues por lo mismo que se trata de ti, no quiero que estés en casa.

—¿La persona que usted espera es hombre o mujer?

—¡Ah, picaruela! sospechas que es Serafina. No... Serafina estuvo anoche dos veces; hoy volverá... Pero no es ella la persona que espero... Y lo repito: no quiero que estés aquí cuando venga... Necesito estar sola... ¡Ay, hija, cuánto tienes que agradecerme!... Otra cosa: como al mediodía tendré que salir y no sé cuándo volveré, no vengas acá hasta la tarde... Mejor a la noche... ¡Ay! concédame Dios el poder darte esta noche un notición tremendo... Mucho vales tú, Teresa... pero una suerte tan grande, tan grande, no podrías soñarla...

—Bueno, mamá: ya me lo dirás... ¿De modo que me mandas que me vaya?...

—Sí, sí... pronto... Vete a casa del tío Mariano... Que te convide a almorzar, que bien te lo has ganado... Bueno... No te entretengas... Adiós, hija; hasta la noche.»

Vio Teresa el cielo abierto, y no se hizo rogar para tomar el portante... ¡Qué suerte había tenido! Su madre no solo no la retenía, sino que la echaba... ¿Y qué negocio arduo era el que la viuda tenía que tratar con el desconocido visitante? ¡Ay, ay, ay!... ¿Y por qué no podía estar ella en la casa mientras Manolita conferenciaba? ¡Ay, ay!... ¡Y era ella el objeto de la conferencia!... ¡Y a la noche, notición tremendo! ¡Ay!... Aunque todo esto le resultaba odioso, no cesaba de pensar en ello, siguiendo presurosa su camino en dirección de la calle de Alcalá... Y era la curiosidad lo que la hacía pensar, pensar en lo mismo, apurando toda la lógica para descubrir el pensamiento de su señora madre. Curiosidad era sin duda, y no gusto de aquellas intrigas ni de sus consecuencias... Verdad que el amargor de ciertas cosas no quita el picor del deseo de conocerlas. «Sabiendo lo que es esto —se decía—, lo aborreceré mejor.» Gozosa de haber encontrado esta fórmula que armonizaba la virtud con la curiosidad, desembocaba por la calle del Baño para tomar la de Cedaceros, cuando chocó con un objeto duro... tal efecto le hizo ver a *O'Donnell el Chico*, que venía en dirección contraria.

«¡Teresilla... Alto! Ya no te me escapas... Trescientas veces he llamado inútilmente a tu puerta... y ahora... la casualidad te trae a mí.

—Si me hubiera bajado al Prado desde mi casa —dijo Teresa, sin disimular lo que el encuentro la contrariaba—, mejor cuenta me habría tenido... Manolo, por Dios, déjeme seguir mi camino... Vaya; un saludito y cada uno por su lado.»

No se avino el joven a esta forma tan simple de separación, y siguió junto a ella protestando de que no era su idea molestarla. Aceleró Teresa el paso, fingiendo mucha prisa; pero Tarfe no se rendía fácilmente, y amenizaba la carrera con estas bromas: «¿Vas a apagar un fuego? Mejor: yo llevo las bombas.»

—Manolo, por la Virgen Santísima —dijo Teresa parándose, sofocada—: es usted caballero, y no se obstinará en seguirme cuando yo le suplico que no me siga... ¿Qué quiere de mí?

—Verte, oír tu voz... Hicimos un trato que yo he cumplido fielmente, tú no.

—Yo no prometí nada, Manolo, ni era preciso, porque usted, al conseguirme las credenciales, hacía una obra de caridad, y no quería más recompensa que la satisfacción de socorrer a los desgraciados.

—Teresilla, sabes más que Aristóteles. Si no te quisiera por tus encantos, por tu talento te adoraría, por el salero con que sabes ser traidora, pérfida, ingrata.

—No desvaríe, Manolo, y déjeme seguir.

—Vas aprisa como los que han hecho una muerte: el muerto soy yo.

—Voy aprisa, sí señor; voy fugada.

—¡Fugada!... Llamas tú fugas a las escapatorias de la mujer caprichosa que un día sale a correrla...

—No es escapatoria de un día, Manolo —dijo Teresa con gravedad que dejó suspenso a *O'Donnell el Chico*—; es para siempre.

—¡Para siempre!

—Y no me verá usted más...

—Si fuera cierto, sería lo más desagradable que pudieras decirme... Pero no es verdad, Teresa. Tú no eres capaz de seguir la senda por donde fueron *Mita* y *Ley*. Eres cortesana... Parece que has abandonado tu puesto en la Corte de Venus, y lo que haces es alejarte hoy para volver mañana, y ocupar tu sitio... Con ascenso... Cuando parece que bajas, subes, Teresa, y has de ponerte al fin tan alta que desprecies a los pobres como yo... y no podremos ni mirarte siquiera.» Dijo esto *el pequeño O'Donnell* con tristeza. Teresa no le entendía; esperaba que hablase más claro.

«Todo lo que usted me dice, Manolo, es para mí como si me hablara en chino... ¡Yo despreciarle a usted... y por pobre!... ¡Jesús! ¡Vaya con el pobrecito, el hombre de la influencia, el niño mimado de la Unión Liberal, el primero de los hombres públicos. Muy agradecida estoy a *O'Donnell el Chico*, pues apenas abrí la boca para interceder por tres cesantes, fui atendida...

—Pero ya no necesitarás recurrir a mí, Teresa. Lo que obtuve yo para tus parientes, te ha de parecer pronto a ti la última de las bicocas... Porque tú, con más facilidad que ninguna otra persona, darás credenciales de Directores generales, de gobernadores, ascensos al generalato y propuestas de obispos; tú, Teresa, tú... No pongas ojos espantados...»

Decían esto bajando por la calle de Alcalá. La curiosidad que, en forma de brasas, sentía Teresa en su mente, ya levantaba llama. «Explíqueme eso de modo que yo lo entienda —dijo a Tarfe—; y explíquemelo pronto, porque tengo prisa. Voy lejos, y en la Cibeles he de tomar coche, o tartana si la encuentro.

—Yo tomaré la tartana, y te llevaré a donde quieras.

—Eso no... Acompáñeme a pie un ratito, y después cada lobo por su senda... Quiero saber de dónde voy yo a sacar ese poder que usted supone... ¡Qué gracioso!

—¿De dónde?... De tu hermosura, de tu gracia... Eres la mayor farsante que conozco, y la cómica más perfecta. No sé para qué gastas conmigo esos disimulos. ¿Cómo has de ignorar tú que alguna persona de grandísimo poder y de riqueza desmedida te solicita... vamos, pide tu mano para llevarte al altar que no tiene santos?... Hazte la tonta. ¿Crees que me engañas?...

—Pues, hijo, gracias por la noticia de la petición de mano... Pero puede creerme que no sabía nada... ¡Qué risa! ¿Pues así se piden manos sin que los ojos se hayan dicho algo antes? Usted ha perdido el juicio, Manolo.

—Lo perderé por ti, viéndote en manos de las que no podré quitarte. Soy fuerte si me comparas con Risueño, débil si con otros me comparas... ¿Quieres que te diga una cosa, una idea que desde anoche se me ha metido aquí y no puedo soltarla? Pues tú eres el numen de la Unión Liberal, la encarnación de esas ansias de bienestar y de esos apetitos de riqueza que van a ser realizados por mi partido. Tú eres la evolución de la sociedad, que transforma sus escaseces en abundancias con los tesoros que saldrán de la tierra; tú...

—Cállese, por Dios, Manolo... Me trastornaría la cabeza si no la tuviera yo bien firme. ¿Qué tengo yo que ver con tesoros enterrados, ni con nada de eso?

—No diré que por tus propias manos; pero sí que por manos que estarán muy cerca de las tuyas, han de pasar los millones, los miles de millones de la Desamortización.

—¡Jesús, Manolo!

—Sé lo que digo... A tu lado verás nacer y crecer las maravillas del siglo, los caminos de hierro... verás el remolino que hace el oro, girando en derredor de los que lo manejan y hacen de él lo que quieren... ¿Qué mujer podrá, como tú, darse el gusto de ser dadivosa?»

Pudo creer Teresa, en los comienzos de la conversación, que Tarfe bromeaba... Ya creía que mezclaba las burlas con las veras, y que algo había de verdad en aquel fantástico vaticinio. Sin duda, en el conocimiento de Manolo había una certidumbre que en el ánimo de ella solo era un presagio, más bien sospecha. Cierto que hombres de gran poder político y financiero gustaban de ella; pero ¿en qué se fundaba *O'Donnell el Chico* para sostener que entre el deseo y la realización había tan poca distancia? Con esto, la curiosidad, que desde la rápida entrevista con su madre prendió en su mente, era ya incendio formidable. Las llamas le salían por los ojos, y por la boca este vivo lenguaje:

«Párese un poquito, Manolo, y, dejando a un lado las bromas, dígame si es verdad eso de la Desamortización; si es un hecho ya, vamos. Porque Risueño decía que la Desamortización es un *mito*, que es como decir una guasa.

—No es mito, sino dogma, Teresa: pronto será un hecho, y la gloria más grande de O'Donnell y de la Unión Liberal... Con la ventaja de que ya el desamortizar no traerá trifulcas ni cuestiones, porque se hará de acuerdo con el Papa... Ya está negociado el nuevo Concordato. Ríos Rosas y Antonelli han quedado ya conformes. ¿Me entiendes? Concordato es un convenio con la Santa Sede.

—¿Para que desamorticemos todo lo que queramos?

—Para que se venda la Mano Muerta, favoreciendo a la Mano Viva...

Algunos segundos estuvo Teresa como alelada, mirando al suelo... Luego dijo: «Bien, Manolo; me parece bien... Razón tiene usted en adorar a O'Donnell... yo también le admiro, y declaro que es el primer hombre de España.

—Como tú la mujer más simple de todo el Reino, si no me confiesas que eso que has dicho de fugarte y no volver, es un bromazo que quisiste darme. ¡Cómo he de creer yo que desmientes la ley de tu destino en el mundo, y que ahora, cuando la fortuna te da todo lo que ambicionabas... No lo niegues: tú me has dicho que lo ambicionabas... Cuando la fortuna viene en busca de ti, huyes tú de ella!...

—Cierto es que tuve mis sueños de grandeza y poder... ¿Quién no sueña, viviendo como vivimos en medio de tantas necesidades?... Pero ya esa racha pasó, ya estoy curada de esos desatinos...

—Esa cura no puede hacerla más que el amor... Pero hay casos en que la salud es tan mala como la enfermedad... O peor... Y yo te digo, con toda la efusión de mi alma: «Teresa, ¿no podrías conciliar la ambición y el amor? Ello es sencillísimo: aceptas lo que los ricos te dan, y me quieres a mí. La riqueza mía es corta, Teresa; lo suficiente para la vida de mediano rumbo que yo me doy... No puedo satisfacer tu ambición... Pero los que pueden satisfacerla no te darán un corazón amante como el mío.» Rebelose Teresa contra la profunda inmoralidad que esta proposición envolvía... «Manolo —le dijo—, no es nada caballeroso lo que usted pretende... ¿Quiere que le diga toda la verdad, confesándome con usted como con Dios? Pues sentémonos. Estoy cansada. Se cansa una de andar, de pensar cosas raras: cansa la duda, y cansa el no entender bien las cosas... ¿Con que dice usted que podré yo desamortizar? ¡Qué risa!

—¿No lo crees?

—Juro a usted que no lo creo.»

Teresa juraba en falso. Aunque no conocía la tragedia de Macbeth, en su íntimo pensamiento se decía: *La ciencia de aquellas mujeres (las brujas) es superior a la de los mortales.* Y las brujas del tiempo de estas historias se llamaban *O'Donnell el Chico.*

XXXII

Se sentaron en un rústico banco, próximo al jardín de la Veterinaria. Habló Teresa la primera: «No tengo ya esa ambición, Manolo. Me la quitó el amor. Por primera vez en mi vida puedo decir que quiero a un hombre. Dispénseme si le lastimo: ese hombre que yo quiero no es usted.

—Ya sé... —murmuró Tarfe sombrío, quejumbroso...—. Es el aprendiz de armero. Le conozco... Sigue, Teresa.

—¿Qué más quiere usted que le diga? Que a los pocos días de tratar a Juan sentí por él una piedad y un respeto, que pronto, sin pensarlo, se me convirtieron en cariño. Vi en él la conformidad con la desgracia, cosa nueva para mí; pude ver y conocer que el pobrecito tenía por mí un amor muy grande, sin cuidado de la opinión, y que con su pensamiento me limpiaba, y borraba todas mis faltas para volverme pura y poder adorarme a su gusto. ¿Comprende usted lo que esto vale, Manolo? Por el hombre que así me quiere, por el que en mí ve la mujer, la madre, la hermana, y todos estos amores reunidos en uno, ¿qué menos puedo yo hacer que consagrarle mi vida?

—Comprendo, sí, que desees consagrarle tu vida; pero no que lo hagas. La cantidad de abnegación que necesitas para descender hasta él es enorme... Más que virtud, sería santidad, y esta no existe hoy en el mundo. Creo en tu amor; no creo en tu santidad. Si yo te viera consumar el gran sacrificio, si te viera precipitarte a la pobreza y al estado de vulgar estrechez que te traería la unión con el armero, fuera por matrimonio, fuera de otro modo, yo te admiraría, Teresa, y respetaría tu caída... Caer de ese modo es alcanzar la mayor elevación moral. ¿Entiendes lo que quiero decirte?

—Sí lo entiendo, y desde hoy puede usted empezar a respetarme y admirarme —dijo Teresa levantándose—. A la pobreza honrada voy... Ahora mismo...

—Vas a la huerta llamada *del Pastelero*, donde te esperan *Mita* y *Ley*, y con ellos tu novio... Ya puedo llamarle así...

—Así debe llamarle. Voy a la huerta... Ya me ha detenido usted bastante... Si es usted caballero, déjeme seguir mi camino.

—Tienes razón. No te estorbo en tu camino. Pero te digo que si vas hoy a lo que llamas la pobreza, volverás de ella mañana. ¿Qué has de poder tú contra tu Destino, tontuela?... Sobre tus resoluciones, sobre esos arranques fantásticos, de momento, prevalecerán las dos grandes fuerzas que hay en ti. ¿No las conoces? Pues son la pasión del buen vivir y la pasión de repartir el bien humano... En la pobreza, ni una ni otra de estas pasiones puede tener realidad... Vete, corre a donde te esperan el hombre enamorado y los amigos que fueron salvajes. Ya no te detengo... Anda, sigue tu camino. Sé que volverás... Media palabra, un recadito, una mirada de cualquiera de nuestros dioses... ¿No sabes qué dioses son estos? Los ricos, Teresa, los inmensamente ricos, que te rondan sin que lo sepas tú... Pues cualquier insinuación de uno de estos te sacará de la pobreza honradita y sosita para traerte a la deshonra brillante, tolerada... Si lo dudas, haz la prueba. Te acompaño hasta indicarte la vereda más corta para ir a tu objeto.»

En pie, mirando a su amigo con cierto espanto, Teresa no se movía. Tarfe, llevado ya por el hervor de sus ideas y de sus apetitos al punto de la inspiración, de la sugestiva elocuencia, prosiguió así: «No olvides lo que te he dicho, no una vez, sino veinte o más. Te lo dije en tiempo del fardo, y después del fardo. Tú eres, Teresa, sin darte cuenta de ello, el numen de la Unión Liberal; eres la expresión humana de los tiempos... Los millones de la *Mano Muerta* pasarán por tu mano, que es la *Mano Viva*... Mueve tus deditos, Teresa. ¿No sientes en ellos el frío de los chorros de oro que pasan...?

—No siento nada, Manolo; no siento nada —dijo Teresa, ceñuda, estirando y encogiendo sus dedos como Tarfe le mandaba.

—Pues es raro. Los nervios de los ambiciosos se anticipan a la sensación real, y el alma a los nervios. Eres tú la fatalidad histórica y el cumplimiento de las profecías... ¿No lo entiendes? Sin entenderlo lo sentirás en ti, como sentimos el correr de la sangre por nuestras venas... Tú serás la ejecutora de lo que decimos y predicamos yo y los de mi cuerda, los de mi partido, los que evangelizamos el verbo de O'Donnell, que es el verbo de Mendizábal... No pongas esos ojos espantados, esos ojos que están diciendo: «Yo desamortizo; yo quito del montón grande lo que me parece que sobra, para formar nuevos montoncitos... Yo soy la niveladora, yo soy la revolucionaria... Yo desplumaré a los bien emplumados para dar abrigo a los implumes; yo quitaré el plato de la mesa de los ahítos para ponerlo en la mesa de los hambrientos...» Esto dices tú sin saber que lo dices, y esto piensas creyendo pensar en las musarañas... Si otra cosa sientes hoy, es una humorada, un sentir pasajero... Vete a la pobreza; vete a ese juego inocente, Teresilla, que de allí volverás, y si no vuelves pronto, alguien irá en tu busca, y te traerá con solo cogerte de un cabello y tirar de ti... Si tardas en volver, te buscarán los que te rondan, y dirán: «¿Dónde está esa loca?...» Y esta loca está jugando a la honradez pobre, uno de los juegos más inocentes de la infancia. Juega a las comiditas, a ir a la compra, y a remendarle los trapos al ganapán que la llama su mujer. Vete, vete pronto, Teresa. Cuando vuelvas, me encontrarás... Yo te espero: iré a tu casa... A tu nueva casa. Adiós, gran revolucionaria, adiós.»

Dicho esto con el hechizo que reservaba para ciertas ocasiones, se fue, dejándola sola en una vereda por donde sin cansancio podía llegar pronto a su objeto. Desde lejos la saludó, y ella tuvo fijos en Tarfe sus ojos hasta que le vio desaparecer. Siguió entonces por la vereda, cabizbaja: lo que le había dicho *O'Donnell el Chico* levantaba en su alma un tumulto borrascoso. ¡Y qué cosas se le ocurrían, tan bien dichas y con tan hondo sentido! Sin duda era Manolo un diablillo simpático, tentador, que con permiso de Dios le sugería las ideas ambiciosas cuando ella anhelaba ser modesta y despreciar las vanidades del mundo.

A cada rato se paraba Teresa y volvía sus ojos hacia Madrid. Poníase de nuevo en marcha lenta, arrastrando sus miradas por los surcos del campo, en que verdeaba la cebada raquítica para pasto de las burras de leche. ¿Quién era, o quiénes eran los magnates del dinero que la solicitaban? Esto se decía, mirando a los surcos, y relacionando las indicaciones de Tarfe con las vaguedades de Manolita Pez, y todo esto con la indirecta que le soltó Serafina días antes. Fuera de ella y de su voluntad, había sin duda una conspiración cuyo fin bien claro veía: faltábale solo conocer la persona. Según Tarfe, no se trataba del candidato de Serafina, sino de otro de mayor vuelo y poder más brillante... Loca la habían vuelto entre todos; pero ella debía persistir en sus sanos impulsos de moralidad, apresurando el paso para llegar pronto a la presencia de Juan y de *Mita* y *Ley*, que confortarían su alma turbada.

Pasaron junto a ella, y se le adelantaron, algunas familias pobres que iban de merienda. Groseros le parecieron los hombres, desgarbadas las mujeres, flacuchos y pálidos los niños. ¡Oh! ¿llegaría Teresa a verse así, sin garbo ella, bárbaro su hombre, y degenerados sus hijos, si los tenía? ¿El hambre y la privación de todo bienestar la llevarían a tan triste estado? No quería ni pensarlo... Entráronle súbitas ganas de volverse a Madrid, y aun dio algunos pasos hacia atrás, movida de un ardiente deseo de encararse con su madre y decirle: «¿Pero quién...?» Pronto se rehízo de esta instintiva inclinación al retroceso; siguió su camino y... pensando en el hombre aceleró el paso, como aceleran las aves el vuelo cuando van al nido. ¡Vaya, que el pobrecito Juan esperándola! ¡Qué impaciente estaría, qué inquieto, qué ansioso! ¿Y *Mita* y *Ley*, qué pensarían de aquella tardanza? Ya eran las doce, las doce y media. Tendrían ganas de comer; pero la esperarían... Solo en el caso de que ella tardase mucho, comerían... ¡pero qué tristeza tener que ponerse a comer sin ella!

Llegó hasta donde veía las tapias de *la huerta*, y lo mismo fue verlas que sentir que los pasos se le acortaban por sí solos, hasta llegar a detenerse en firme. Tuvo miedo; sintió la urgencia de resolver y ordenar en su mente un aluvión de ideas que en ella entraron como huéspedes alborotadores. Grande era el amor que sentía por Juan; mucho le quería, mucho. Era bueno, sencillo, inteligente, capaz de todo lo bello y noble... Merecía la felicidad y cuantos bienes ha puesto Dios en el mundo... Pero si ella se metía en la vida pobre, ¿quién había de dar estos bienes al honrado y amante Santiuste? ¿Quién cuidaría de su alimento, quién le socorrería en sus desgracias? ¿Quién le costearía las más brillantes carreras en el caso de que quisiese dedicarse a la sabiduría? ¿Quién le pondría la gran tienda de armero en el caso de que optase por la industria? ¿Quién le proporcionaría las mejores ropas, los libros más instructivos, la casa cómoda y elegante, y las mil frivolidades y pasatiempos que engalanan la vida?... Tenía que pensar en esto antes de lanzarse resueltamente en la vida pobre, y para pensarlo despacio y poner cada idea en su punto, se apartó del camino. La cosa era muy grave. Necesitaba recoger su espíritu... Tanto quiso recogerlo, que se fue a un altozano donde se alzaba un artificio que parecía noria, entre pelados olmos. Sentose allí y meditó.

Pensando, se fijó en los grupos que merendaban en el prado próximo a *la huerta*. ¿Quién cuidará de socorrer a tanto pueblo infeliz, si ella se metía en el árido reino de la pobreza?... ¡Cuánta miseria que remediar, cuánta hambre que satisfacer, y cuánta desnudez que cubrir! Ella, ella sola podía con mano solícita y diligente acudir a todo, cogiendo a puñados lo que sobraba del montón grande, y... No había duda, no, de que era verdad lo que Tarfe le dijo. Como que Manolo era el espíritu mismo y la esencia de O'Donnell el Grande, trasvasados a un ser familiar, un tanto diablesco, rebosante de ingenio y de gracia.

¿Pero no era discreto y razonable que todas estas cosas se las dijese al propio Santiuste, su amor único desde que vivía? Seguramente, cuando se lo dijera, Santiuste le daría la razón, y le aconsejaría que se dedicase pronto a las funciones de intérprete del verbo de O'Donnell, que era el verbo de Mendizábal. La Humanidad aguardaba con ansia los beneficios que la *Mano Viva* de Teresita había de derramar sobre ella... Púsose en camino hacia *la huerta*, cuyo tapial bien cerca veía; pero a los pocos pasos la obligaron a nueva detención estas ideas: «Si digo esto a *Mita* y *Ley*, no me comprenderán. Si lo digo a Tuste, me comprenderá, pero después de explicaciones muy largas, que no pueden hacerse en un día ni en dos. Juan tiene mucho talento, y ve las cosas desde lo alto, desde lo más alto; pero idea como esta, ni Tuste, con todo su entendimiento y su saber castelarino, la puede penetrar, así... De primera intención. Yo se la pondré bien clarita... pero no puede ser ahora... Ahora no...»

Vaciló un instante, frunció el ceño, y al fin determinó que no pudiendo decir lo que pensaba, debía volverse a Madrid. Frente a ella se extendía la tapia de *la huerta*, por el Este. Veía los tejados irregulares de la casa, los chopos, los cuatro cipreses, de igual altura con muy poca diferencia. El del extremo de la derecha subía un poquito más que sus tres hermanos. Acercose Teresa aguzando el oído con intento de percibir algún ruido del interior de *la huerta*... Oyó voces confusas, pasos, cantos del gallo... Su viva imaginación le fingió imágenes precisas de lo que allí dentro pasaba. Juan, muerto ya de impaciencia y desconfiado de que a tan avanzada hora llegase, se había retirado del portalón, donde estuvo en acecho desde las diez, y abrumado de tristeza se sentaba en el brocal del estanque, mirando las aguas verdosas y el reflejo de los cuatro cipreses, tan rígidos y melancólicos vueltos hacia el cielo bajo, como lo eran señalando al cielo alto con afinada puntería. *Mita*, sentada en la puerta de la casa, expresaba con su inmovilidad, el codo en la rodilla, la cara recostada en la palma de la mano, el aburrimiento de una larga espera. *Ley* paseaba por entre los chopos al niño, y le zarandeaba para alegrarle; el perro corría tras ellos fingiendo alborozo, sin más objeto que aligerar el tiempo... Por fin, *Mita* llamaba: ya no podían esperar más. ¿Qué habrían llevado para comer? La imaginación de Teresa vaciló entre figurarse la tortilla y un buen arroz, o el par de pollos precedidos de ruedas de merluza... Vio, sin dudar un punto, el postre de polvorones que tanto gustaban a la amiga invitada; vio también que, arrimados *Mita* y *Ley* al mantel tendido a la sombra del moral, Juan negábase a comer... Su tristeza le ponía un nudo en la garganta y no podía tragar bocado. Los amigos le consolaban, discurriendo las explicaciones más racionales de la tardanza de Teresa. Los consuelos quedábanse en los oídos de Juan sin llegar al alma; esta, empapada en amargura, agrandaba su pena hasta lo infinito, viendo en la ausencia de la mujer amada algo tan solitario y desesperante como el vacío de la muerte... Mientras los otros comían, Juan, volviendo a la puerta, asaltado de una débil esperanza, declamaba mentalmente cláusulas altísonas, que lo mismo podían ser suyas que de Castelar. Teresa las reproducía en su imaginación y en su memoria como si las oyera: «Muerto el paganismo, el humano espíritu levanta el vuelo y corre tras el cumplimiento de la ley de amor... Amor le brindan los cálices de las flores, amor la dulce onda de los sagrados ríos, amor la conciencia pura de la mujer cristiana, Eva restaurada, virgen renacida de las cenizas de la inmolada Venus...»

La idea de que Juan saliese a explorar el camino y la encontrara en aquel acecho angustioso, le infundió tal vergüenza y terror, que instintivamente se alejó a buen paso. Alborotada su conciencia, no quería ver ni aun con la imaginación los rostros de sus inocentes amigos, ni oír sus amantes voces. ¿Qué entendían ellos de los graves conflictos del alma en lucha con todo el artificio social, y solicitada de poderosas atracciones?... Por el amor mismo que a Juan tenía, y por la piedad intensa con que miraba el presente y el porvenir del interesante mozo, amigo de su alma, no debía verle en tal ocasión... ¡A Madrid, a Madrid otra vez! Anduvo largo trecho muy aprisa, siguiendo la mejor dirección para cambiar pronto de perspectiva... Al fin vio casas mezquinas y tapias de corrales, que a cada paso aparecían en mayor número, como si ante ella surgieran del suelo. Por un boquete de aquellas rústicas construcciones distinguió la Plaza de Toros... Como no había comido nada desde el desayuno, que tomó muy temprano, sentía, sin tener apetito, los desmayos propios de un cuerpo exhausto en día de tantas emociones. Una vieja, vendedora de rosquillas, torrados y cacahuetes, le salió al paso. ¡Hallazgo feliz! Con tres o cuatro rosquillitas y un poco de agua, pensó Teresa que se sostendría muy bien hasta la noche. Cuando esto pensaba, vio aparecer una aguadora. Ya tenía su lista de comida completa. En un banco de mampostería del Paseo de la Ronda se sentó, una vez hecha la provisión de rosquillas, que hubo de ser harto mayor de lo presupuesto, porque se le acercaron multitud de chiquillos que le pedían *chavos*, o pan, y a todos obsequió. De la cesta de la vendedora pasaban las rosquillas a la falda de Teresa, que las repartía graciosamente y con perfecta equidad entre aquella mísera chusma infantil. Y cuanto más daba, mayor número de criaturas famélicas y haraposas acudían, hasta formar en torno a la guapa mujer una bandada imponente. La más contenta de esta invasión fue la rosquillera, que viendo la pronta salida del género decía: «¡Ay, señorita, hoy casi no me había estrenado, y con usted me ha venido Dios a ver! Bien pensé yo, cuando la vi venir, que la señora se parecía a la Virgen Santísima.»

Sin dar paz a su mano generosa, Teresa iba consolando a toda la chiquillería. «Desnuditos y hambrientos estáis —les dijo—. Malos vientos corren en vuestras casas...» Contaban algunas chiquillas las miserias de su orfandad, y las viejas vendedoras metieron baza, lamentándose de lo malo que estaba todo. Si los hombres no tenían dónde ganar para una libreta, ¿qué habían de hacer las pobrecitas mujeres? Con gravedad bondadosa les dijo Teresita, dirigiéndose igualmente a las ancianas y a los niños: ¿Pero no sabéis que ahora van a venir tiempos buenos, muy buenos?» Ante la incredulidad de las viejas, Teresa repitió: «Vendrá una cosa que llaman la Desam...» No siguió, porque su auditorio no entendería tal palabra... «Señora, como eso que venga no sea un alma caritativa, no sabemos lo que podrá ser...» «Pues eso —añadió la guapa mujer—: vendrán manos piadosas que cojan lo que sobra de los montones grandes, y lo lleven a remediar tantas miserias... Creed que vendrá esa mano... ya está cerca... Casi está aquí ya.»

Con estos consuelos que daba a los menesterosos, se le fue a Teresa el tiempo sin sentirlo... Más de dos horas había permanecido en aquel lugar, entre mocosos y viejas; la tarde declinaba; se veían grupos de familias pobres que volvían ya de paseo con dirección al centro de Madrid. Buscando la soledad, Teresa se metió por un callejón que a su parecer debía de conducirla a la Veterinaria y al mismo sitio donde estuvo sentada con Tarfe. Pero se había equivocado de sendero, pues el callejón la condujo al Taller de coches, y costeando este, fue a parar junto al Palacio de Salamanca, cuyo grandor y artística magnificencia contempló largo rato silenciosa, midiéndolo de abajo arriba y en toda su anchura con atenta mirada. En esto la sorprendió un movimiento de ternura en lo más vivo de su alma, y acongojada apartó del palacio sus ojos, que empezaron a llenársele de lágrimas: fue que se acordó del pobre Juan y de los excelentes amigos, de honesta, sencilla y semisalvaje condición. Trató de encabritar su espíritu abatido, espoleándolo con esta idea: «Pobre Juan mío, yo haré por ti más de lo que pudieras soñar...»

Afirmando esto, vio multitud de carruajes que volvían de la Castellana. Antes que en acercarse para ver bien a los que pasaban, pensó en retirarse para no ser vista... Entre una ligera neblina polvorosa, Teresa vio pasar a la Navalcarazo, que llevaba en su coche a Valeria; a caballo, al vidrio, iba Pepe Armada. Pasó después la Belvis de la Jara; tras ella la Cardeña, tan linajuda como ricachona, en una berlina de doble suspensión, elegantísima, de gran novedad... Pasaron otras que Teresa no conocía, y otros a quienes conocía demasiado. La Villares de Tajo iba en el coche de la Gamonal, de la aristocracia de *poco acá*, que deslumbraba con el brillo chillón del oro nuevo. Ambas señoras iban muy emperifolladas, y llevaban en el asiento delantero de la berlina al pomposo y magnífico Riva Guisando. Detrás iban a caballo, con toda la gallardía andaluza, Manolo Tarfe y Pepe Luis Albareda. «¡Ay —pensó Teresa, volviendo el rostro—, si llega a verme *O'Donnell Chiquito*, me luzco!...» La Villaverdeja, la Monteorgaz, dejáronse ver en la rauda procesión de vanidad; y por fin... *O'Donnell el Grande*, en una vulgar berlina con doña Manuela... Vio Teresa el rostro del irlandés en la ventanilla, y en su imaginación le consideró rodeado de un glorioso nimbo de oro y luz como el que ponen a los santos. «Maestro, Dios te guarde —dijo la guapa moza con vago pensamiento—. Toquemos a desamortizar... Ya está aquí la *Mano Viva*.»

Fin de O'donnell
Madrid, abril-mayo de 1904.

Libros a la carta

A la carta es un servicio especializado para

empresas,

librerías,

bibliotecas,

editoriales

y centros de enseñanza;

y permite confeccionar libros que, por su formato y concepción, sirven a los propósitos más específicos de estas instituciones.

Las empresas nos encargan ediciones personalizadas para marketing editorial o para regalos institucionales. Y los interesados solicitan, a título personal, ediciones antiguas, o no disponibles en el mercado; y las acompañan con notas y comentarios críticos.

Las ediciones tienen como apoyo un libro de estilo con todo tipo de referencias sobre los criterios de tratamiento tipográfico aplicados a nuestros libros que puede ser consultado en Linkgua-ediciones.com.

Linkgua edita por encargo diferentes versiones de una misma obra con distintos tratamientos ortotipográficos (actualizaciones de carácter divulgativo de un clásico, o versiones estrictamente fieles a la edición original de referencia).

Este servicio de ediciones a la carta le permitirá, si usted se dedica a la enseñanza, tener una forma de hacer pública su interpretación de un texto y, sobre una versión digitalizada «base», usted podrá introducir interpretaciones del texto fuente. Es un tópico que los profesores denuncien en clase los desmanes de una edición, o vayan comentando errores de interpretación de un texto y esta es una solución útil a esa necesidad del mundo académico.

Asimismo publicamos de manera sistemática, en un mismo catálogo, tesis doctorales y actas de congresos académicos, que son distribuidas a través de nuestra Web.

El servicio de «libros a la carta» funciona de dos formas.

1. Tenemos un fondo de libros digitalizados que usted puede personalizar en tiradas de al menos cinco ejemplares. Estas personalizaciones pueden ser de todo tipo: añadir notas de clase para uso de un grupo de estudiantes,

introducir logos corporativos para uso con fines de marketing empresarial, etc. etc.

2. Buscamos libros descatalogados de otras editoriales y los reeditamos en tiradas cortas a petición de un cliente.